U0102564

# 龙虾，龙虾！

小珂 著

江苏凤凰文艺出版社
JIANGSU PHOENIX LITERATURE AND
ART PUBLISHING

**图书在版编目（CIP）数据**

龙虾，龙虾！/ 小珂著. —南京：江苏凤凰文艺
出版社，2024.2

ISBN 978 - 7 - 5594 - 8026 - 2

Ⅰ.①龙…　Ⅱ.①小…　Ⅲ.①短篇小说-小说集-中
国-当代　Ⅳ.①I247.7

中国国家版本馆 CIP 数据核字(2023)第 191230 号

# 龙虾，龙虾！

小珂　著

出　版　人　张在健
责任编辑　李珊珊　孙建兵
特约编辑　王　怡
责任印制　杨　丹
出版发行　江苏凤凰文艺出版社
　　　　　南京市中央路 165 号，邮编:210009
网　　址　http://www.jswenyi.com
印　　刷　苏州市越洋印刷有限公司
开　　本　889 毫米×1192 毫米　1/32
印　　张　11.75
字　　数　240 千字
版　　次　2024 年 2 月第 1 版
印　　次　2024 年 2 月第 1 次印刷
书　　号　ISBN 978 - 7 - 5594 - 8026 - 2
定　　价　68.00 元

# 目录

# 审判者

## 1

这是一枚十分普通的白色塑料扣子。在故事发生的前一天晚上，这枚扣子还安分地待在一件白色衬衫上，并且，它是从上往下数的第六枚扣子，它与扣缝的结合可遮掩住主人的肚脐——它是必不可少的。然而，在故事发生的这天早上，它脱线掉了下来。它、扣眼上的线、衬衫组成了这样一幅画面：一只飘在天上的风筝正费尽全力挣脱束缚，没想到此时，风却停了。

当辰发现那枚掉落的扣子时，已是早上八点二十了。他洗漱完毕，吃好早餐，准备换上正装去参加一个重要会议。从家到公司，开车需要一个小时（堵车的情况已被考虑在内），由于这个会议十分重要，他不敢有任何疏忽，于是他决定提前半个小时出发，也就是八点半出门，比平常的九点早半个小时。然而，那颗扣子成了他美好前途上的绊脚石。辰万万没想到，一个体积小、重量轻、渺小如鹅毛的扣子，竟拥有如此巨大的能量。这是一颗能够牵引出过去也能预测未来的扣子，它脱落的命运意味着辰那丝毫不坚固的人生大厦彻底倾塌了。因为贫穷，他只能租住这样一个位于郊区的房子，并且铆足劲买了辆二手车后再无闲钱。他只有两件正式衬衫：一件洗了未干，另一件扣子脱落。于是，他不得不耐下心来把扣子缝上……日后，辰想，如果他没有浪费这十分钟，也许就不会遇到那场车祸，他也就不会失业。

终于，辰穿上了这件已洗过上百次的衬衫，严丝合缝地扣好扣子，走出家门。他走进小区，泄愤般把自己扔进一辆黑色轿车的驾驶位。今天的感觉糟透了，连天边的云都无精打采的，而这辆开起来哐哐作响的二手车，像是一颗前进在沙漠中无助的瓢虫。辰使劲压抑着沮丧的情绪，不得不在转弯时猛打已经生锈的方向盘，才能勉强让车以一种相对正确的姿态在道路上前行。这里实在太堵了，每天早上都一个样，毫无新意。辰万分确信，如果从高空看下来，这些车辆就像是一队蚂蚁，速度则正是人类肉眼看见蚂蚁行走的速度。当他开上那条两边栽满梧桐、同向各有两条车道的马路时，他不得不拉了刹车。这是一条出名拥堵的马路，所有车辆争先恐后在这条路上争抢一席之地。汽笛声齐发齐鸣，柳絮与尘土在空中胡乱飞舞。车与车的距离不过十厘米，车技高明的司机在其中费力穿梭，每个人都在暗中较劲，仿佛抢先那五秒钟就会让自己摘得世界冠军……这一派乱七八糟、黄土飞扬的景象是辰每日早上的免费电影。辰不愿与那些双眼通红的人争个高低。他知道，就算他不去争抢，耐心等上一会儿——最多二十分钟——这股堵劲儿就会过去，他便能顺利通过。这是他人生中必须等待的二十分钟，是他厌恶、却不得不细细品味的二十分钟。

辰把手中的烟头狠狠向后甩去，同时快速关上车窗。在他摇上车窗一刹那，尖锐的声音戛然而止，向外看去，只见一副默剧一样的景象：所有车胡乱横行；司机们走到车外抽烟、吐痰、挥舞手臂；行人们机警地左顾右盼、伺机穿过……一切几乎是静默的，一切趋近无声，只有一些出挑的突兀之音冲破阻隔传来微弱的呼喊——完全可以忽略不计。没有声音，这些让人厌烦的景象就有些滑稽意味了。辰看看时间：九点整。没问题，还有时间，通过这个拥堵地段，他只需半个小时就能到达公司。

辰已经不是第一次有这种感觉了。当他关上车窗，快活地观看窗外那一出出滑稽默剧时，他总觉得这一切仿佛是在海中。他不认为是车窗挡住了声音，而以为是水中收集声波的效率很低，导致他听不见声音。他觉得车辆和人们并不是真实存在于那里的，而是通过一面镜子折射而来的，海平面就是那面镜子。当他沉溺于有关"陆地上的海洋"这种荒谬的幻想中时，同时也陷入一种无法自控的虚无境界。比如此刻，他突然觉得自己身处险境，虽然车门窗紧闭、海水不会流进来，但这里的氧气总会用完，他终将死去。过了一会儿，他又觉得自己早已死去，这一切不过是大海为自己上演的幻象，而他腐烂的肉体则待在一座深海沉船里。这些念头纠缠着他，伴他挨过这二十分钟。当前面的车流蠢蠢欲动，他便知道，二十分钟已经结束，他即将顺着车流游向另一条道路。

多数车辆顺次前行，而辰会右拐进一条窄小的只能单行的林荫小路。这条路的一边种了高大的榉树，树荫盖在路上，形成一片灰绿色的牢房。辰随着逐渐顺畅的车流缓慢前行。他摇下车窗，让繁杂之音流进车里，就像狠心捅破了一个灌满水的气球。他看见了那个幽暗的入口，还看见了一辆红色宝马车率先拐进小路。此时，他离路口大约十米。现在该打开右转向灯了。于是，他把手柄往上抬了一下，右后车灯应势而亮。这是一个无言的讯号，是机器代替人类用金属的嘴巴发出的告诫语言。有时，他喜欢这种干脆利落的语言多过人类拥有过多无用修饰的语言。他发现前面那辆灰溜溜的现代轿车也打闪了右转向灯，这令他欣喜。每天早晨，当辰看到前面有车发出即将右转的讯息时，他总会兴奋。这种难以言喻的殊途同归的感觉太奇妙了。辰怀着愿意与陌生人分享秘密的友好心情紧跟现代车，他要把那条自以为是的、用拥堵博得存在感的马路甩得远远的。他知道，先是那辆红色宝马车，然后是现代车，然后就是自己，他们三个将无所顾忌地在榉树下面驰骋一会儿。也许后面还会有车，不过他可以把后面的来车看作是自己的追随者，或者是一个音符的长尾音。

辰跟随现代车拐进小路，还未走十米，便听到"刺啦"一声响。这是一声极不友好的响动，现代车警惕地停下，辰也不得不踩了刹车。辰沮丧地感到，这一切都被破坏掉了，仿佛一段马上进入高潮的音乐被迫中断。他茫然地疑惑着：

前方发生车祸了吗？这种路上也会发生车祸？难道是红色宝马刮蹭上榉树了？马上，辰冷静下来，发现现代车没有继续前进的意思，而他的后面跟上一辆黄色的甲壳虫。甲壳虫看起来很不好惹，它匆匆忙忙拐进来，又急赤白脸停了车，此刻，它正气急败坏地嚎叫着。辰认为，一定是红色宝马遇上了突发情况。而那种时尚秀气的车通常属于一位女士，估计还是位年轻女性。想到这里，辰为现代车的按兵不动感到羞愧，他决心下车，要去为那位假想的女人平息一场毫无线索的风波。最重要的是，如果这场"车祸"耽误太久，他是肯定会迟到的。

"你怎么骑车的！"

辰打开车门，一只脚还没踩到地上，便听到上面那句话。那是一声尖利的喊叫，一个硬实的女声。

没错，是女人，漂亮的女人，一个如无法拆卸的炸弹一样危险又漂亮的女人，是最让辰头疼的那种女人。辰看到了这个场景，便再也迈不动步子了。命运今天不仅给他安排了那黑暗而沉默的二十分钟，还给他设置了一道没有出口的迷宫。那位穿着艳丽、五官精致的宝马女人正对着一个穿着工服的外卖骑手大声吼叫；而后面嚣张的甲壳虫也正疯狂按着喇叭。辰在心里默默补充着车祸的全部细节：女人拐进小路时，以为畅通无阻，她心里正思量着一件事，便忽略了突然出现的电动车。骑手可能正为一件马上逾时的订单而发愁，他把身子使劲向前摇晃，企图让电动车能够根由惯性而稍快一些，他思维的盲区也使他忽略了宝马车。然后，当事态紧迫，两人不得不从自己的思想世界里挣脱出来时，所有的感官恢复，甚至比平时还要强烈。刹车声音震耳欲聋，骑手的恐惧挥之不去，连那道刮痕都像是两面峭壁间的悬崖。一切都那样出乎意料、又按部就班地发生了。其实，这不过是今晨无数车祸中的其中一起，伴随着烦躁、嗔怒、混乱、绝望。

"请你看好！这辆车可不是你能见到的那种普通的平民车！这是一辆宝马车——请你好好看看标志。所以这起车祸也不能说是一起普通的车祸。这是一起你与宝马车之间发生的车祸！这要跟你稀里糊涂撞上的那些大众、现代、别克完全不同！这件事必须解决清楚！"

女人像一只指手画脚的章鱼，不停晃着脑袋，口沫横飞。她原本整洁的发型因她大幅度的摇头摆尾而凌乱了，她身上本穿着鲜艳的时装，而此时，她从头到脚散发出的污气已把时装"染黑"。她像一个脏兮兮的、十分不讨人喜欢的稻草人，不仅让人厌恶，还让人恐惧。更可怕的是，辰发现他的阵营里只有自己一人：被女人训斥的骑手像一株蔫头耷脑的含羞草，他看起来并不打算反抗，他甚至不愿说话；现代车安安静静停着；甲壳虫持续不断的"嘶吼"，但也只限于"嘶吼"，没人下车，甚至没人摇下车窗探出身子。辰站在离女人五米远的地方，进退两难。突然，一阵比"陆地上的海洋"还要尖锐的恐惧感向辰袭来，他战栗着想到：也许大多数车辆都不是被人类驾驶的，也许所有车都有感情、有技巧，也有打算。辰、女人、外卖骑手被困在这无人区里，周围满是一些随时可能失去控制的机器。最糟糕的是，女人是个恶魔，骑手是孽种，而辰早晚会孤零零落进那个毫无理性的黑洞。甲壳虫不停发出警告，现代车也开始轻轻地颤抖。

现在九点半，女人已经持续叫嚷十分钟了，并且完全没有停止的意思。在这段奇怪的时间里，每个人都保持着原本的姿势，没有一丝改变。红色宝马车死死地堵着去路，甲壳虫引领着后面的来车唱着激烈的"歌曲"，阻隔了来路，一切都无法进退。人类的喊声、骂声；车的叫声、吼声；风摆树叶的沙沙声；知了不知疲倦的鸣声……不同频率、不同音色、不同层次的声音混杂成一片，在空中形成一个巨大的漩涡，所有人都在里面打转。

警察呢？还有那些热爱主持公正的人呢？他们曾如雨后春笋般"扑啦啦"从各个角落冒出，而此刻，他们都去哪了？辰觉得，这个空间存在一种暗示，而他、女人、骑手之间存在一个坚不可摧的三角关系。当人们龟缩在车里时，这里就不得不托举出一个英雄来了。辰尴尬地存在于此事件的辐射区内，不得不做点什么来证明自己，否则他的命运就只有一个：变成土块、瓦解、簌簌掉下、融入土地。怀着这样的心思，辰向前迈了两步，并思量着如何对抗那个能量巨大的雌性声源。突然，现代车动了一下，驾驶门打开，一个秃头男人缩着肩膀走了出来。这个男人面色灰白，身形佝偻，他如幽灵一般飘到辰身边，说道：

"啧，本来我是要去离婚的，现在看来，这婚是离不成了。"

"民政局恐怕没这么早关门吧。"辰心不在焉地回答。他看了看表，九点四十，对他来说，开会迟到才是最糟糕的事。现在看来，迟到已成定局了。

"你还没看明白吗？"男人指了指暴躁的女人与沉默的骑手，又指了指那个甲壳虫率领的庞大车队。前者像是被困在了一面只能不停重复的镜子里，而后者像是学校里最顽劣的孩子们。"这是一个死循环，所有人或事在这里达到平衡，人的吵闹与车的吵闹交相呼应，而我们则是困在笼子里的海豹，只能自认倒霉。"

"就没有别的办法吗？"辰同意男人的观点，并无力地感叹道。

"也不是没有。"男人露出狡猾的神色。"只要把这个平衡破掉就可以了。你可以把这里想象成海族馆，空气是海水，我们是海洋生物，边境处有一片巨大的环形玻璃围栏。要想使这里失衡，就必须砸破那块玻璃。"

听了男人的话，辰突然觉得一切清晰起来，一切充满含义，真相浮出水面。辰认为：女人是施害者，而骑手是被害者（这毋庸置疑），那位模棱两可、擅长诡辩的男人象征智者，而自己呢？辰闭上眼睛，他需要从无名的光中寻找一些暗示，然后，他听到男人在他耳边轻声说道："在这里，以暴制暴是行不通的。"辰睁开眼睛。全部完整了，拼图的最后一块已经归位，他污浊的双眼捕捉到了那个定义。是的，他是审判者。他必须以一种悄无声息的方式结束这一切。这是他的使命，是他牺牲自己的生活而换来的光荣责任。

辰举起手机，将摄像头对准女人。

2

这便是"一粒扣子使辰失业"的故事。故事有很多种讲法，也有很多个结局。这些结局互不干扰，独立存在，它们全部相对真确，也相对理性。我们选择哪一个结局与开头对应，完全取决于我们想让故事在哪里结束。根据开头中若隐若现的素材，我们可以有这样一个推断：辰是一个能力不佳又懒惰的小镇青年，他来到大城市发展，企图过上侥幸的安逸生活。然而他发现，在大城市活下去是一件极难的事。于是，他好不容易找到的工作对他来讲至关重要。然而，日积月累，他常年浸淫于城市奢靡生活的影子之下，早已无法接受小镇平淡的日子。所以，当他失业后，一种从未有过的怨恨情绪将他包围，立体的影像在他眼前悉数倾塌，他觉得一切都是荒唐的，一切都必须被破坏掉。

失业后，辰没有一天睡好过。他闭上眼睛便能看见那些令他作呕的污点，似乎也能闻到一股腐烂的气味。在他深邃的想象中，囚禁在海底宫殿里的海怪死掉了，一些看不见的污秽因子把天上地下搅得乌烟瘴气。全世界乱套了，所有事情都毫无规则可言。他想着那些穿金戴银、虚伪假笑的人，他认为那是一块块腐朽的木头。深夜，辰在黑暗中握紧拳头，咬着牙齿，他想用自己的心房之血将那些人的脸面玷污。那座愤怒的火山越烧越旺，天地之间一片红色。每个夜晚，辰怀着这些愤恨的想法入眠。

今晚，辰梦到了那个苍白浮肿、如脱水的冬瓜一样的男人。男人躺在灰白色的现代车里，像躺在一个古旧的坟墓。辰醒了，流着汗，喘着粗气，被梦中虚乱的意象搅得筋疲力尽。他体会到一种窒息感，于是他知道，那片海越来越深厚了，水的压强正一点点逼近他的心脏。辰有一个冲动，他要用尽所有手段"虐待"那枚扣子（扣子象征着某种根源）——压碎它，劈断它，烧坏它。可是没用，这一切浇不灭他心头的怒火。于是他知道了，事情绝非这么简单，而自己也不全因为迟到才被辞退。是因为他掌握的那个秘密：一年前，下班后，辰无意间看到了一个女人坐在老板的办公室里，他看到了女人的美腿勾上了老板的膝盖，还看到了老板发现他时惊恐的眼神。那个女人是谁呢？这一年，他反复思索这个问题。一会儿，他觉得女人是公司年轻漂亮的前台，一会儿，他又觉得女人是他在酒吧见到的众多女人中的一个。是谁不重要，重要的是这一年时间，他每天都在胆战心惊地等待那个"判决"。他知道老板一定会开除他，他只是没想到这个"判决"来得这么晚、这么不合时宜——因为他弟弟突如其来的病症，这是他最需要工作的时候。一些人总是在审判另一群人，他们总是在审判我们。辰不得不承认，他们是这片海的始作俑者，而自己不过是可悲的受害者。为什么不能翻身起义、奋起直追、变成那朵洁白黏稠的浪花呢？一个危险的想法在辰的心中横蹿，使他一刻不得安宁：也许那天与老板苟且的女人，就是那个开宝马车的女人！当黎明来临，天空泛起青白色，辰按捺不住了，他拥有一把尖锐的武器，也许审判不了众生，但足以审判那个女人。

辰将手机中的视频拷贝在电脑桌面上。他注册了一个视频网站的账号，把视频拖曳进发布区，并编辑了一段文字。一切都准备好了，他拿起了剑。这一刻终于来到，他将圣洁的水从眼眶驱出，并把几个神秘的音节放在口中玩味了一会儿。然后，他按下了"发布"键。视频上传成功后，他关上电脑，躺回床上。今天终于可以睡个好觉了，他迟钝地思索着，闭上眼睛。

3

我们都知道，时间就像水一样，有驱动和怂恿的作用，它会把所有材料以一种莫名的逻辑组合在一起，形成一片湖，或一个庞大的泥泞沼泽。辰于第二天中午醒来，发现时间给自己变了一个可怕的魔术。不过六个小时，视频的点击量已逾百万，并有不断疯狂递增的趋势。辰洗了把脸，准备好好研究一下这个由自己一手炮制的网红事件。他的手机版本老旧，摄像头像素过低，并且在拍摄时，一种古怪的兴奋情绪导致他的手不断颤抖，所以视频不是很清晰。但是仍然可以看出女人的大概容貌、穿着打扮，以及女人训斥骑手时张牙舞爪的姿态。最关键的是，辰竟无意中将宝马的车牌号揽进了镜头内。在这个摇摇晃晃、颤颤巍巍、只有一分多钟的视频里，女人的"恶行"被无限放大。她暴躁的手指和脚踝像是邪恶的水草，她本人像是在海底兴风作浪的女巫，而那位骑手也看起来更可怜了。辰粗看了一下那些如墨水般流满整个评论区的语句，观点出人意料的一边倒：

——这个恶毒的女人怎么不去死呢？她妈妈是怎么管教她的？

——从头到脚的假名牌，哪位网络大神能人肉一下她！

——可怜的外卖小哥，建议小哥让她赔偿精神损失费！

……

整整一个下午，辰盯着评论区看，他干涩的眼睛始终无法聚焦。这里不断刷新，不断重叠，当他好不容易抓住一些词句，试图弄明白其中含义时，新的评论涌来，很快便将旧的词句冲下去了。他只能捕捉一些零星的词：恶毒、去死、人肉……这些样子规整的词字无处不在，它们组成了一片巨大的钢筋铁网，将无辜的贝壳悉数打尽。人们不厌其烦、兴高采烈地用系统里既成的宋体字建造海底迷宫，毒气弥漫周围。辰僵坐着，机械地刷着屏幕，他很想把视线从电脑上移开一会，去看看窗外的树叶，或看看手边的烟灰缸。可他的眼睛无法离开，他已被囚禁在这个"刑场"里了。这真是他想要的吗？他是想做一回"审判者"，不过他只想用道德"审判"那个女人，而不是用"死亡"——所有词语中，"去死"出现的频率最高，仿佛在那个无法成形的世界里，女人已被众人判过很多次死刑了。他知道，这一切都不是真实的，尽管大家十分期盼女人在网络世界里被判死刑，她是不可能真正死亡的。他也知道，再这样下去，他将陷入那个混乱的深渊，因为他的"审判"职能早已不受控制了。

辰想把视频删除，却被告知"请联系管理员"。接下来的一个小时，辰都在排一条虚无的队伍。他不知道前面排了多少人，那些人怎么会有那么多问题呢？在这样一个虚构的空间里，怎么会有那么多焦躁的灵魂等待一场冰冷的慰藉呢？他盯着对话框的眼睛肿胀酸疼，可他不敢把视线移开哪怕一秒，他怕在去接一杯水，或上个厕所，或喂一下金鱼的空当，他就已经失去了与这个神圣的"掌控者"交谈的唯一机会。当管理员终于"显身"与他交谈之时，他感到一束天赐之光落在头顶。

"对不起，先生，按理来说，您没有资格删除这个视频。"管理员用宋体五号字解释道。

"为什么？这明明是我发的视频，我为什么没有资格把我自己生产的东西删除掉？"辰一头雾水。

"说实在的……"屏幕上的字出现的速度变慢了，"视频一经发出，就不属于您了，而是属于平台。您说这个视频侵犯了个人隐私，那就请那位被侵犯隐私的女士来跟我们说吧，她说，我们会删掉的。"

见辰不说话，管理员善意地安慰道："我建议您不用操心别人的事，毕竟过错不在您呀。"说完这句话，对话框骤然消失，只剩下一个提示语：您已退出聊天。

他一定是位穿白衬衫、戴黑框眼镜、说起话来慢条斯理、对什么事都漠不关心的年轻人，辰这样思索着。管理员的话确实给了辰一些启发：为什么要操心这种事呢？如果宝马女人必须接受众人的判决，那也是她咎由自取啊！而他作为这件事的"源头"，其实早已不用充当"审判者"这个角色了。现在，热心网友们个个成了"审判者"，他们像是一只只蟑螂，盘踞在这个由错觉组成的房间里，而辰早已获得了自由。

想到这里，辰站起来伸了个懒腰，然后一头栽倒在床上。事情很简单，他只需把这些庸人自扰的念头从脑海里驱逐，便可以重新回到生活庸俗的怀抱中。他没必要继续关注这件事的发展，因为他栽种的树苗已经长大了，早已不受他控制。此刻，辰的房间里有一片黯淡的暖橘色，过不了多会儿，太阳便会隐没，如水的黑夜会笼罩一切。他决定伴着西沉的太阳睡一会儿，等醒来再思考找找工作的事。隔壁传来"喊喊喳喳"的炒菜声，不时飘来一股炒辣椒的香味儿。辰因为经常加班，从不知道隔壁是一个会炒辣椒的女人（或者男人）。他觉得所有的感觉都被放大了，而他此刻正安然沉入温暖的水里。海中的武器和言语消失殆尽，只剩温暾的水泡，辰就这样睡着了。

当辰醒来，已入夜了，他睁开眼睛，只见一团厚重的黑色。同时，一种巨大的空虚感向他袭来，他怀着焦急的心情从床上跳起来，打开电脑。然后，他看见屏幕的右下方弹出了一只消息框。那个伴随了他无数个日月、一开机就会自动弹出来的新闻消息框上，赫然显示了这样一个标题：辱骂外卖骑手的女司机，真实身份竟是？辰点开那条新闻，正是他拍摄的视频！辰惊讶地捂住嘴巴，他无法想象，在他陷入睡眠的这三个小时里，在这个也许连一顿庞大的饭局都进行不完的短暂时间中，那个存在于无数条隐形网络中的虚幻世界竟掀起了一顿骇浪。事情朝着一个无法预想的方向冲刺过去，而他甚至连边角的花花叶叶都捕捉不到。

微博、博客、朋友圈、微信群、视频网站、门户网站、自媒体……所有网页都被辰拍摄的视频刷屏了。短短三个小时，美女欺负外卖骑手的视频已如病毒般扩散开来，它充斥了互联网的每个角落，并成了绝大多数社交网络平台的头条。人们隐藏在电脑后面，手舞足蹈地敲击着键盘，毫不留情地痛斥着、怜悯着。宋体、黑体、新魏、楷体……各种字体如喷薄的琼浆，迅速而准确地黏上个人主页、评论区、对话框……有些人喜欢发表大篇幅的议论，有些人擅长一针见血的嘲讽，更多的人则善于躲在黑暗中，猎豹一般虎视眈眈地盯着这场网络狂欢。在众多花样翻新的动态中，辰发现了最为恐怖的一条。它发布于微博，此时已有上万的转发。这条动态是这样写的：

> "宝马门"女主角身份大起底：林慧，女，86年生人，2015年与前夫离婚，随新任丈夫来到大城市发展。去年，林慧傍上某某已婚富豪，半年间，富豪为林慧花掉上千万，该女仍不满足，处心积虑想上位。请大家不要手下留情，坚决不能给这种恶人机会！

文字下面附上了林慧的身份证正反面照片、林慧的近照以及林慧现住宅地址。

没错，就是这个女人。一种难以言说的感情驱赶了辰心

中的忧愁，他不再忧郁、无措，而是想放声大笑。命运一直
在跟他开这种兜兜转转的玩笑。他曾以为，这座巨大城市里
的一切表象：高楼、地铁、霓虹灯、树叶……全都是他的敌
人。他现在发现，真正的敌人隐藏在雾霭深处，那是一些他
根本无从发觉、无从考量的物体。他惊惧地思量着，也许那
些"敌人"就是他自己。这个虚华城市里的一切都是他与自
己上演的闹剧。扣子、宝马车、骑手……深水、机器、断
层……全部是一颗颗虚幻的棋。而嘶鸣声、鸟叫声、炒菜声
则全部是从深邃的宇宙中传来的没有频率的声音。这一切到
底是否真实存在呢？还只是海市蜃楼？辰再次把自己重重扔
在床上，温暖的水中触感荡然无存，眼前是一座雄伟却无情
的冰山。


4


　　林慧的信息在网上掀起一场狂烈的飓风。人们个个化身
为举着长矛的英勇兵士，铿锵前行。他们十分团结，所以汇
聚而成的力量是如此之大，那些隐形的防线正被他们一点点
攻破。肮脏的话语是他们整齐划一的步伐，标点符号仿佛他
们呼之欲出的气息。也许在庞大的队伍中，偶尔有几个掉队
的（网上确实有人持反对或怀疑的态度），但没关系，因为人
们确信，偶尔出走的大雁无法改变雁群的忠贞品格。当那些
沉重的石块逐渐把林慧的虚假意象掩埋的时候，一些调皮的
嫩芽冒了出来，向人们揭示可能的错误。人们意识到，事情

似乎没那么简单。

首先，一个自称林慧的女人站出来申诉。她在微博上发了很长一段文字以痛斥网友对她的诬陷。她说，自己并不是网友说的那种女人，而只是一个辛苦创业的女人，那天早上她行为暴躁是因为她正为公司的前途发愁。她摆出了很多模棱两可的证据，并透露自己的生活已经受到了严重的影响（据她所说，她经常接到骚扰电话，并且经常被跟踪），她决定起诉泄露她信息的那位网友。然而，这位"林慧"并没有坚持多久，有人通过 ID 信息调查出这位"林慧"是假冒的。然后，"林慧"嗖的一下消失了，再看她的个人主页，只剩下冰冷的几个字：该用户不存在。第一个"林慧"消失后，第二个"林慧"马上跳了出来，随后便是第三个、第四个、第五个……那许许多多的"林慧"互相攻击，互相贬损，她们激烈地摆出各种证据来证明自己是货真价实的——其实她们全部是假的。与此同时，林慧的老师、同学、同事、发小、闺蜜、前男友、前夫、死对头、追求者层出不穷，他们纷纷诉说着有关林慧的故事，那些故事千奇百怪，彼此之间没有任何关联。辰无法理解：他们从假冒另一个人、并把这摊泥水搅得不胜其混中能获取什么好处呢？辰像着了魔一样不停查看各个网页平台，以捕获事件的最新进展。他发现，那些四处蔓延的枝杈把原本纯净的天空盖得严严实实，所有道路扑朔迷离，这是一个谁也无法征服的迷宫。

到底什么是真的，什么是假的呢？显见，一个精彩的剧本已经满足不了观众的胃口了，无数种"林慧的人生"闪亮登场。那些故事拥有现实中所能拥有的一切，甚至比真实的故事还要精彩完美。一会儿，林慧是美丽的落魄千金，一会儿，林慧是精通八门语言的外企高管，又一会儿，林慧变成了手段高妙的诈骗犯……再然后，林慧这个名字也值得商榷了。有人说林慧原名林惠，身份证的图片是 PS 的；有人说住在那个地址的人根本不叫林慧，不是名字出了问题就是住址出了问题；有人甚至说，那个视频拍摄的方式很奇怪，看起来根本不像在国内，而外国怎会有外卖骑手呢？于是，有些人认为这个视频是 PS 的。

辰感到愤怒，他曾经天天在那条林荫小路上驰骋，无数次摇下车窗，吸着榉树叶疯狂而清甜的香气。他熟悉路面上每一个坑洼，也了解光与叶子组成的那些如万花筒一般的影像，他熟知这条路就像熟知自己的身体，而现在，在虚无世界里，这里竟成了一条"不存在"的街道。隐藏在电脑后面的人们越来越怀疑起事情的本质来，他们不停做着各种推测：会不会是某个品牌的营销策略呢——人们耐心侦查在视频中露脸的所有 LOGO，并跑到可疑品牌的页面里大呼小叫；或许这是宝马女人精心策划的营销活动，其目的只是为了炒红自己——人们昼伏夜出，日日等待着真正的"林慧"出现并宣称自己即将在娱乐圈出道；还有一种可能，这个视频是由某位无聊的技术宅男制作的（也就是说，视频中的一切都不存在，都是靠电脑技术合成的）……人们殚精竭虑地翻看各种书籍，妄图找出视频中那些与现实世界错位的部分……

在这个由纠缠不清的藤蔓组成的世界里，一切盘根错杂，一切眼花缭乱。所有的景象都是骤然即逝的烟云，或是一幕幕只有开头没有结局的电影。那一边的线头轻轻抖动，这一边的瓦片便扑簌簌掉下。那一双双伏在暗处的手，极尽可能编织着一件罩在一切之上的棉毛毯子。在那件巨大的、如天般辽阔的毯子的覆盖下，一切都不一样了，一切都有了好几种可能性。事情的性质变了、过程变了、结局变了，一切都向着极致简单或极致复杂的方向发展过去。在这些扑面而来的可能性面前，辰彻底乱套了。他被这无声的海洋关闭在自己的屋中，没心思找工作，也没心思应对家人的责问。他每天都重复着无意义的行为：不停搜索着事件的最新动态。仿佛他能从无限的重复中获得某个觉悟。其实他知道，无谓的重复只能引来自我封闭或自我毁灭。他在这个无限小的空间里不停游移，试图寻找到那个突破口。然后，他在他最初发布视频的网站上收到这么一条私信：

> 您好，我是林慧的哥哥林伟，由于您或无意或有心的行为给我妹妹及家人造成了极大的困扰，我希望能与您面谈一下此事。

这条私信隐藏在成千上万封信件当中，成了最无存在感的一声呻吟。实际上，冒充林慧亲戚给辰发私信的人数不胜数，那些人戴着不同的面具，以不同的口吻或谴责或鼓舞。可这封信不同，辰灵敏地察觉到：这封信里有一些真诚、隐忍、克制的情绪，与这个紊乱、荒谬、张狂的藤蔓世界互不兼容。这是真的吗？难道在这个由虚伪的条条框框构建的世界里，还有一丝属于真相的光芒吗？辰茫然地摇摇头，并为自己幼稚的想法感到愧疚。或许应该安分守己地与那些人共同流进黑色的海水里，蜷缩起来，而不是现在这样像只受惊的鸭子一般，草木皆兵。

过了两个小时，林伟又发来一条私信。

> 辰先生，我的妹妹受网络暴力的侵扰而得了抑郁症，并好几次有了生命危险，母亲也因担心过度卧病在床。我请求与您见面并不是为了报复，而只是想与您好好谈一谈。您的出现，或许可以挽救我们一家人的性命。

那团杂乱的毛线网突然被剪破了一个口子，一缕亮澄澄的光从里面传来，几乎刺伤了辰的眼睛。辰心里升起一股无名火，他不明白这位"林伟"为何要如此不按规则行事。一切都隐藏在网络后面，一切都是黑暗中闪烁的笑脸，这个虚幻世界有专属的系统与规则，要想在这里尽情驰骋，就必须遵循"摒弃真实，挖掘虚伪"的原则，不然这片光影天地将会倒塌。可是这位"林伟"，为什么非要拿一把刀子，勇敢地挑破虚假，妄图让真相浮出水面呢？

"林伟"到底是谁呢？他或许是一个无所事事的中学生，或许是一个愤世嫉俗不得志的中年人，他或许是个黑客，或许只是一个一时兴起的过路人。又或许，"林伟"确实是林慧的哥哥，那么他到底是哪一个世界里的林慧的哥哥呢？这里有千千万万个"林慧"，也许每个人心中都有一个。辰毫无头绪地思考着，他的愤怒越来越强烈。那股火气支配着他，莫名的宿命感控制着他，使他不得不给林伟回复了私信。

　　林伟先生，您好，视频确实是我拍的，我也并不惧怕与您面谈，但我怎么能够确认您就是视频中宝马女人林慧的哥哥呢？请您证明您的身份。

　　按下发送键之后，辰心中焦躁的火开始慢慢消退，他的四肢不那么僵硬了，躯体也变得柔软放松。他开始冷静下来。没必要这么紧张，这一切不过是一场像模像样的游戏。他的嘴角舒展开来，一丝笑意浮在脸上。不用担心，"林伟"与他们无异，都是埋伏在网络世界的沙粒而已。*他们的存在是为了嘲笑我，而不是为了审判我，况且，我并没做错什么事。*想到这里，辰已十分松弛了，他把脚翘在电脑桌上，点燃一支烟。他不认为"林伟"会给他回复私信，他深知，当他勇敢应战时，一切虚假的幻影都将被打破。

　　辰凝视着电脑屏幕，尽管他心里不认为会得到什么回复，但还是说服自己耐下心来，安安静静地等一会儿，就算是对这场游戏略表一点诚敬和礼貌。他一动不动地坐着，连眼睛都不太眨，呼吸也尽量放轻。有那么一会儿，他觉得自己和周围的一切融为一体了。他感觉不到身体的重量，甚至不觉得自己拥有身体，那一些极为细微奇妙的感受环绕着他，使他无法自拔：电脑屏幕在他眼前无限延伸，直至变成一个遥远的点；空气在他耳边争先恐后地流动着，气息之间的争斗十分激烈，甚至比那场网络事件还要震撼；他的床、桌子、窗户、地板、天花板全部躁动不安，它们甚至开始左摇右晃……他突然有了种感觉：网络是一个出口，是绝望的现实生活的出口。可它也是一个入口，它连接的似乎是一个毫无规则可言的世界，是存在于另一个宇宙中的世界。可怕的是，他现在刚好站在那一个门口，危险地处于两个世界的临界点。想到这里，辰怕得浑身发抖。

赶紧回来，回到这个安全愚蠢、糊里糊涂的世界里去，一定要回来，辰在心里默念着，期盼找到一个时机，嗖地一下从小小的缝隙里钻回来。他已经决定了，再过一会儿，他就要彻底忘掉这件事。忘掉林伟和林慧，忘掉那个视频，忘掉他上一份工作，他要钻进被子里好好睡一觉。

他几乎要站起来了，几乎就要像条鲤鱼一样跃进被窝里了，可就在这时，在他的灵魂马上就要奏出美丽的赞歌之时，他的电脑却发出了一阵恶毒的叫声。这个声音将一切美好的泡沫打碎，让他重新回归到污秽的现实中。他灰心地看着屏幕，那位不甘示弱的"林伟"发来了私信：

　　辰先生，对于您的要求我深表理解，换作是我，也会质疑这样一个深藏于网络中的陌生人的目的性。所以我会将我的身份做一个详细的阐述，请您查阅附件。

辰打开附件的文件夹，抱着破罐破摔的心理看了起来。

当辰用了三个小时阅读了文件夹中所有文件后，他发现，要想在短时间内整理出这样一份详尽的人生履历是完全不可能的。这个隐形的文件夹一定早已被梳理好，被搁置在某个安全的网中角落，只为有一天能够大显身手。文件夹中包括：林伟的身份证明（他的出生证、身份证、户口本、亲属关系公证书、独生子女证等等）；林伟的财产证明（他的车本、驾驶本、房产证、工资卡、银行流水单、存款证明等等）；林伟的教育经历（他所就读的小学、中学、大学的信息，他的所有会考、期中考、期末考、升学考试的成绩单，他的录取通知书，他的奖学金证书，他的课外活动证明，他的实习证明等等）；林伟的工作经历（他的第一份、第二份、第三份工作的详尽描述，他所供职公司的背景资料，还有很多他的工作照、与同事的聚餐照、公司集体团建时的合影留念）……除此之外，还有一些让他觉得很纳闷的东西，比如在"林伟的恋爱经历"这个子文件夹中，辰看见了林伟对自己每段恋爱经历的描述，包括对每个女人的性格、职业、年龄、爱好进行的总结……辰实在不明白，林伟为何要把他那庞大的人生证明堆在自己面前，难道这是一个患有整理癖和暴露癖的人吗？难道将自己的隐私公之于众不但不会给他带来困扰，反而会激发他的快感吗？

当辰面对这套庞杂的人生数据时，他的感受已经不能单单用惊诧来形容了，他认为，把人生按照数学的方式展现简直荒谬。人生在具象化这个过程中虽然还原了某些真实的成分，却失掉了很多感知。没人会拿感觉与公式交换，除非他从来没体会过任何感觉。突然，辰恐惧地想到：这位"林伟"先生，他当真是个"人"吗？还是说他并不是个拥有血肉之躯的"人"，而是个纯粹的"人"呢？他这样的"人"，是否只配存在与真正的善恶之中，或者真正的永恒之中呢？

或者——还有一种可能性，或许也是最大的一种可能性——这位"林伟"先生根本就是个彻头彻尾的职业骗子，他是个以恶作剧为乐的跳梁小丑，他处心积虑地在网上寻找各种能引起他兴趣的网络事件，并不遗余力地恐吓威胁当事人，当他想象着当事人在电脑后害怕得浑身发抖的时候，便会爆发出尖锐的笑声。是的，一定是这样，辰愤恨地想着。还有，那个疯狂的文件夹，那一些满怀野心的文字和图片，也是"林伟"捏造出来的。这个时代，想要造伪证太简单了。"林伟"——这个骗子，顶着一张虚假、却十分完美的面具在虚拟世界里招摇撞骗，畅行无阻。对骗子最好的惩罚就是，不去上他的当。

辰站起来，试图舒展酸痛的四肢。他看看表，不知不觉已到了午夜，他的身体十分疲累，头脑也空空荡荡的，他是真的想好好睡一觉了。可偏偏在此时，在他即将要倒在床上埋头大睡之时，"林伟"的私信又跑了进来。

辰先生，已经过了三个小时了，想必您已经读完所有文件，想要躺在床上好好休息休息了。但请您不要休息，因为流畅的思维是不允许任何间断和漏洞的。请您用您那难能清醒的头脑好好想一想，到底要不要同我见面。这其实不是一道选择题，而是我屈尊给您下的一道命令。一个小时后，我会告诉您见面的地址。

"真是个不知悔改的骗子啊。"辰心虚地嘟囔着，站起身来，关掉电脑，深夜的房间陷入一片黑寂。他不想开灯，只得摸索着脱掉鞋袜衣服，钻进被子。终于如愿以偿了，他终于切断了与那个世界的一切联系，回到现实世界宁静而平庸的泡沫中。他闭上眼睛，试图寻回一点点美好和希望。他干燥的心灵在做着最后的畅想：让陈旧的一切都结束吧，让崭新的一切都开始吧，尽管那新的或许比旧的还要糟，但起码不再会有那些污秽肮脏的水沫了。

他在心中祈祷了很久，最终还是失败了。他身上紧紧地裹着被子，却丝毫体会不到温暖，相反，他冷得要命。他从头到脚浸着一种和这个季节不相符的寒冷，这让他浑身打颤。他很想听到一些使他舒心的声音，比如邻居炒菜的"锵锵"声，或者楼下小女孩弹的那些不和谐的钢琴声。他从没这么渴望过世俗的音符——以前，这些声音是多么让他嫌恶，而此时，它们全成了治疗他内心病症的药。更糟糕的是，沉睡的城市虽然没有悦耳的俗世音乐，却也不是一片宁静。它有一种低沉的、仿佛从某只怪兽的骨骼里发出的恼人的声音。辰用被子捂住脑袋，大汗淋漓。我是不会上当的，我不会赴约，甚至不会把这件事放在心里。过了一会儿，他的上下眼皮开始激烈地打架，他的身体疲惫透顶，意识却越来越清醒。如果他真是林慧的哥哥，那么他应该惩罚的人不是我，而是他那个犯了错事的妹妹；如果他不是林慧的哥哥，那么我就更没义务去见他了。辰的心里有团焦躁的火，那团火烧得他四肢无力，他甚至无法分清那团火里更多的是愤怒还是恐惧。他动弹不得，脑海中的声音却告诉他不能睡着。他使劲眨了下眼睛，这下可好，似乎只是闭眼睁眼这一瞬间，他便发现自己离开了房间，走到大街上。他没有想到，只是这闭眼睁眼的功夫，就已是白天了。很多人与他擦肩而过，他们一语不发，低着头在辰的身边闲散地走着。

辰站在道路中央，左顾右盼。没有车辆，只有人。人们的动作都很轻巧，全部是男人。辰茫然地看着他们从自己身边走过，他看了很久，然后他发现，他们不仅全是男人，还全部拥有同一张脸！那张脸端正、苍白、虚伪、似笑非笑。辰想逃开，四肢却无法动弹。然后，那些长着同样面孔的男人全部停住了，他们穿着同样的西装，系着同样的领带。他们拿着同样的公文包，纷纷抬起胳膊，以同样的姿势打开公文包。然后，一些同样的文件跑了出来。那些文件是：林伟的身份证明，林伟的财产证明，林伟的教育经历……辰很想蹲下来喘口气，可是有一股力量扼住了他的身体，使他只能笔直地站着，仔细地端详着身边无数的"林伟"。辰无奈地看清了有关"林伟"的每一个细节：他鬓角的细碎毛发；他脸上的肌肉走向；他眼角的细纹；他西服袖口的一道皱褶……辰把"林伟"从头到脚看了个明白。"林伟"不用脱掉衣服，辰就似乎看见了他衰败松弛的身体，看透了他的内脏。这是一个万分真实的人，没有丝毫伪装的、实实在在的人。这太奇妙了！辰在心里惊呼。无数个"林伟"组成了一面象征"真相"的墙壁，把辰死死堵在这个奇异的世界里。*再也出不去了，认命吧，我会在永远在这里奋斗，直到死去。*辰悲伤地想。

突然，辰睁开眼睛，不知怎么，他又回到了自己的房间。这下他看清了，天是真的亮了，他从虚无的梦境中逃脱出来，汗水湿了床铺。

5

这是一个再普通不过的城市清晨，辰站在窗边，看着外面青黄色的阳光，心中的懊恼和绝望一刻未停。他感到，昨晚的噩梦渗透进现实生活中了。他虽然已经看不见那无数个"林伟"，可是他能感觉到，"林伟"无声无息地围绕在他身边，拷问着他的良心，迫使他去履行约定。

辰走进浴室，脱去衣服，站在喷头下面。他拧大开关，水从天而降，激烈地冲击着他的身体。他不停晃动着，搓着双臂，想让水流尽可能均匀地洒满他的皮肤。突然，一个闪念在他脑海中划过，他捕捉到了，那是梦中"林伟"雪白的衬衫领子。随后，一发不可收拾，就如不停倾泻的热水一样，他的脑袋嗡的一声，身上密密麻麻布满了鸡皮疙瘩。象征梦境碎片的衬衫领子如一个领头军，引导着千军万马闯入辰的思维。他的噩梦彻底与现实合二为一了，他实实在在地体会到了梦里那种举步维艰的感觉，同时，他又被一种渴求煎熬着。他蹲下身子，不顾热水噼里啪啦地拍在头上、肩膀上、后背上，他觉得水流像一条条温柔的鞭子，敲得他又疼又痒。这是某人对我的斥责啊，我对那位宝马女人进行"审判"的时候，某人都没有如此生气过，而现在，我拒绝面对真相的时候，他却拿起鞭子抽我了，辰想，并默默抽泣起来。

辰用浴巾擦掉身上的水，穿上衣服，耐心刮了胡子，吹了头发。他庄重地走进卧室，坐在电脑前。一切都在规则当中，一切理应如此。他强忍住号啕大哭的冲动，按下电源，屏幕亮了，他打开那个熟悉的网页，林伟的私信迫不及待地跳了出来：

> 明天中午十二点，我们在那条种满榉树的道路上见面。请您不要试图爽约，为了您的家人，还有您的弟弟，您必须这样做。

辰深知，自己没有能力改变事情的结局，一切就应该是这样子，就像所有水滴汇在一起形成海洋。现在，那不断繁衍的藤蔓已绘出了大概的图案了，那曾经扑朔迷离的光线也已逐渐清晰起来，现实终于要跟虚幻接轨了。辰找出那件白衬衫穿上。他知道，故事的开头有模有样，结尾也丝毫不能马虎，所以他必须穿上这件衣服赴约，哪怕它的扣子再次脱落——可怕的是，这件事成真了，那个原本盖在肚脐前的、从上往下数第六个扣子再次成了脱缰的野马，它跌落在地上，滴溜乱转好一阵子才停下来。辰愣在原地，站了好久，他直勾勾地盯着地上那枚毫无生气的扣子，直至扣子的边缘在他眼中变得模糊，最终成为一个灰暗的影子。

辰怀着一种莫名的情绪，轻飘飘地钻进车里，点燃发动机，慢悠悠地把车开上大路。还是同样的街道，同样的人群，同样的店铺和天空，同样的忙乱无序。他觉得手仿佛不是自己的，思维也像是恶作剧似的一直飘在空中。他小心翼翼驶入那条种满榉树的林荫小路，挑选了一处形状好看的树荫，停了车，摇下车窗，一股凛冽的清香味儿钻了进来。

今日有风，榉树招摇的树叶哗哗作响，浓密的草味儿散在空中，那一束束从榉树叶之间的缝隙里遗落下来的阳光投在地上，随着风组成各种各样的图案。辰从未在中午来过这里，他不知道，原来正午的小路是这样孤独。他透过前车窗看看去路，又凭着后视镜看看来路，空无一人，甚至连一只鸟都没有。风吹树叶的声音伴着辰的喘气声，形成一首独特的音乐，好像是寂静因受不了常年独身，便开始唱起了一首落寞的歌。对了，这里不仅是孤独的，还是寂静、静谧、肃穆的，甚至是死气沉沉。而他的心中不仅有茫然、好奇、悔恨，似乎还有一点刚刚探出头来的恐惧。情绪的阀门一旦打开，便一发不可收拾。只是一瞬间，那种让他眼前一黑的恐惧便把他从头到脚包裹住了。他睁大眼睛，看着车窗外青翠欲滴的景象，那些极致的绿色生命仿佛预示着衰败。他开始发抖，打战，双手不停地摇摆着。他预想到了一种命运，并同时感到了一个似有若无的目光。他壮起胆子又前后左右观察了一通，大道上确实空无一人。

一阵强烈的风刮过，榉树叶花枝乱颤，地上碎影不断。

一种空灵的类似嚎叫的声音向辰袭来。这是风声，巨大的风声，裹着无数片摇动的树叶的风声，像一只怪兽在临死前发出的哀嚎。辰摇上车窗，声音戛然而止，棉絮消失了，只剩一堆凝重的空气。辰觉得周围的空气很有些重量，压得他喘不过气来，同时，他感觉有什么东西正越过他的裤脚，朝他的小腿蔓延过来。他看着窗外，成百上千条树枝疯狂地左摇右摆，而他则坐在车里，安心地被那滩形似海水的东西弄湿了衣裤。这可真是场彻头彻尾的默剧。他的心思被无声的树枝和座位底下的海水占满了。

当风停止，一切回归如常，所有的形状静止下来。现在，那些树枝像一根根静止的线，相互交叉，相互排挤，它们编成一片网，把天空切割。辰使劲压抑着内心的绝望，打开车门，走了出来。当温暖的光洒在他的身上时，他才发觉，恐惧始终在他左右。尽管他刚才成功地把风与树叶的嚎叫关在了外面，可是当他重返现实世界时，最先击败他的便是恐惧。他这样想着，逐渐发了疯。他开始不停颤抖，不停呜咽。他绕着自己的车来回走着，双臂简直不知放哪里好。他有好几次试图走到树林后面，想看看那被绿影掩盖的真相到底是什么，可最终又被一种莫名的胆怯牵了回来。他想大叫，想立刻把那个"林伟"揪出来。他想疯狂地奔跑，想丢下他的车、他的房子、他的家人、他的生活，想不顾一切地跑进另一个宇宙里。他也想接受惩罚，想从此带着永远打不开的枷锁安稳度日。当然，他最想的就是赶紧结束这一切。"让这审判赶紧来吧，就请这位叫林伟的人给我审判吧，就像我毫不犹豫地就审判了林慧一样，不管那是什么样的审判，不管到底有没有惩罚，都比这样受煎熬要好。"辰在心中呐喊。

高大的榉树像一个个静默不动的卫士，湛蓝的天幕像是法庭的壁纸，那道坚定的目光则是一把永恒的剑。辰站在虚构的被告席位上，等待着属于他的判决书。故事从哪里开始，就应该从哪里结束。于是，辰拿出手机，登上了那个网站。他在这片绿色的牢房中，再次来到了虚拟世界的入口。

辰如愿以偿地获得了结果，那是一条林伟发来的私信，发自五分钟前。辰迫不及待地打开，首先被一个视频文件吸引了目光。辰点开视频，看了一会儿，然后他知道了，他已经获得了他想要的一切。通过这封"判决书"，辰虽然无法得知整个事件的真相，更无从勘测属于宇宙的奥秘，可他确确实实获得了关于他自己的一个事实，那便是：他将一辈子生活在监狱里了。林伟，这个正义的战士，将一辈子审判他，却不一定会惩罚他，这无疑是最痛苦的事。

那是一个简陋粗糙的视频，拥有偷拍的一切属性：模糊、摇晃、极度的真实。不久前，他也曾拍过这样一个视频，为了审判一个陌生的女人。而现在，他成了视频中的主角。辰尽量把眼睛贴近手机屏幕，不愿漏掉视频中的每一个细节。*这是一个由针孔摄像头拍摄的视频，而我的视频是手机拍的。*辰怀着一种变态的耐心，仔细勘察视频中的每一个画面。*大概离我百米远，右后方，那里有一个摄像头，记录下我的一切，从我怎么驶入这条道路，怎么摇上车窗，怎么下了车，怎么在车的周围抓狂，记录得一清二楚。*辰的心狂跳，同时感觉喘不上气来，那片湿漉漉的东西似乎正从车里流淌出来，爬上他的膝盖。"厉害！比我拍的厉害！真正的真相！完全不堪一击的纯粹的真相！"

辰先生，您好。恕我不能亲自显身，但没关系，我相信您不会介意，况且已有一种"东西"带着我的使命去见您了。我敢保证，这个"东西"您万分熟悉，并且运用自如。它叫"镜头"，你也可以称它为"眼睛"。请您不要费心寻找它，因为它是无形的，早已深埋于您的心里。从今往后，它会一直跟随您，直到您死去。我截取了一段它拍摄的视频给您看，就是想告诉您，您的一切抵抗都将是白费功夫。枷锁带上了，审判已经开始，在今后的日子里，您哪怕做一点有违道德的事情，它便会代替我将您的丑行发布在网上，就像您曾经做的那样。祝您好运！

"这确实是一封判决书啊。"辰读完了林伟的私信，情不自禁地叹道。辰上了车，摇上车窗，决心不再去理会那些粗壮的榉树和他臆想中的海水了。一切都破碎了，好的世界，坏的世界，一切都分崩离析了。辰扣上安全带，点燃发动机，恋恋不舍地看着那片灰绿色的树荫。慢一点，我想再看看这里，也许以后再也不会踏上这条路了。疼痛与酸楚侵袭着他的心脏与鼻腔，迫使他流下了不情愿的泪水。"他说得轻松啊，什么直至死亡……"辰自言自语："死亡对我来说，倒是最不用负责任的行为呢，可世上哪有这么好的事？"发动机低声呻吟着，辰却迟迟不愿踩下油门，他心里还有一点不甘。他的一切都暴露给了林伟，而他却不知道真正的"林伟"到底是谁。

"他可真聪明。"辰抹去泪水，笑着叹了口气。"他是个拥有智慧的人，因为他知道，越过规则、越过法律的审判是最痛苦的。"辰还想在这条林荫路上再待一会儿，可是马上，他的身后响起了鸣笛声。自怨自艾的空气被打破了，辰只得挂了档，踩下油门，向着道路尽头驶去。

钢琴家

## 1

晚上八点半，他洗漱完毕，坐在桌前，按了笔记本电脑的开关，边等着开机，边回忆白天看到的夏日景象：那是一幅光影组成的暧昧画卷，诗意变成薄纱，覆盖在他幻想中的城市之上……没人能阻止夏天的到来——他匆忙打开一个空白文档，记录下第一句话——然后是什么呢？他努力回忆那种感觉……应该这么写：就像模糊的童年总会过去——两句定型，他慢慢找到感觉。青葱的树荫、掉落的影子、西瓜与蝉鸣、打雷……他兴奋地在键盘上敲着，诗句如掉落的金币。随着诗行的增加，意象里的夏天也逐渐完整。不得不说，这首诗写得很顺畅，这是个奇迹，因为他已经很久没写过诗了。他曾绝望地认为自己再也写不出诗来，但也许，诗歌之神并没有抛弃他。只要找对环境，找准感觉，他一定会完成一首杰作。但是，真正的杰作只存在于他的书架上，障碍来得如此及时——

叮——清脆的声音不知从何处响起，不大不小，恰好够打断他的思路。他吓得一激灵，立刻抬起头，四处环顾：一切如常。他再次专注屏幕。当断掉的思绪勉强拼接起来，他刚要敲下一个字，咚——另一个声音传来了，比刚才更大。他一下子挺直腰杆，凝神静听，而那声音已变成消失在遥远虚空中的一声鬼叫了。他就这样炸着毛，过了大概十分钟，直到声音彻底从脑海消失，才重新把双手搭在键盘上，运了半天气，却无法打出一个字。这次思绪的断裂比刚才还要厉害，他眼睁睁看着灵感的尾巴飘走，有些无措……先改改刚才写的诗句吧！他长吸一口气，决定把心沉下来……突然，就像诚心和他作对似的，一阵排山倒海、滚滚泥石流一般的声音冒出来。这次不是一个，而是一群，像是一队毫无章法的士兵，破釜沉舟地举着声音的大旗向他冲来。他听明白了，这是钢琴声！而让他惊讶的是：居然还有人把钢琴弹得如此难听？

这栋楼有人会弹钢琴吗？他在这里住了四年了，从没听过钢琴声。这是一座古老的小区，只有三排六层红色楼房，虽然临街，但由于这周围有些荒凉，所以很安静。他住在这里，落得个清闲，正好可以好好写诗。当然，他也不是未曾被打扰过：有时会突然传来一阵女人的大笑，或是小孩的尖叫，不过这种声音通常没头没尾，只需静待一会儿，它们就会滚到不知哪里去了，不像这次的钢琴声——他傻坐在电脑前，胡思乱想了二十分钟，钢琴声也陪着他响了二十分钟，仿佛这是为他的写诗失败奏的哀悼曲。

这是位富有激情的钢琴演奏者。说是演奏者，因为此人绝不配冠以钢琴家的称号，实际上，说是演奏者都过誉了。因为这一连串不停歇的声音，只能勉强称得上钢琴声，说是音乐都勉为其难。这些声音，混沌、杂乱，像是车轱辘连续碾过的声音。也许这是段悲壮的音乐，演奏者把许多音符合在一起，期望形成红尘滚滚的效果，但由于技艺拙劣，这段声音有种喜剧色彩。

晚上十点半，声音不停，他已失去了写作的兴味，只能关掉电脑，脱了衣服，躺在床上玩手机。而在他翻来覆去地看微信、刷微博、逛豆瓣的时候，声音依然不停。他真有些佩服了。这位邻居哪来的这么大激情，在大家都休息的时候还不嫌累地反复弹同一首曲子呢？不过——他关掉台灯，给空调做了定时，准备不理会声音的侵扰，在黑暗中寻找睡眠——这恐怕只是一时冲动。当然，某位邻居的家中可能确实有一架钢琴，但是，它早已落上灰，被主人遗忘多时，今晚被想起只是机缘巧合。过了今晚，这架钢琴会再次被遗忘，久违的寂静会回来……他这样想的时候，钢琴声变得有些犹豫。不一会儿，它便停止了。很快，他也睡着了。

是那辆车！上周末他看见一辆货车停在楼下，车身上印着"××搬家"，一定是搬家车带来了爱弹钢琴的新邻居。

或是那个孩子。一楼住着个小孩儿，经常大吼大叫，不过最近安静了些，也许是因为上小学了，家长给他报了兴趣班，其中就有钢琴班。

这些念头像苍蝇一样在他脑海中飞来飞去，同眼前的表格一起组成走调的协奏曲，让他苦不堪言。但是，魔幻的钢琴声绝没有复杂的表格来得实在，于是，他马上阻断了关于琴声回忆的侵扰，专心对付这些表格。这是新任领导杨总给他布置的任务之一，并且是相对好完成的一项。原本，他的工作强度不大，每天可以准时下班。两个月前，杨总驾到。这是个其貌不扬的女人作为他的直属领导，给了他数倍的工作量，也剥夺了他读书写作的心情和精力。

杨总有很多特异功能，其中之一就是能让他时刻都觉得不舒服。好像她动一动手指，他的五脏六腑就扭结在一块儿了。当她第一天走进公司，他便知道，一团乌云来了。这是一种预感，不幸的是，这个预感十分准确，因为在接下来的日子，杨总经常把他叫到办公室，给他安排一些额外的工作，他再没有准时下班过。

现在，杨总的另一个特异功能显现了：他刚填完最后一个表格的最后一个字，还没喘口气，就感觉肩膀被轻拍了下。回头一看，是那个细长眼的清秀姑娘小柳，可惜，小美女说出的话可并不令人愉悦，她细声细气地说："嗨，云哥，杨总找你。"

听见"杨总"二字，他眼前一黑，差点晕倒在堆满文件的办公桌上。没想到，他刚把填表这份艰苦差事糊弄完，杨总就像被肉香吸引的小狗一样，立刻叫个不停，并派自己的小亲信到他身边传讯息了。

他匆忙站起来，像一团焦急的黑烟朝杨总办公室飘去。

到了门前，他深吸一口气，敲开杨总的门。

他走进办公室时，杨总正在看电脑。听见声音，她头都没转，只说了声："坐!"杨总穿一件短袖格子衬衫，露出黝黑纤弱的小臂，下身穿着牛仔裤，两条腿盘在一起，像是一个畸形的树根，"小云，你先坐，我在看上一季度的销售数据"，杨总这样指挥他。

他讨厌杨总叫他小云，不过，他不得不安于这个称号，就像他不得不安于杨总随口对他发出的命令——杨总只轻描淡写地说了句话，他就不得不把自己粗壮的身子尽量往里缩，使之尽可能与他坐的这个小椅子贴合。杨总没给他期限，他也不知道要这样坐多久，这很尴尬，因为他不幸忘了带手机，这样，他就连假装发微信以缓解尴尬的权利都没有了。

不知是十分钟，还是二十分钟，久得他都要在这间阴凉的办公室里睡着了。杨总突然问："小云，听说你写诗?"

这话吓得他差点跳起来。不仅因为杨总的声音横空出世，搅了他放空的念想，还因为这话本身的含义：杨总是怎么知道他写诗的？同事们多数都不知道他写诗的爱好，也许有几个含混猜到了，但是他们不感兴趣。实际上，大家对他这个人就兴趣不大，因为他这人实在没什么闪光点。不过，他的闪光点是被他藏在里面的，那就是诗歌。可是他从不展示这个闪光点。写诗他是有笔名的，但是，这个笔名有没有都没区别，因为他从没发表过诗歌。可是，话说回来——这位杨总是怎么知道他写诗的呢？

"听说你诗写得不错，看来咱们公司还有个大诗人呢。"

杨总依旧没看他，毫无感情地说。这句话太简短了，他甚至还没反应过来，杨总就立刻又回到与屏幕组成的沉默怪圈中去了，这使得他没听出杨总话里的语气。是嘲弄，是揶揄，是好奇，还是真心的赞美？保险起见，他决定不回杨总的话，继续沉默。

见他不说话，杨总把眼睛从屏幕上挪开，把脚在地上划了一下，转椅准确地转了四十五度："你怎么不说话？"杨总面对着他问。

"啊……"他局促起来。看来不说话是不行了，但是他又实在没有撒谎的习惯，"对……偶尔写、写着玩……"不过，在杨总面前承认这个爱好很羞愧，就像干坏事被发现了一样。

"嗯……挺好，没想到你还真是个人才，还会写诗……"杨总又把自己转回电脑前，若有所思地念叨着，然后，奇迹发生了，他竟神奇地在杨总身上看到了些许女人味。

不管怎样，被人夸奖总是让他高兴的，更何况这个人是杨总、他的直属上司——想到这里，他情不自禁地扬起嘴角，欣欣自得起来。这时，杨总缓缓晃着鼠标，温柔地看着电脑，时不时轻点一下鼠标。午后的阳光从窗户洒进来，打在杨总背上，金色的光让她的头发闪闪发亮，随之而来的阴影让她的脸模糊不清。然后，他捕捉到了那个瞬间，他第一次在杨总身上发现了美，而且他马上发现，在一个与美毫不沾边的事物上挖掘出美，这是一种高级的诗性。

于是，在这个奇妙的下午，他不仅被自己的女上司身上奇怪的美感折服，还寻觅到一种奇特的诗性，这不管于公于私，对他来讲都是好事。或者说，这不仅是好事，简直是开创性的进展，是一个真正懂得美的人才能理解的胜利。可奇怪的是，他知道如此，却一点都高兴不起来。相反，他的心里还产生了一种难以言说的失落感。这种失落感配合着漂亮的逆光围绕在杨总身边，让他不禁琢磨：这个女人到底在想什么呢？

可惜，杨总马上打破了他对美的幻想，这让他觉得自己是个白痴。他是一条鱼，而杨总是狮子。鱼是不可能明白狮子的思维和处境的，而在狮子眼中，鱼只有"填饱肚子"这一种功能。

杨总说："好，小云，你既然会写诗，我们新产品的文案就由你来写吧！"

"可……可是……杨总……"他又难以置信，又觉得一切在情理之中，他气得甚至结巴起来了，"杨……杨总……写文案是文……文案组的工作吧！"

"当然。"杨总甩出这两个字，便不再理他，着手处理工作。看来，杨总已经下定决心要给他多加一份工作，他怎么反抗也没用了。

于是，他像个手脚被捆在一起的螃蟹一样，局促地坐着，面临着一会儿就要被下锅蒸的命运。这时，他心里像堵了团棉絮，又愤恨，又气恼，不过更多的是无奈。他曾经抱有的幻想，才是令他屡屡陷入绝境的致命毒药。他边抱着必死的决心，边暗暗谴责自己：你可真是个傻子啊，竟然真的会以为狮子喜欢鱼的把戏。诗歌属于水，属于每一条鱼，却不属于任何一头狮子！

很快，杨总就轻而易举地打破了他的愤恨和不满，因为杨总说了一段令他哭笑不得的话。杨总说："写文案是文案组的工作，可是这些日子文案组太忙了。行行好吧小云，你的才华不用在工作上准备用在哪儿呢？帮帮同事的忙！就这样，我把资料发你。"

晚上八点多，他迈着沉痛的步子走进小区，早把昨天未完成的诗句忘光了。他累得浑身散架，只想倒头大睡。当然，这种疲惫主要是头脑引起的。杨总的脸在他脑海中萦绕了几个小时，再加上为了写文案，他在大脑中疯狂遣词造句，就像跟文字玩捉迷藏一样，这可比干体力活儿累多了。他垂头丧气地朝家走去，路过小区的健身园，看见在灰暗中，几位妇女聚在一起闲聊，野猫应景似的蹲在一旁不时叫两声。他长叹一口气，刷了门禁卡，走进楼洞，登时产生一种不好的预感。

这种预感并不是无迹可寻，相反，它的踪迹非常明显。当他刚迈进楼道那一刹那，打头的音符便急切地钻进他耳朵里了。他停下脚步，把呼吸放慢，努力让自己成为一块吸收力极强的海绵，以便更好地感受那些"踪迹"——事实上，这完全没必要，音乐如流水，早就欢腾地奔下楼来，涌到他身旁了。

象征着昨晚记忆的音乐声全部回来了。糟糕的钢琴声。此时，有一个人躲在屋里，埋首于一架钢琴后，陶醉地弹奏，根本不在乎自己弹得是否难听。说实话，这是个不负责任的行为，这种没头没尾也没主人的声音绝对是对他人的一种骚扰。

这个声音到底属于谁呢？即便他现在累到无法发火，还是可以用残存的体力搞清这一点。于是，这一天最幸运的时候到来了，他根本不用多费力，走上二楼时便彻底了解到声音的来源。怪不得昨晚的钢琴声如此干脆地打断了他的灵感，因为这个声音就来自他正楼下。现在，他站在这面棕红色防盗门前，像站在一个巨大而害羞的音箱前。他累得像一条可怜巴巴的狗，而某人，他的邻居，竟然在温馨的家里旁若无人地弹钢琴，这让他有些嫉妒。

不过，他太累了，只得暂时放弃了好好跟这位邻居理论一下的冲动，拖着步子走上三楼，打开房门，走进去，再砰的一声关上门。这下子，钢琴声不但没消失，反而更响亮了。

## 2

"原来你旁边住了个钢琴家啊！"女友光着身子坐在床上，笑着说。

"是楼下！"他说完这三个字，赌气般转过身背对女友，把被子蒙在头上假装睡觉。

钢琴声不是偶然的，这位钢琴家也并非心血来潮，实际上，这架虚拟的钢琴已正式进驻他的生活了。这一周，他每晚都听到熟悉的钢琴声从地底冒出来。由于他在公司饱受杨总折磨，经常加班，所以回家时往往天黑了。他一走进楼道，这位友好的钢琴家就像迎接他一样，为他奏乐，送他上楼。钢琴声往往停止于十点半至十一点之间，先是最后一个音符像折掉的豆芽菜一样掉到地板上，然后是谨小慎微的盖钢琴盖子的声音，随之而来的则是一串孤独而克制的脚步声——他这栋楼隔音效果很不好，楼上楼下有动静他都能听得一清二楚，而这人又似乎穿着一双沉重的鞋子。

他推测，这位邻居是独身，不仅因为此人从音乐世界抽离时遗留下来的孤独脚步声，还因为一个显而易见的事实：有家庭的人怎么可能弹一晚上钢琴而不被打断呢？他被迫听了好几晚的钢琴曲，几乎没间断。这人好像有充沛的精力，在钢琴前一坐就是一晚。这位钢琴家，或者更准确一点说，钢琴曲制造者，可不是只弹一首曲子，而是每天换着花样弹。于是，时而是一首欢快得像一只不协调的小狗跳舞的钢琴曲侵扰他，时而是一首悲伤得像一位结巴哭泣的钢琴曲陪伴他。有了这位新邻居，他再也不孤单了，当然，写诗的灵感也再没来过。

昨晚，他陪女友去看了电影。从电影院出来，女友说饿了，于是他陪着去吃了宵夜，回到家已十一点。幸好，楼道里空空荡荡，没有蹩脚的音乐声，他暗自高兴，拥着女友回了家。在一片难能可贵的清净中，他们做爱，他感到极端的欢愉和自信。他特意没拉窗帘，让银色的月光洒在女友身上。女人光洁的皮肤像缎子一样闪着光，充沛的诗意流淌在他体内。让杨总、公司的杂事、讨厌的钢琴声都见鬼去吧。他突然发现可以写一首好诗，灵感就隐藏在女友纤弱的身体下。

可惜，当周六的晨光顺着窗帘缝隙进来，他还在半梦半醒的迷糊状态时，钢琴声像是不友善的起床号突然响起，他条件反射地睁开眼睛，暂时无法理解到底发生了什么，女友倒是一下子坐了起来。

"听！他/她弹的是《献给爱丽丝》！"得知楼下确实住着一位"钢琴家"后，女友雀跃起来。

著名的《献给爱丽丝》在这位钢琴家的诠释下变成了跛脚的小丑，跌跌撞撞的，夹杂着无数错音。有一段，钢琴家不是极其不熟练，就是看不懂这一段的谱子，他/她重复了很多次，每一次都错误百出，导致他/她不得不弹更多次。

"哈！大清早就开始弹钢琴，真有兴致啊。"女友闭上眼睛，像是在欣赏。

"我看这不是个被父母逼得走投无路的小孩儿，就是个文艺宅男！"女友发表了观点，随后闭上嘴巴，静静聆听。这时，《献给爱丽丝》结束了，换了一首更舒缓的曲子，不幸的是——这首曲子弹得更难听。

"是《星空》啊……"女友惆怅地说。

让他惊讶的是，难道女友被钢琴家的技艺打动了吗？这真让他怀疑起女友的审美来。不过，女友一直是个不懂艺术的姑娘。她今年不过二十四岁，比他小十岁有余。她爱上他绝不是因为他的才华，相反，她一直对他写诗这个行为嗤之以鼻。这个务实又随心所欲的姑娘爱上他、愿意躺在他床上是因为别的什么，只是他一直没弄清楚。然而现在，对文艺丝毫不感兴趣的小女友竟说出了两首钢琴曲的名字，这不禁让他怀疑起事情的虚实来。

"你难道觉得楼下邻居弹得很好听吗？"他尝试着问道。

没想到女友露出白嫩浑圆的胳膊，伸了个懒腰，散漫地说："我觉得还不错啊，你觉得呢？"

多难听啊，难听到令人发指——这话他差点说出口，又被他生生憋回去了。因为有一瞬间，他有了些疑惑。当然，他无权怀疑女友的审美，也没有自卑到否认自己的地步，只是……也许这里有一个无法跨越的沟壑呢？

不过，他没必要跟女友争执这个问题。这个问题很无聊，因为不管是钢琴家还是钢琴声都根本不重要。把有关钢琴的一切都停留在脑海里，并且与他人争辩，简直太可笑了。因为他越在意，钢琴声就越肆无忌惮，他早发现这一点了。

时间还早，不到八点，他可以再跟女友温存一会儿。他决定把钢琴声（现在又换了一支不知道叫什么的曲子）狠狠压在屁股底下，然后再温柔地拉过女友，让女人柔软的肉体伏在他胸前，试着进入昨晚那样虚无而欢愉的境地。只可惜，不管他多么卖力地无视钢琴声，钢琴声依然飘荡在他周围——它好像有一段时间确实被他压在屁股底下，但很快又溜出来，变本加厉地四窜起来。这时，女友说道：

"喂，云，你最近还写诗吗？"

"写不出来了……"他放弃与女友缠绵，伤感地回应道。

"太好了！"女友开心地使劲鼓了几下掌。他看着女友幸灾乐祸的样子，真想把她踹下床去，可是他不敢。

女友在床头摸着，拽出压在枕头下的 T 恤和短裤，迅速穿上，下了床，朝厕所走去，留他一人在床上发呆。其间，钢琴声不停，厕所里也传来女友欢快的歌声，两种声音混在一起，像是两块破铁不停敲击，让他头痛难忍。他真想把女友赶出门，再到楼下去狠狠教训一顿钢琴家。不过，这些行为只能存在于他的脑海中，他做不出。

他不敢跟女友闹掰，因为一旦得罪这个女人，就没有别的女人愿意躺在他床上了——他坐起身，看着女友在客厅忙碌。这个姑娘像只活泼的小鸟儿，一会儿打开窗户，在窗台靠了片刻，像是在呼吸新鲜空气，一会儿又打开冰箱，寻找一番，最终拿出一个酸奶喝起来——因为这姑娘身上有种邪性，好像她非常不在乎一些事情，又非常在乎另一些事情。比如说，他作为她的男朋友，她却非常不在乎他的客观条件。他不帅，没钱，又不会讨女孩欢心，没有幽默感，有时固执得像头牛……可是她不在乎，她从没有因为他的没出息责怪过他。

她是个留短头发，眼睛又圆又大，鼻子小小的，嘴唇有点儿厚，笑起来有两个梨涡的挺漂亮的姑娘。她的身材有点儿瘦，可是皮肤很滑嫩。按理说，有这样的姑娘他应该十分满足了，应该为了留住她什么都听她的才对。可是偏偏有时，她又会提出莫名其妙的要求，让他心烦意乱。

"喂，云，我说的事你考虑好没有？"女友喝着酸奶，靠在卧室的门框上，笑盈盈地看着他。

"什么事？"刚才的沉思让他短暂忽略了钢琴声，女友这么一问，钢琴声又回来了。

"搬家呀！你这个地方太偏了，我来一趟要一个多小时，太累啦！"女友提高音量，好像为了压住钢琴声似的。

看吧，就是这样无理取闹的要求，不是为了他好，也不是为了他们的关系能更进一步，只是为了她个人的喜好。就像她不愿他写诗，完全是因为她觉得诗歌这种形式非常奇怪。她对诗的理解是：这是一个喝了某种毒药从而一次只能说一句话的人，这个人因为这种药效而感到非常悲伤，于是断断续续地宣泄起来了。

"这地方离你公司也远，你该考虑考虑时间成本了。"女友又添上一句。

这个话题他们已经谈了很多次了，每次都以他的极其不耐烦、女友开玩笑似的嬉皮笑脸告终。她对他的住处非常不满，不过她是个生性乐观的姑娘，不会就此事与他闹掰。

"我没法搬家，市里的房租太贵了。"他愤愤不平地甩出一句，然后偷偷朝客厅看去，发现她正蜷缩在椅子上玩儿手机。

"哈！"女友叫了一声，从椅子上跳起来，小跑着来到他面前，睁着双眼，惊奇地说："你嫌贵？嫌贵就不要租那么大的房子啊，一居室绝对够用了。"女友不等他回话，立马又跳回客厅，停留了几秒钟，仿佛在思索什么，然后马上跑到另一个房间门口——他坐在床上，使劲伸着头，能看到一部分那个房间的门。女友一下子把那扇门拽开，同时，他感到血全都涌到头顶，钢琴声更强烈了。"你一个人住，还要租两居室，结果这个房间放了什么，全是书！"女友的声音很响亮，交杂着雀跃的情绪，"不对，不是书，是一堆废纸，神经病才会看这么多废纸呢！哈哈哈……"。之后，女友好像又说了些什么，不过他听不清了。不知是女友觉得心虚，降低了音量，还是楼下的钢琴家弹到激动之处，一个不小心，让机械的声音压过了人的声音。

　　下午，他坐在电脑前，又陷入那个怪圈：要写点什么，但是被钢琴声打乱了灵感，一个字都写不出。可是他必须写点儿什么。据他推测，明天的钢琴声依然会像今天一样贯穿始终，他得想个办法，因为他要是不弄点像样的文案出来，杨总是不会给他好脸色看的。

　　中午吃完饭，女友开心地走了，她约了闺蜜做美甲，晚上去新开的餐厅吃饭。对于女友把自己抛下和朋友出去快活这件事，他觉得很愤怒。但是因为杨总安排的工作太多，他不得不动用周末的时间。

　　可是，如果钢琴声不停止，他是不可能写出东西来的——他站在窗边，看着夏日的艳阳天与翠得发黄的树荫，觉得钢琴家的弹奏也夹杂着夏天的水汽——其实，琴声并不是没停过。中午他与女友吃饭时，琴声曾短暂停了一会儿，这个空当令他难以置信，让他怀疑自己是否产生了幻觉。再看女友，似乎完全没在意这个奇怪的停止。他思索了一会儿，吞了几口饭，随即轻轻地笑了。他发现了这个漏洞，这令他激动不已。然而，就当欣喜的情绪在他心底酝酿，马上就要形成滚滚潮水的时候，钢琴声又突然响起，让他满腹的喜悦落空了。

看来，钢琴家也是人，也要吃饭，只不过他/她是个天才，吃饭的速度比别人快，只要给他/她十分钟，他/她就能迅速把饭吃完，然后庄重地坐回钢琴前，准确无误地弹下另一段难听的音乐。

空当不止午饭时间，钢琴家毕竟不是铁人，是不可能弹一整天而不休息的。只不过，那些停止都十分短暂，让他搞不懂钢琴家是在休息、在思考、在等待，还是在翻阅谱子。或许钢琴家只是想这么停一下，是为了让听众有喘息的机会，以便更好地听下面的音乐。这是一种"强调"的方法。不过，难道钢琴家真的认为自己有听众吗？有时候，他/她在一首昂扬的曲子中突然来了个戛然而止，好像被命运扼住了喉咙似的，只不过，命运的手不是那么有劲儿，也就握了个五分钟便松手了，于是他/她又欢快地弹起来——这浮夸的表现方式难道不是一种人来疯式的表演吗？

但是，钢琴家施舍给他的短暂停顿并不能让他写完杨总布置的作业，更别说写一首诗。下午三点，他在一首舒缓的摇篮曲中站起来，在客厅绕了两圈，然后坐在沙发上，呆呆地看着天花板。这时，一股莫名的力量突然刺激到他的脊柱，让他噌的一下站起来，疾步到卧室——那里还残存着女友的味道。他摇摇头，想把女友的幻象赶走，于是走出卧室，走进另一个房间，走到书架前，深吸一口气。书的香味让他感觉好多了，他随手拿起一本保罗·策兰的诗集——

他翻动书页，字词随之掉落，砸到地上。可是，保罗·策兰和他的"武器"无法保护他逃脱琴声的侵扰。很快，"武器"同诗句一起化为灰烬，消失在他手中。他看着手心中渐渐隐去的尘埃，再看看书架上的诗集，只得放弃了。

看来，这个办法行不通，他必须换个角度想问题。其实，方法倒是挺多，只不过都不是些好方法。比如说，他可以带上笔记本电脑，去找一个咖啡馆工作。但是，他住的地方有些偏僻，附近没有咖啡馆，他必须去五公里外的一个商业中心——不幸的是，如果他选择这么做了，那就正好应了女朋友的诅咒，为了不让女友得逞，他赶紧把这个念头放弃了。或者，他可以从杨总那儿下手，告诉杨总他的处境，求杨总宽限两天，或者干脆把这个任务还给杨总。不过，他有一种预感（一想到杨总他总是预感重重），杨总会说出跟女友相同的话："你应该搬家！"是的，这就是女人的思维。准确地说，这是跟他牵扯不清的那类女人的思维。

当然，他可以寻求外界的帮助，比如去找物业。不过，这个小区的物业形同虚设，工作人员懒洋洋的，不到下午四点就下班了。不找物业的话，其实应该找房东，因为他毕竟是租客，这间房子出了问题他没义务亲自解决。不过……他找出房东的微信，思索良久，迟迟没有发出信息，因为这又是一个让他头疼的女人！这位女子六十多岁，是一位颇有名望的外科医生。她头发花白，目光如炬，喜欢制定莫名其妙的规则。比如说，她不允许他养花，不允许他养宠物，也不允许他带女朋友回家，她是这样解释的："我讨厌那种味道，一股年轻的生肉味儿。"他觉得她做手术走火入魔了，魔怔的人总会提些奇怪的请求。于是他表面上对她客客气气，实际并不完全遵循她的规则。幸好，这位忙碌的房东太太从不亲自显身，只是在微信或电话中发号施令，所以她根本不知道他是否真如微信中表现得那样乖巧。但是，如果他现在以这样一件事情麻烦房东，甚至从某种角度来讲算是指责房东的话，难免不会把这位外科医生招过来。对于这种女人，他应该慎之又慎。说实话，找物业，找房东，还不如找其他邻居帮忙。对啊！他应该去找邻居。

　　此时傍晚五点，由于中午没吃多少，他的肚子已经咕咕叫了，但是钢琴声未停，看来钢琴家的肚子还没有饿。这时，楼道里热闹起来：一阵咚咚咚像是敲鼓的脚步声，由远及近，零碎的小军鼓打头，后面跟着饱满厚实的大鼓。它们路过他的门口，伴随着孩子兴奋的闲言碎语和大人温和的安慰。然后它们走远了，随着门的开合声，消失了……然而，这只是序曲。还不到十分钟，他听到楼下的大门再度被打开，一阵节制的脚步声由远及近，再由近及远，这阵声音力道很轻，他推测是楼上那个模样清秀的女学生。女学生进了家门后，过了大约十分钟，门又被打开了。这次的声音很嘈杂，有机械碰在水泥地上的声音，有喘息声，有不情愿的拖泥带水的脚步声，看来，一楼的大爷和他坐轮椅的老伴回来了。这段声音虽然混乱，但并不长久，没多一会儿，随着砰一声响，它们全部消失了。而在这傍晚的楼道交响曲中，钢琴声扮演着若有似无的点缀角色。钢琴家似乎知道这段时间是属于大家的，所以弹得格外轻柔舒缓，不仔细听根本听不出来。

他耐心听完这部"楼道交响曲"，心越来越沉。从这些风格迥异的脚步声和话语声中，他发现一件事：这些人全都不在乎。邻居们仿佛被一个玻璃罩子保护住了，茫然而积极地生活着，根本不关心周围起了什么变化。这直指一个事实：邻居们绝对不会跟他一起去声讨钢琴家的。也许多数人根本没听见钢琴声，另一些人即使听见了，也完全不当回事。在这场"战役"中，他只能与自己为伍。

实际上，他不是没想过简单直接地解决问题：敲开楼下邻居的门，诉说自己有多被钢琴声困扰，劝此人不要一天到晚弹琴。他们甚至可以商量出一个方案来，比如说，某时段钢琴家弹琴，他休息；另一时段他写作，而钢琴家休息——这是成年人解决事情的方法。

这个想法在他心里酝酿良久，就是无法执行。其间，钢琴家已经快速吃完晚饭，又坐回钢琴面前开始了晚间演奏。这个晚上，钢琴家暂停过数次，虽然每次都很短，但足以给他清醒的空间令他思考。只不过，他哪次机会都没抓住。他就这样，瘫在沙发上，仰面朝天花板，一遍遍做着思想斗争。其实他早就知道，根本迈不出这一步，有条绳子早就把他束缚得死死的了，即便大好的机会摆在他眼前，他也只有遗憾放弃。这是埋藏在他骨子里的命运，是他出生即注定的事实，后来的所有经历不过是把这个事实修饰得更加华丽。

想到这里，他忽然放松了，毕竟，总绷着这根弦，难为自己去做一些难以完成的任务，这是不健康的。现在是周末，他应该好好享受，而不是去反复折磨自己。

他在屋里晃来晃去，一会儿走到窗边透透气，一会儿走进书房扫扫灰，一会儿又去吃一点零食。他甚至满含情欲地给女友发了条微信，希望她吃完饭能来找他，不过很快就遭到了女友的拒绝。然而，他不气馁，又打开电视，把音量调大，随着无聊的综艺节目捧腹大笑。看他这副模样，真有种不把周末过得有模有样就不罢休的气势。

直到夜里十一点，钢琴声停止，他在一片静默中，虔诚地坐在电脑桌前，打开一个空白文档。他大气儿都不敢喘，生怕把难得的灵感雏形赶走，就这样像村头的傻小子似的坐了半个小时，也没憋出一个字。于是，他心浮气躁地打算换一个思路，既然写不出诗来，那就写写文案吧，这恐怕不用他太动脑子。不过，不知是他高估了自己的能力，还是低估了文案的难度，他依然一动不动坐在电脑前半个小时，几乎把自己坐成个石雕，也没挤出半个字。

他彻底放弃了，把电脑关上，随便洗漱了一下，关掉灯，倒在床上玩手机。他本来想给女友发去一条甜蜜的微信，可不知怎么，他竟找到了杨总的微信，手不受控制地打出一句话：抱歉杨总，请再多给我一点时间，我一定会写出您满意的文案的。他甚至忘了他是否真发出了这条信息，没有钢琴声的房间像是一个黑洞，正在汲取他的能量，他很快就睡着了。

3

　　诗歌第一次出现在他的世界是五年前，他在网上冲浪时偶然看到一个诗歌小站，里面贴了一首保罗·策兰的诗。读第一遍时，他觉得身体里一些机关被打开了，血肉成了辽阔地，他兴奋不已——他现在依然记得这种感觉。可惜的是，这感觉转瞬即逝，当他读第二遍时，竟一无所获。于是他知道，再好的诗也只能读一遍。诗歌是短暂永恒中的一丝奇想，是注定要随着曼妙之风飘向远方伊甸园的。

　　在读到保罗·策兰前，他玩闹似的也读过一些文学作品，但从没有过这般醍醐灌顶的感觉。保罗·策兰给他打开一扇新的门，让他得以稍微窥见文学的真谛。从那之后，他一发不可收拾：波德莱尔、惠特曼、卡瓦菲斯、兰波、曼德尔施塔姆、艾略特……他读热门诗人，也读冷门诗人，然后便开始进攻小说家和剧作家。在还没有抽风写下第一首诗前，他可谓是个头脑简单的文艺青年。那时，他的工作轻松，又没有钢琴家给他捣乱，让他可以一下班就把自己和书绑在一起——他的藏书就是那时候增长起来的，为了放下这些书，他不得不跑到郊区租下这间两居室。后来，读书已经不满足他了，他看的书越多，心的空洞就越大。于是，他从单纯的文艺青年摇身一变成为诗人，生活就是从那时开始有了变化。

　　刚开始，他确信自己写了几首不错的诗，整天在诗歌论坛上晃悠，结识了一群地下诗人。他把自己的诗发在论坛上，有人真诚赞美，有人觉得是一堆垃圾。不过那时候他不在意，因为他没把写诗当回事儿。他那时写诗如流水，却不在乎这些"流水"的去向。事情怪就怪在，在写了一年后，他的灵感开始堵塞，他反倒在乎起这些诗的去向了。他开始疯狂给各大诗歌刊物投稿。结果，无论是省级、市级的诗歌刊物，还是民办刊物，或者电子刊，组成了一个巨大的联盟，齐心合力地拒绝了他——他没有一首诗刊登出来，这让他开始怀疑起事情的真相来：是那些夸赞追捧他的地下诗人的审美出了问题，还是这些刊物的审美集体出了问题？

他不是没有想过，也许他写诗，是为了满足自己想要"脱颖而出"的欲望。他这个人，没什么突出之处，却还交了一个那样漂亮的女朋友，这不公平。他不记得是不是因为女友才萌生了写诗的欲望，不过这不重要，重要的是，他似乎确实把诗歌当作一种武器：区别自己与他人的武器。当然，他很懦弱，不敢亮出这件武器，只能私下自我欣赏，但是这足够了。

看来，他的诗歌才能并没有他想的那样出众，而是少得可怜，没办法让他当上大诗人，没办法让他以诗歌为生，甚至没办法帮助他做好自己的工作。他甚至悲观地认为：他写不出诗，写不出文案，根本不是因为钢琴家捣乱，而是他根本没有文字天赋。他的审美没准很成问题，才会天真地认为自己能够写诗。这下，试金石一般的杨总点醒了他，让他发现自己原来是块难看的石头。

此时，他像块畸形的石头一样坐在杨总面前，准备接受训斥。本来，杨总对他满怀期待，给了他一周时间，他竟写不出一段五百字的文案，他羞愧得恨不得请杨总立刻开除自己。

杨总还是那样不慌不忙地看着电脑，时不时跟他说上几句话，都是些工作上的琐事，完全不提文案。有一瞬间，他甚至产生了幻觉，觉得自己已经凭借实力成为杨总的得力手下，他的职责可不是写什么文案，而是辅助她完成一个又一个艰难的策划案。

但是，祥和的气氛没维持多久。很快，杨总便转过身，用那双黑漆漆的眼睛盯着他，仿佛要看穿他的灵魂。

"唉，小云啊……"杨总叹了口气，听起来很忧伤，这让他有些手足无措了。

"小云，怎么办呢？"杨总轻柔说，"本来想给你一个机会，让你试试看，但你让我失望了……我不知道你是真的写不出来，还是不想写——"这时候，杨总停顿了一下，"我觉得你并不是写不出来，因为你是个诗人。一个诗人，写几句文案是绰绰有余的吧。但是我给了你一周的时间，你一个字都没写。到底是怎么回事？你一个写诗都写得得心应手的人，会连几句正常的话都编不出来？……"

杨总还在说着什么，可是他一个字都听不进去了。他好像开启了一种自救机制——耳旁生出玻璃板，把那些话都弹了回去。他甚至看到那些字词飘在空中，其中"诗人"二字出现频率最高。他眼睁睁看着这两个字忽大忽小，歪歪扭扭，以一种大言不惭的架势在他眼前招摇过市，而他作为诗人的命运也随着这两个变形的字掉进垃圾桶里了。

"小云，你要想想你的未来。"杂乱的噪音减弱，这句话清晰地显现出来，仿佛两声嘹亮的大号从一段混沌的钢琴曲中突破出来。

他看着杨总，暗暗使劲捏自己的腿。他不想认输，所以不能躲开杨总的眼睛，但是他更不想在杨总面前哭。

"你自己没有感觉吗？你在市场部并不合适。"杨总的声音很温柔，像在哄一个受委屈的孩子，"我不知道为什么把你安排在市场部，不知道你之前的领导怎么想的，总之……"杨总忽然很局促，似乎不知道该怎么说下去。他真想替她说出这番话："你长得不帅，性格沉闷，脑筋又不灵活，怎么能做市场呢？这简直是在开国际玩笑！"杨总心里想的绝对是这样，可是杨总不说，恐怕是因为她很善良——他突然有些感动了。"你身上是有闪光点的，只是没人挖掘，又被安排在了不合适的位置。我希望纠正这个错误，但我需要你给我一点信心——"她说。

杨总不再说话，甚至移开眼睛不再看他。他有些着急，因为他很怕伤害这个忽然拥有圣母般光辉的女人。他绝想不到，杨总居然对他有此打算。这个表面看起来风风火火、什么都不在乎的女强人杨总，竟有一颗细腻柔软的心。他确实要对杨总转变看法了，不仅因为杨总对他的特殊关照令他受宠若惊，还因为杨总的另一个特异功能——她的话有十足的蛊惑力。

也许是看他一直不说话，也许是心里早有疑问，杨总说了一句让他意想不到的话。这话让所有美好的幻想破灭了，让他突然置身于丑陋的现实囹圄中。他谴责自己：杨总毕竟是自己的上司，为什么要对她抱有超脱世外的期望呢？

杨总说："小云，你实话告诉我，你是不是对我有意见？"

他怎么会对杨总有意见呢？或者说，他怎么敢对杨总有意见呢？杨总是他的直属领导，是能掌握他生杀大权的人，他对她殷勤还来不及呢。他这样想，并不是因为他品格低劣，骨子里就喜欢对人卑躬屈膝，而是他不得不这样。因为他知道，如果持续让杨总失望的话，他就离被开除不远了。

想到自己已三十五岁，却一事无成，甚至还要担心被开除，他不觉悲从中来。此刻，他像踩在一块被夜色浸满的棉花上，东摇西晃地走进小区。妇女和孩子们照例在健身园玩耍，嬉笑声像彩带，调皮地缠住他，让他无法离去。他在旁边驻足良久，看着路灯光照耀在孩子们身上，然后他发现，他赌气似的在这儿站着，是因为他不愿回家。他一走进楼道，钢琴声必定会如约而至，这个声音让他想起他写不出文案、写不出诗歌的事实。

不过他总得回家，他也不能在小区待到十一点再回家，尤其是当孩子与妇女都散去，这个空旷的健身园就显得有些诡异和悲凉了。于是他下定决心，要用意念把耳朵关起来，别被那些弦外之音打扰。尤其是今晚，他需要好好睡一觉，以便明天有充足的体力思考该何去何从。其实这不难，与这位钢琴家相处这么久，他早该习惯了。不过是一些冰冷的机械声音，又不是撕心裂肺的鬼叫，他为何要对此特别关注呢？他真应该好好锻炼一下自己的意志力，就从今晚开始吧。这样想着，他竟被燃起了斗志，尽管那些战斗的火苗有些畸形，比钢琴家的音乐也好不到哪儿去，不过它毕竟是火，是能够把他的心烧得暖和一些的。于是，他挺直身子，打开门禁，然而，就在他踏进楼道的一刹那，他简直惊呆了，事情完全没有按他的预想进行。

他走进楼道，仿佛掉进了时间的间隙，周围只有无涯的黑暗与空旷的回响。没有声音做参照物，就像没有光照亮色彩。一切都消失了，安静得只剩下呼吸。他甚至觉得自己的躯体也消失了，消融在听觉世界的黑暗里，只有气息和情绪永存。那一个时刻，他确信自己变成了一段思想，漂浮在永恒中，无所不能，却又无处可去。那段他渴慕已久的钢琴声，早已随着藤蔓攀到天上，成为天堂之音了。

确实，楼道很寂静，没有钢琴声，甚至没有任何模糊的生活之音。不过，那片黑暗是存在于他意识中的，实际上，楼道里并不是漆黑一片。他刚进来时，声控灯应声而亮，他觉得好像走进了一个黄亮的灯笼里。过了一会儿，灯光灭了，银色的月光从楼道大门的窗子照进来，像一道巨人的温柔目光。

他试着以不惊动声控灯的力度在灰暗与寂静中上了几级台阶，路过那位坐轮椅的老人家时，他停了一会儿，屏住呼吸，似乎听到了从门里传来的隐约的说话声。不过，那声音很轻，时断时续，让他怀疑也许是自己的幻觉。这里已经安静得足以让他产生幻觉了，也许是幻觉让声音停止的？为了证明哪个观点正确，他抽风似的跑到二楼，一个猛刹车，站定在钢琴家门前。猛烈的喘息声在寂静里丛生，这分明在告诉他：没有幻觉，钢琴声真的消失了。现在，在这块静谧的黑板上，任何声音都可以涂上颜色。想到这个事实，他突然觉得很伤感，垂头丧气走上三楼，打开门走进家里。

他煮了点面条果腹，然后打开窗户，细听夜风的声音，思考了一下现状，又失望地关上窗户，打开空调，在房间里蹀了一会儿步。他的脚步声把他吵得心烦意乱，于是走到浴室去洗澡。洗完，他觉得神清气爽，进书房找到一本叶芝的诗集，拿到卧室，打开电视，把音量调到很小，然后就着隐约的电视声读诗。读了一会儿，他觉得莫名其妙，好像根本看不懂这位大诗人想说什么。于是，他把诗集送回书房，返回卧室，躺在床上胡思乱想。

事实就是，钢琴家不见了。当然，不是说他/她这个人真的消失了，而是他/她作为钢琴家的形象消失了。他/她不再弹钢琴的行为像是一项宣判，即，他/她，并不只是作为"钢琴家"而存在于世的，他/她还必须成为点儿别的什么。也就是说，他/她不仅拥有"钢琴"这个属性，还拥有很多他根本无法想象的丰富属性……不过，事情也许没他想得这么复杂。他因为实在无事可做，又睡不着，已经直挺挺躺在床上良久，这种时候最易滋生怪想了。也许钢琴家只是弹腻了，搞烦了，从今以后再也不碰钢琴了，就这么简单。

夜里十一点，他仍旧毫无睡意。没有了钢琴声，他的房间变成一颗硕大的胶囊，空气稀薄，让他烦躁。他想思考一下这个问题：钢琴家似乎也没搬来多久，他怎么就如此习惯于听这拙劣的钢琴声了呢？突然，他猛地坐起来，发现了这个思维的漏洞：他不能暗示自己已习惯钢琴声的陪伴，而是应该为钢琴声的消失而欢欣雀跃才是，因为他终于可以写诗了。

借由这个虚假的希望，他做了一个非常错误的决定：他起来为自己冲了杯咖啡，打开电脑，开了一个空白文档，边饮咖啡边等待灵感来临。鬼知道他为什么要在完全不困的情况下喝咖啡，也许是希望可以物极必反。但是，这杯咖啡并没给他带来太强烈的灵感，反而使他头晕目眩。等他稍微从咖啡因的刺激所带来的恶心中缓解出来，好不容易探头的诗歌灵感也杳然无踪了。别说一个完整的句子，他甚至无法想出一个形似诗歌的词，他甚至无法幻想出一个形似诗歌的景象，他可说大脑一片空白，与诗歌毫无关系了。

可是，他并不是一个轻易言败的人，实际上，他比橡皮胶还要坚韧，比牛轧糖还要粘牙。即使写不出诗歌，他也不愿浪费这个喝了咖啡的失眠夜晚，于是他决定干点正事：写写文案。这是一件非常重要的正事，他今天又跟杨总争取了几天，保证一定完成任务，这是他最后的机会了。他现在的处境十分危险，如果不老实写个文案交差，他恐怕真要失业了——想到这，他突然变成了一根炮仗，屁股上的捻子已经燃着，他要不就任其燃烧，蹿上天花板，要不就采取点措施，比如左摇右摆地把捻子弄灭——不管怎样，他这副惊慌失措的模样都怪可笑的。但是他很快冷静下来，并安慰自己这一切只是咖啡因作祟。但他要利用咖啡因好的方面，即醒脑、提神，而忽略其不好的效果，赶紧好好写出几句文案吧！

他迫使自己沉静下来，深吸一口气，在万籁俱寂中把这口气缓缓吐出。然后，他打开网页，搜索对标产品的文案来找找灵感。等他觉得差不多了，甚至不用新开一个文档，就用刚才写诗没写出来的文档就行，把脑子里还有些别扭的几句话敲进去，再慢慢修改。这时，不知道是脑海中的思想斗争太过激烈，还是心脏被咖啡因刺激跳得太过强烈，他竟听到了"咚——咚——咚——"的声音。他停止敲字，机警地听着这声音由小及大。他很快明白了，这不是他思想的声音，也不是他心脏的声音，而是楼道里传来的脚步声，所幸这声音很短暂，甚至还没有波及他家门口就停止了。

这只是个小插曲，无须在意。他重新镇定下来，想顺着现有的几句文案继续写下去。但是，当他琢磨字词时，一个可怕的声音出现了：那是一阵短促的、很多音符密密麻麻编织在一起的、犹如很多口钟从远方发出呼救的声音集合。只轰轰烈烈的一下，就像从地下冒出一朵恶魔之花，然后很快又回归地狱了。由于多日的训练，即便声音十分短暂，他也立刻分辨出：这是某人把十根指头一齐按在钢琴键上发出的声音。

他呆住了，随即反应过来：钢琴家回来了！看来，钢琴家并未抛弃钢琴以及"钢琴家"的身份，他/她只是一个热爱音乐却不得不去应酬到深夜的成年人。

他激动地挺直身子，竖起耳朵，期待更多具有象征意义的声音。因为这一声天赐般的钢琴声，他全身的毛孔都打开了，咖啡和亢奋的情绪合起伙来使劲摇晃他的心脏，他却没感到丝毫不适，似乎救赎的钢琴声已适当弥补了咖啡带来的痛苦。他不得不承认，他变了，在这个一无所获的绝望夜晚，他再度听到钢琴声，不仅没有懊恼，反而感到很欣慰。

事情是顺着逻辑发展的，不会这儿那儿跳得毫无章法。所以说，钢琴家是一个顺应生活不停向前漂泊的活生生的人，而不是他臆想出来的符号。要多亏这静得瘆人的夜，才让他听到这场戏：钢琴家赌气似的把十个音符都聚集在一起发射出来后，很是宁静了一会儿。他也一动没动，好像在和钢琴家对峙。然后，他听到了琴盖关上的声音。然后便出现了一个他至今难忘的声音。那是一声叹息，富有磁性的男人声音，这声叹息中包含着一团厚实的雾，把湿漉漉的伤感情绪推向他。钢琴家叹完这声气后，起身走向房间某处，沉重的脚步声响了一会儿就消失了。

最终还是归于寂静，无论什么声音都会走向虚无。钢琴家没有离去，没有放弃演奏钢琴，只是暂时离开了，去城市的某个角落狂欢，然后回到家中，抚摸熟悉的钢琴。一切都没有改变，一切也都不会发生改变。他之前的揣测、心惊胆战、坐立难安，只能说明他愚蠢。现在，钢琴家回来了，再也不会离开他，他应该感到安心了。

不过，这不一定是件好事儿，因为他现在连刚才费尽全力写的几句文案也看得不顺眼，赶紧删了。

## 4

钢琴家是一个男人，恐怕还是一个有许多"身不由己"的成熟男人，这是他最新的发现。

很容易根据钢琴家那晚给的声音线索做出以下猜想：这个晚上，钢琴家参加了一场迫不得已的应酬，身心俱疲，在夜里十二点才拖着沉重的步子回家。然后，也许是出于一种惯性，或是基于赌气的心态，他掀开钢琴盖，摆好谱子，本来预备弹一首柔缓的钢琴曲放松一下。但是，他一看到黑白相间的琴键，就不知着了什么魔，十指用力，齐齐按在琴键上，发出了一声恐怖的绝响……可他毕竟是个成熟的男人，马上克制住了自己，把千言万语化为一声叹息，乖乖洗澡睡觉去了。

当然，这只是他的猜想，而不幸的是，他的猜想十有八九是准确的，因为除了这一套解释，他实在想不出任何别的可能。实际上，钢琴家的"故事"早就摆在那里了，只是他被蒙蔽了双眼，一直没发现。直到昨天，钢琴家生龙活虎的形象才水落石出：此人很有可能是一个与他年龄相仿的独身男人，没什么朋友，拥有一份平平无奇的工作，在工作中有诸多不顺心，不得不靠弹琴发泄——这样看来，钢琴家一回家就弹琴直到夜里这个行为也就顺理成章了。

曾几何时，他也是这样一位文艺青年，一回家就埋首于书中，浑然忘我。如果看书也有声音的话，那么他的声响一定比钢琴声还大。只不过，他幸运地选择了一个无声的行当，使他的行为很有隐秘的意味。而钢琴家即便想再多的方法，也无法阻止钢琴发出声音这一事实，否则，他的兴趣就毫无意义了。所以说，扰民的钢琴声也是他兴趣爱好的一部分，这是没办法的事——想到这里，他竟有些同情钢琴家。

他喜欢读书写诗，而钢琴家喜欢弹钢琴，他们默默有了共同点。只不过，他们似乎不在一个时间轨迹上。在他慢慢丧失写诗动力之后，读书的爱好也被他放弃了，现在，他偶尔才会去书房溜达一圈，拿本书翻翻，但很快又放回书架。他已经放弃了自己赖以生存的热爱，而钢琴家却处于兴头上。这么看来，他与钢琴家仿佛是未来与过去的两粒种子，游走于时间花哨的轨道上。

那天晚上，在推测出钢琴家的一些基本资料后，他感到很震惊，乃至于一晚上都没怎么睡。当然，这种旷世失眠肯定还有咖啡的功劳。当太阳升起来时，他感到头痛欲裂。他逼迫自己喝下一袋牛奶，吃了一个鸡蛋，冲了凉水澡，做了半天思想工作，最终还是迈着不情愿的步子出门了——但是他知道，今天肯定迟到了，冷水澡和思考耗去他不少时间，使他出门比平时晚了半个小时。当他头晕眼花地关上自家的防盗门时，楼下同时传来防盗门关闭的声音，然后是一阵沉重的脚步声。出于好奇，还有一种下意识的灵敏，他连忙跟下楼。楼道的铁门在他眼前开了又关，一个身影飘了出去，他也赶紧推开铁门。果然，他在一片清新活泼的小区早景中看到了那个身影：一个瘦弱男子的背影。这个背影很陌生，他断定此前没在楼里见过这个人。这位男子穿着条纹短袖 T 恤，牛仔裤，背着一个橄榄色破旧的双肩背包，背有些驼。他尽量与这个身影保持同样的距离，直至走出小区。只不过，男子向右拐，而他则要向左拐。他在小区门口站了一会儿，看着远去的背影，心里十分确定：这是钢琴家。

这一整天他都有些恍惚，昨天彻夜未眠，再加上钢琴家的背影在他眼前挥之不去，让他像着了魔一样晕头转向，看不清也听不清。小柳姑娘喊了他好几次，最后甚至贴在他耳边叫他，才把他从神游中勉强拽了回来。"云哥，你这是怎么了？不太正常啊，是不是失恋了？"小柳笑着问。他听了这话，感到很羞愧，顺便把之前对小柳的好印象全部抹杀了。但是，小柳硬生生地闯进他的幻想世界也确实给他敲了个警钟：今天确实有些不正常，杨总到现在都没找他。他看了表，已经下午三点了，杨总居然一个电话都没给他打，这也太邪门儿了。最可恶的是，想到今天能按时下班，他不仅不雀跃，还有一丝担忧。

"哎呀，云哥，我看你不是失恋了，就是要结婚了。"小柳靠在他工位旁的墙上，笑着看着他说。

恍惚间，他看到女友正靠在墙上嘲笑他。他使劲眨了下眼睛，女友的鬼魂在小柳身上挣扎了一番，离开了。

"云哥，婚房准备好了吗？"小柳继续调侃他。听到"婚房"二字，他浑身一紧，头晕更加重了。钢琴家的背影像一块潮湿的印迹出现在他的视野里，那个身影在小柳旁边，逐渐缩小，越来越透明，然后像气球一样飘了起来……他下定决心，要尽快找个借口把小柳轰走。

当然，小柳不知道他的精神世界面临着怎样的危机，她是个爱说笑，爱捉弄人的漂亮姑娘。现在，她像蛇那样小心翼翼地向前磨蹭，准备靠他更近一点。而他因专注于与幻觉战斗，竟没注意危险的来临。等他反应过来，小柳已经凑到他跟前，俯下身子，把嘴巴挨近他的耳朵，用气声说道："云哥，告诉你一个秘密吧。"

他吓了一跳，本能地把身子往后仰，抬起头，正看上小柳的眼睛。他大气不敢喘，无数个过于活跃的因子在他脑海里激烈跳动，让他眼前出现了很多斑斓的色块。等他稍微稳定了情绪，却发现：这姑娘有双勾人的眼睛。

"哎呀，你别害怕，云哥，我只是想告诉你个关于杨总的秘密。"小柳捂嘴笑了，然后，她像一个发现了新奇玩意儿的小孩儿那样，兴奋地压低声音，说道，"听说杨总觉得咱们公司闲人太多，要裁员了。也就是说，有一些人要失业啦。"

他对杨总要裁员这事一点都不意外，他甚至已经料到，这个裁员名单里肯定有他自己。这似乎是板上钉钉的事了。事情的发展一点儿也不会偏航，因为除此之外，他再也想不到其他可能性，就像他没法为钢琴家想象另一种人生。

从小柳口中得知杨总要裁员后，他如一个游魂飘到厕所，穿着裤子坐在马桶上好久，想给女友打个电话，却又不知说些什么。过了半个小时，他头重脚轻地飘出来，坐回工位，看看表，已临近下班，他的电话一直寂静无声，微信和**QQ**也没有响。看来，杨总今天是不会找他了。这时，他突然发现，他早已变成了一株没有杨总就活不下去的植物。即便杨总对他百般虐待，他始终对杨总存有一种敬意。这种感情被他埋在心底，和那些腐朽的诗歌放在一起，以至于他平时根本察觉不到。想到这点，他觉得很恐慌，正巧这时下班时间到了，他逃荒一样收拾东西走人了。

他到小区时傍晚六点多，天还亮着，小区中的长椅上还悠闲地坐着聚众聊天的大爷大妈，各种平台的外卖车层出不穷，姑娘小伙们昂首挺胸地路过他身边朝家走去——他有多久没看过这个画面了。白昼的光，温馨的气息，人们脸上放松的表情……这一切都令他心驰神往。不知是不是这种舒适的气氛作祟，他走进单元楼，听到欢快的钢琴声，竟头一次觉得悦耳。

事实是：钢琴家比他出门晚，比他回家早。或许钢琴家做的是一份轻松的工作，不过他想了很久也想不出这城市里会存在什么轻松的工作。要不就是，钢琴家的公司离住处不远，路途只有半个小时。或者，钢琴家是个自由职业者，这也是很有可能的，比如设计师，插画师，作家——当然，他不可能是个音乐家。

之后的几天，他过得心惊胆战，又无法避免地有一种深深的懈怠感。他上班的时光过得比以前轻松很多，因为杨总几乎不找他了。而他也因为一直没写出文案，没脸主动出现在杨总的办公室里。现在，杨总不给他安排多余的工作，只求他做好常规工作即可。顷刻间，他变成了公司里最闲的人，眼睁睁看着同事们忙得脚朝天，说不出是庆幸还是羡慕。他觉得杨总并不是遗忘了他，而是在躲避他。有好几次他在楼道碰上杨总，本来想殷勤地打声招呼，却迎上杨总闪躲的眼神，他只能灰溜溜地走开。事已至此，他倒觉得被开除也是种解脱。不过裁员这个新闻也只在小柳嘴里出现过一次，之后就再没显身过，让他怀疑这是不是小柳捏造出来的笑话。

怪事情层出不穷，他好像莫名其妙搞定了杨总，让她不对他呼来喝去，又莫名其妙哄好了女友，让她起码这段时间没再提出让他搬家的要求。不过，这些事他是怎么做到的呢？这好像是些顺理成章的事，根本不需他努力。一时间，他的生活有了一副风平浪静的古怪模样。这种怪深入骨髓，即便愚蠢如他也知道这日子不会长久。那么，这到底是"改变"的前戏，还是造物主折磨他的新手段呢？他一时还真猜不出。现在，就像回光返照一样，他一回家就把自己关进书房，伴着钢琴声与书待在一起，直至钢琴声停止，他才出来洗漱睡觉。他在书房里不干别的，正是读那些被他冷落许久的书。事情就是这么怪，他本来失落地认为自己再也不会从书中找到快乐了，可是没想到，他这次再度"误入书途"，竟然如痴如醉，发掘了很多深藏在书中的秘密。他有幸发现了这些奇异的、隐藏在字句中，或伪装成标点符号的秘密，欣喜若狂，并决定跟谁都不分享。

伴随着文学秘密呼之欲出的，是钢琴声中蕴含的美。起初，他认定杨总会开除自己，在破罐破摔中体察到钢琴声中深藏的一丝悦耳。这是全新的体验，给他之后的感受打下了坚实的基础——在他和杨总扮演两块同性磁铁玩相斥游戏的这些天，他难得落了个大清净，钢琴声的美也是在这个时候悄然钻入他耳朵的。刚开始只是悦耳，这代表他不排斥了，甚至有些享受。慢慢的，他竟然像发现了书中的秘密一样，发现了在钢琴声中隐居的"美"。这实在是个难得的大发现。犹记得上一次他发现了同等级别的美感，还是第一次阅读保罗·策兰的诗时。

　　不过，他对钢琴声态度的转变确实也有一个重要的辅助因素：时间。日复一日，他坐在书房中，以一种开放的心态听曲子，这让他不得不从其中分辨出一些情绪。他发现，钢琴家弹琴时是极有感情的。有两天，钢琴家只弹音阶，声音有气无力，带着一些烦躁、伤感，于是他知道，钢琴家正经历人生低谷，或许他在质疑自己的琴技，或许他在质疑人生呢；还有一天，楼下突然传来狂躁的声音，像一匹过于活泼的小马驹跳蹿到他面前，他马上辨别出，这是一种狂喜，钢琴家一定是收到了一个好消息……甚至有一天晚上，他在寂静中躺在床上，在半梦半醒之际闻到一股又香又呛的味道。他认出这是香烟的味道，是从窗户飘进来的。他在迷迷糊糊中做了一番精确无误的思索：烟雾很轻，是自下往上飘的，而能精准飘进他家窗户的烟雾，恐怕是从正楼下传来的，那不就是钢琴家的家吗？他清醒了，原来钢琴家在抽烟！是有何等苦恼，才能让这个热爱音乐的男子在深夜抽烟呢？

　　他当然知道，他对钢琴家怀有倾慕是由于一种不靠谱的情愫作祟。这种感情像一根隐形的线，连接着他们。实际上，从他第一次听到钢琴声那天起，这种奇怪的连接便存在了。他和钢琴家应该成为好朋友，因为他们是命运共同体，因为他无法控制地对钢琴家产生了深深的理解和同情。这些感情让他失去了判断，或是让他纠正了判断。除了同情，还有一种愧疚滋生在他心里：钢琴家可以不顾一切地弹钢琴，而他却因顾忌一切而写不出诗。每想到此，他恨不得冲下楼去敲开钢琴家的门，握住钢琴家的手，好好诉诉衷肠。

可他知道，他不能这么做，钢琴家与琴声必须存在于他的幻想中。钢琴家当然是真实存在的人，但从另一方面来讲，钢琴家又必须活在他的幻想中，这样他才能保全钢琴家，让琴声永存。可是他这个写不出诗、写不出文案的人，又怎能让钢琴家永存于他的幻想中呢？也许他真应该听女友的话，搬家，远离这个是非之地。现在，他每天心情平静，怀着一种快退休的心态，是绝对没办法把现实生活摆正的。他要突破这个怪圈，把一切混淆起来，或许才能稍微挽救天国的琴声。

### 5

一个周五，他下班回家，看到一幅令他大跌眼镜的画面：女友竟和房东坐在沙发上开心地喝茶聊天。

"云，你回来啦！今天回来得也挺早啊。"女友的小脸儿因为兴奋而红扑扑的，像一个刚出炉的圆圆的烧饼。

他并不后悔给女友打了一副钥匙，有时候女友会扮演"不速之客"，一个招呼不打就躺在他床上等他回家，像一件未拆封的诱人的礼物——当然，他给女友钥匙盼望的是这种浪漫的事，可不希望她有一天突然就把房东领回家。

房东出现在家里，还和女友有说有笑，这太尴尬了，更别说这位患有强迫症的老妇人还曾对他下了那些禁令。现在可好，绿萝和文竹待在阳台上，女朋友待在客厅里，他就差从小区把一只流浪猫带回来塞到房东太太怀里了——这样，他也算把房东的禁令全打破了。他磨磨蹭蹭换好鞋，低着头走到厨房喝水，一边贼兮兮地观察客厅里的动静——让他意想不到的是，这两个女人，难缠的老太太和磨人的小姑娘，竟出人意料地和谐。他费了半天劲也降伏不了的女人们聚在一起，竟奇迹般融合了。他躲在饮水机后面，悄悄注视房东的脸，发现那张松弛的脸上焕发着一种神奇的光芒。看来房东太太并未对他养植物、跟女友同住的行为表示不满，这让他松了口气。只见房东太太一挥胳膊，满面笑容地说：

"你听！是谁在弹钢琴，弹得多好听啊！"

"是呀是呀，弹得多好听！"女友笑着回应，紧接着马上沉下脸，假装神秘地说道，"云却觉得不好听，我看他是嫉妒！"然后，两个女人笑作一团，像两串被风吹动的葡萄。看那样子，她们根本不在乎他久久待在厨房到底在心理阴暗地干些什么。

不过，他能干些什么呢？无非是监视她们的一举一动，以防在这过于温馨的画面中突然出现一道古怪的裂痕。不过，他看了很久，发现这道裂痕恐怕是很难出现了。房东太太似乎好好打扮了一番，她穿一套藕荷色西服套装，带一条珍珠项链，把花白的头发在脑后盘成髻，唇上涂了层淡粉色，一副容光焕发的样子。看这情况，她不是盛装来见女友的，就是盛装参加了某个活动后来见女友的，不过也可能是盛装同女友一起参加了某个活动后来他家休息的。不管怎样，不管这两个女人搞什么名堂，他也可以根据房东着装的隆重程度来判断：今天，这里，是绝对不会产生任何不愉快的。房东太太来他家不是为了找茬，更像是来交朋友、放松心情的。

"哎，每天有这样的钢琴声相伴，你们的日子过得不错嘛。"房东做出一副陶醉的样子。

"还是您会享受。"女友笑道，"可惜云不懂这些，他老是跟钢琴声较劲，甚至还想去找这位钢琴家理论呢。您看，他多冥顽不化啊！每天都有这么美妙的音乐，何不享受呢？"

他听女友这么说，有点着急了，甚至迈出一条腿，想要冲去捂住女友的嘴。显见，女友没发现这个关键点：房东太太歌颂钢琴声是为了引诱她说出他们同居的事实。因为房东太太这个人，是个难得一见的务实派，浪漫跟她一点儿不沾边，所以她现在一反常态，就是为了找到把柄好把他扫地出门。

可是，女友傻乎乎的，居然还在继续这个话题："我觉得呀，云这个人就是太不懂得享受了，每天把自己搞得紧张兮兮，什么好运气都被他紧张没了。您看看那些书，正常人需要读那么多书吗？"

这下他彻底急了，没想到女友对他的书不满还不够，还要拉来一个人陪她一起不满，而这人还是为他提供住处的房东太太。

他想了一个办法，从冰箱里拿出两个酸奶，故作镇定地走出厨房，以"消消暑"为借口把酸奶塞到两个女人手里。没想到，这两个女人还真中了他的招，立刻拿起酸奶喝起来，再没功夫发表任何看法了。他看着女人们像小仓鼠一样专心致志地吸吸管，自己则坐在旁边的椅子上，暗自欣赏从地下飘上来的钢琴声——钢琴家好像为了配合这场蹊跷的聚会，弹的曲子也颠三倒四，像一只边跳舞边摔跤的圆规，却颇有些独特的美感。

只可惜，他的好心情只有一会儿，随着当——一声响，钢琴家骤然改变了曲风，他的心也随之急速下沉。刚才，钢琴声还是古灵精怪的小丑，现在就变成一往无前的勇士了。他甚至认为，这是钢琴家给他提的一个醒。因为，马上房东太太就放下已经吸空的酸奶瓶，意味深长地对他说：

"云啊，我考虑很久，下了一个决定。"

他盯着房东那像干核桃裂缝似的眼睛，等待着下文。不过，无须房东说出下句，不祥的预感早已传遍他全身了。

只听房东清清嗓子，用一种伤感的音调说道："云啊，你也知道我的情况，我虽然有几套房子出租，但因为我家那位，还有我儿子……他们都不让我省心，所以，我希望你能理解，我相信你也一定会理解。咱们的合同快到期了，我还是希望，能把房租，怎么说呢……稍稍提高一点吧！"

　　他惊讶地看了房东一会儿，发现房东丝毫没有反悔的意思，于是又把眼睛转向女友，而女友竟然在心不在焉地玩手机。于是，他脑海中的焰火爆开了，闹剧彻底拉开了帷幕，钢琴声如千军万马，淹没了人的声音……

　　他看见房东的嘴一直在动，却听不见房东说了什么。好不容易钢琴声有了间隙，他听到房东叫道："不过你也违规啦！你养植物，还与女友同居！"他刚想解释几句，说明女友只是偶尔来住，但很快被零碎的音符堵住了嘴。钢琴声好像学会了复制、衍生、润色，还顺便产生了小号、大提琴、军鼓、单簧管的声音。层次丰富的音乐包围着他，让他产生了错觉：好像他自己正坐在剧场中欣赏一出交响乐。但是，这幕音乐注定与别的音乐不同，因为它不仅仅是单纯的机械制造的美妙声音，还融合了人类的声音。他分明在音乐层层叠叠的海浪中，听到女友不停说着"搬家！搬家！搬家！……"，就像在一块奶油蛋糕中发现了一粒樱桃。原来如此，所有人都盼着他搬家。房东、女友、邻居、同事，没有人站在他这一边。他为了让大家开心，必须要做出这个决定，这是在所难免的。只是还有一个人……

　　他想到这个人时，一只手从意识中伸出来，替他赶走了多余的声音。一时间，这里变成了寂静的洞穴。女友的聒噪声，房东的叫骂声，作为背景音乐的钢琴声……所有声音都不见了。世界变成一口空旷的井。他甚至能听到自己呼吸的回音。所有层次的寂静叠加在一起，围绕着他，只为衬托出那一个声音：手机尖锐的叫声。

手机铃声像是清晨的鸡鸣，割开宇宙寂静的表皮，成为他现在唯一能听到的声音。他看了下手机，不出所料，那个人来电话了。在旁边两个装饰画儿似的女人的期待目光中，他颤抖着接起电话。

"喂……杨总……"

"小云啊，我想来想去，还是要对你发一道命令。"杨总开门见山，直接提出了要求，这让他的心乱成一团纠缠的毛线球。说实话，他已经知道杨总的命令是什么了，但是他还没做好心理准备。其实他只需要一点时间，就能让自己的心变得更厚实一些，以便接住杨总千斤坠般的命令。不过，杨总就是杨总，是雷厉风行的女强人，是不会给他这个时间的。于是，杨总就像根本没听见他心的哀求一样，尖声说道："小云，我要求你，搬家！现在，即刻，搬家！离开那个房子，搬到随便什么地方都好。总之，搬家！"

一切都乱套了。霎时间，女友的笑声、房东的喊声全回来了。钢琴家骄傲地弹下高昂的曲调，仿佛在为他助威，鼓励他做这个决定。他眼前的世界逐渐混乱，具象化的音符从地底飘上来，像气球一样塞满了他的家。这么说来，这个家是没法待了。不过他依然有些不舍，他在这里住了很多年，与家具们都产生了感情。如果新家没有这样一排低调又朴实的书柜，他的书放在哪呢？或许女友根本没给他留后路，想把他的书全烧掉，再让他住进一个没地儿放书的房子里，彻底断绝他与所有书的关系。不过，即便和书的关系让女友给割断了，那么和钢琴家的关系要怎么割断呢？想到这里，他几乎悲伤得掉下泪来。

至此他才知道，他与钢琴家早已结下了深厚的情感。他们虽然没见过面，关系却坚不可摧。不过话说回来，也许这种连接就是因为没见面才形成的，也就是说，宇宙在他们中间放了个特殊的磁铁，太近会相斥，只有保持一定距离才会相吸。

可是，女友不管那些。女友现在正扮演一个美丽的疯女人，在手机上疯狂划拉，寻找租房信息，以便把他快速塞进一所新房里去。于是，一切运转开来了。钢琴家弹上一曲悲伤的音乐，以哀悼他们的分离。房东进到房间里，不顾他的阻挠，手忙脚乱把他的东西全都胡撸到地上。这边，房东刚把他的笔记本电脑摔在地上蓬松的衣服堆里，那边，女友就接通了电话，开始与房屋中介攀谈。一时间，他竟不知是捏住房东的手好，还是堵住女友的嘴好了。这两个女人快速而敏捷的操作令他应接不暇，钢琴家则在地底下轻声呻吟，仿佛在告诫他：不要急，不要急，一切都会有解药。当然，钢琴家的话没错，事情马上就解决了。他转了个身，发现自己的东西全被打包进纸箱里。他还没来得及喘气，搬家公司的车就到了楼下，女友殷勤地招呼搬家工上楼，像一位女王那样指挥他们搬纸箱。他四处看了看，不见房东的身影，还在想：这位太太蹿得真快，一眨眼就不见了。不过，显见女友更快，因为他几乎没眨眼，女友就跟搬家工和最后一个纸箱下楼了。他一人站在空荡荡的房间里，紧张地挪着步子，想蹭到曾经的书房门口一探究竟。不过，不管他怎样哀叹、气愤、尴尬地直跺脚，也无法掩盖那个事实：书柜早已空了。但是，这里有一线希望，也许女友是把他的书全部打包带走了，而不是烧掉了。这个希望不是空想出来的，而是有证据的：钢琴家仍在气若游丝地弹着琴，那声音虽然微弱，但绝不会消失。他想，也许钢琴声不止，他的书也就不会丢。

思考是奢侈的，他现在不得不跟上生活过快的步调，才不至于死得太难看。果然，下一秒钟他便坐在搬家车上了。他靠在女友身上，疲惫地闭上眼睛，不想再去管这些事。反正有女友——这个叽叽喳喳的小麻雀正跟司机师傅搭话呢——她一定找好了新房子，规划好了他的新生活，没准还为他找了份新工作。她既然能跟房东串通一气，为何不能跟杨总串通一气呢？她最好跟杨总好好商量一下怎么安置他，反正他也不想逃脱这个怪圈了，随她处置，随她高兴吧。想到这里，他突然安下心来，沉沉睡去了。

## 6

他满脑子只有一件事：醒过来！

他知道自己睡着了，也知道自己在做一场无比生动清晰的梦，可是他像被千丝万缕裹住的卵，眼睛、嘴、鼻子全被堵住了，心口、头脑全都沉闷异常，他无论怎么挣扎，都无法挣开这个束缚。因为他赤手空拳，在与虚空做斗争，这是无意义的。他使劲摇晃，在意识中用力蹬腿，却始终无法打散那团空气。他绝望了，慌里慌张滚下床，踩在一块破烂肮脏的海绵上，他四处张望，发现自己的家变成了一间长满青苔的废屋。他恍惚间听见有人敲门，又听见遥远的音乐声像一根天线从窗户探进来，然后看见小区中停着的那辆搬家车。他吃力地走到门口，想要看看门外是谁……突然视角一变，他看到自己躺在床上，裹着被子，像一个茧。他吓了一跳，手中的钥匙掉落，发出丁零一声响。眨了下眼睛，他已经站在门外了，原来他才是那个敲门的人，这下他把钥匙掉到房间里，再也进不去了。他着急了，使尽全身力气朝门撞去，然后他醒了。

　　他这次是真的醒了，尽管眼皮还像被胶水粘上一样分不开，但他的意识已经完全清醒了。诡异的雾气散去，他逐渐拼凑出梦的形状：他做了一个梦，一个悠长的、真实到可怕的、充满不确定意味和混乱纠葛的梦。很难想象这是个梦，因为现实世界中的混乱和真实也不过如此。梦里的时间是错乱的，梦碎片的出现并不是线性的，而是随心所欲。当然，他为了便于回忆，自发把它们按顺序排列好了，但并不能掩盖它们混乱的本质。这就引发了一个问题：到底哪里是梦的开始，哪里是梦的结束呢？他的梦中有女友、房东、新来的女领导杨总，还有那个永远无法解决的问题——搬家，当然，还有很多美好的事，比如激情洋溢的诗歌与美妙的音乐。但是，这个纷呈复杂的梦境世界，与冰冷繁复的现实世界的界限到底在哪里呢？

　　不着急，因为他现在还没有完全清醒。他十分肯定，自己现在的大脑还在延续着梦中的混乱，但不用着急，只需过一会儿，让这些扑棱蛾子飞出去，一切就会回归正常。

　　似乎过了很久，他打了个绵长的哈欠，慢慢把眼睛睁开，看到了昏黄的天花板。他看了看手机：周六，7:00。太早了，他昨晚陪女友看电影，很晚才到家，然后他们兴奋地做爱，又聊了好久，凌晨才睡着，现在他没准才睡了三四个小时。不过，这么短时间就让他做了个时间涵盖一个月的梦，这可真够奇怪的——他轻轻转动身子，面向女友，看着女友圆圆的年轻脸蛋，突然觉得很伤感。他躺平看向天花板，觉得缺失了点什么。他的眼前有一种悠久的堕落与绝望。

　　不过，他可以把这一切归结于"早起综合征"，他太缺乏睡眠了，平时工作很辛苦，周末也没能睡上懒觉，他应该赶紧合上眼睛，重回梦乡，管他再做什么怪梦呢。不过，他即使这样渴望，也知道这是不可能实现的了。不仅因为女友开始缓缓扭转身体，轻轻呻吟，这代表她正在醒来，还有他自己也在做一个匪夷所思的动作：他梗着脖子，竖着耳朵，好像在期待着什么。他为这个即将进入他耳朵里的东西，紧张得呼吸都困难了，心脏都要跳坏了。不过，与其说他的紧张是一种拥有实质含义的紧张，不如说这是一种变相的兴奋，因为他十分确定，他等待的东西一定会来。

　　果不其然，当第一个音符从楼下飘上来时，女友伸了个懒腰，懒洋洋地说：

　　"云，真没想到，你旁边住了个钢琴家啊……"

局

他站在窗边，看着街景。柏油马路在黄昏的浸染下呈现出肮脏的土黄色，空中飘着轻薄的烟雾，正在西去的太阳形状模糊，像布面上一块尴尬的破洞。车辆是一个个笨拙的移动土块，行人们则像是一群毫无主见的蚂蚁——它们都在做着自以为是的无序运动……他看着这幅景象，心慢慢沉下去。过了一会儿，他下定决心般狠狠拉上窗帘，坐在电脑桌前，点上一根烟，没好气地思考今后的打算。他怀着编剧梦在这个只有二十平的开间住了五年，这里的厨房由角落里的电磁炉与水池充当，卫生间窄小得几乎无法转身，屋里总有一股烟味儿与霉味儿混合的味道，象征失败的味道，而他的梦想也在残破的现实中逐渐落空：这些年，他写了很多自认为杰出的剧本，却无一部上映，最后只能靠给广告公司写软文谋生——想到这里，他猛吸一口烟，愤懑和烟雾同时在肺里胀大——难道真的比别人差吗？他把烟按灭，觉得胃里心里全都空落落的。我不属于这里。他在心里咂摸着这句话。也许该离开了。

他想去厨房随便找点东西吃，电话却在这时响了，是李昂。

"吗呢兄弟，吃饭了没？"李昂亢奋的声音从手机里传来。

他把手机放在桌上，按了免提，盘算着如何快速结束这场对话。"马上吃。"他说。

"别凑合了，出来吃点吧。"李昂的声音像一把劣质的剑。

"不了。"他斩钉截铁地回道，心里越来越厌烦。

"我跟你讲，我组了个局，一个特别有名的制片人会来。相信我兄弟，过来吃饭，不然你会后悔的。"李昂并不打算放弃，执意劝说他。

在他的感官世界里，李昂尖利的话语声转换为蚊子的嗡嗡叫声。好几次，他都伸出手臂，在空中扇了又扇，想把这只无形的蚊子赶走。然后他知道，挂掉电话是唯一的办法。他寻找合适的时机，盘算着在对方苦口婆心到口干舌燥、乃至于不得不停歇喘气的时候，迅速道歉并挂掉电话。机会终于被他找到了。在李昂长篇大论描述了该制片人的独特眼光和运作能力后，终于有了短暂的空隙——李昂似乎在思索，而他则准备着措辞，"对不起兄弟，我身体不舒服，下次再聚吧"。就这样，拒绝掉这只热衷于饭局的花蚊子，享受一个清净的夜晚。就在他要说出第一个字时，李昂突然叹了口气，缓缓说道："唉，其实我早就跟他提过你，只不过那时或许他太忙，没太上心，我以为他看不上咱……可是前两天，他突然主动提出要见你。我觉得，这是个机会吧。"

听李昂这么说，他沉默了。然后，他像个傻子一样忘掉了刚才找的蹩脚理由。

他鬼使神差刮了胡子，换好衣服，叫了车，随着咯吱作响的电梯下到一层，步入喧嚣街景中。实际上，他坐在车里还不到十分钟就后悔了。正值下班高峰，他刚上车，没开几步，就被死死堵在路口处了。司机查看地图良久，发现没有其他路线——无论如何都要经过这个十字路口。"其实……地铁站离这里不远……"司机小心翼翼地提议，却在后视镜里撞上他愤怒的目光，吓得不敢再吱声。他也不知道为什么不采纳司机的提议，这里绝对有赌气的成分。此时，十字路口彻底瘫痪，不耐烦的车辆横蹿到路中央，被紧追其上的其他车紧紧围住。没人愿意认真想想这里发生了什么，人们能做的只有按喇叭，制造噪音。他在浓密的音墙中产生了一个想法：拉开车门，去坐地铁，到火车站，现在就买票离开吧。可事实是，他连迈出第一步的勇气都没有。

过了一会儿，交警到来，疏通了车辆，他们畅通无阻了一阵，马上又陷入堵塞，如此反复数次，在一个半小时后，才到达这个离他家仅有五公里的大厦，其间李昂催促多次。他上到五层，发现这是间古香古色的高档餐厅，没有散座，只有几栋独立的古代建筑，充作包间。他踩着鹅卵石甬道，在假山中穿梭，寻找名为"如梦"的包间。这时，一位穿着汉服、梳着发髻的女子走来，殷勤地对他说："先生，请问您去哪个包间？"他打量了女人一番，从牙缝里迸出两字：如梦。女人微微一笑，走到前方带路。不一会儿，他被指引到一座红墙绿瓦的建筑前，看到屋檐下挂着"如梦"的牌子。

他深吸一口气，打开门——

"老刘，你怎么来这么晚啊！快进来！"

他刚一进门，就被李昂喷薄而出的声音打了个措手不及。包间明亮的光与走廊昏暗的光形成鲜明对比，让他产生一种奇妙的错觉：仿佛这是一处异域，墙壁不仅隔绝了外面的假山假水，更消去了真实世界的属性——他看见李昂歪着身子站在桌边，不怀好意地看着他。此人高瘦，喜欢穿松垮的衣服，远看像一个衣服架子。他浏览一周，迅速了解到现场状况：房间里装点着书、画、瓷器，有古风；巨大的圆桌上摆满盘子，多已见底，看来大家已经吃饱了；男士面前有红酒，女士喝果汁；一位肥头大耳的光头男士坐主位，穿白色真丝衬衫，揉着两粒文玩核桃，正笑眯眯地望着他；光头男右侧是李昂，左侧有两个空位，李昂的旁边顺次坐着三个女人，两个很年轻，头发一长一短，大眼无声，却都拼命装作机灵的样子；还有一位美艳少妇，一直在低头看手机，对他的到来毫无兴趣。

"小刘，幸会幸会，快坐！"光头男士伸出一只粗壮的手指，对着少妇旁边的空位指了一下。少妇心领神会地往年轻女孩儿那边错了错，留出宽阔的地方让他落座。

光头男不是一个简单人物，从他淡定的姿态，以及女孩们看他时局促的眼神便可得知，他富有到可以掌控大多数饭局。而他，一位陌生饭局的闯入者，不得不抱有谦恭的态度，才能迅速融入这里。他首先倒了半杯红酒，一气喝下，以表达迟到的歉意。这时，服务员进来加菜，李昂趁这空当向他介绍："这位是王总，著名制片人。"当然，这是王总，密闭世界的暂时领导者，仿佛人米蔬菜都要看其眼色行事。"这是飞飞，瑶瑶，演员。"当然，这样年轻貌美的女孩子坐在这里，好像不做演员就会吃亏似的。"这是林总，'悦乐'养生品牌创始人，美女总裁。"好吧，怪不得她如此冷漠，其实人们根本不知道她的职业是什么，她的生活是个谜，也许只有爱马仕和美丽的脸蛋是真的……一切就绪，全新的世界在他眼中逐渐成型。饭局的主宰王总看起来热情又亲切，虽然身形浩大，却正在不辞劳苦地翻找背包，拿出名烟来请他享用呢。

"小刘，大编剧，久仰，久仰，哈哈哈，今天终于相见。听说你很有才华，真是幸会，幸会啊！哈哈哈！"与其说这些字句是从王总嘴里流出来的，不如说是随着他的笑声连滚带爬出来的。然后，王总豪迈地倒了半杯红酒，率先一饮而尽。既然王总如此有礼数，他当然要更胜一筹。他把杯子满到三分之二处，毫不犹豫地仰脖喝下。"好！"王总豪声赞叹，并伴以炮仗一样的击掌声。

他谦卑地坐下，低着头，摆弄面前的餐具。此时，场面有短暂的寂静。为了不让空气凝固，他拿起筷子，在面前的碟子里翻来找去——他真是饿坏了，可是盘子中只剩下几个蕉葱段儿和一块小海参，他犹豫着夹起海参，却听王总说道："别吃那个，我又点了两个菜，一会儿就来。"他只得放下筷子，随着王总一并端起酒杯，往前一送。"来，先喝酒！"王总说。

第二杯红酒下肚，他的胃像是受了一波轰炸一样叫嚣起来。他明显感觉到，酒精的部队正井然有序地顺着食管，侵占"胃"这个领地，惹得那里战火连连，而他却分身乏力，无法应对身体发出的警报讯息。幸好，王总及时把注意力转向了短发的演员姑娘，因为这姑娘突然把手机摔在地上，并夸张地大叫一声，所有人心知肚明，这不过是姑娘博关注的小手段——却给了他短暂的喘息时间。过了一会儿，酒精放弃了胃，向肠道进攻，强波逐渐远离大脑，他觉得稍微缓和一些了。慢慢的，酒精在身体中发酵，余韵产生香气，他甚至感到些许惬意。他点上一支烟，情不自禁地把目光向旁边送去——林总，这位冷艳的美女，一直低头看手机，好像他根本不存在——他无趣地把目光收回，觉得这样有钱又美的女人也不过如此。而那些娇嫩的小花朵儿呢，显见更无聊。看吧，短发姑娘脑袋空空，无法长期获得王总的关注，不一会儿，王总就摇晃着手中的红酒杯，把头转回他，询问起他的个人状况来了——他在心里冷笑一番，打起十足的精神，接起王总的招儿来。其间，李昂做着插科打诨的角色，时而拍王总马屁，时而真诚地吹嘘他，忽东忽西，变幻莫测。是的，饭局需要李昂这样的角色，因为这里谎言满天飞，只有把所有搅拌在一起，才不至于太过荒诞，从而面临消失的危险。他们开始喝酒，一杯接一杯，然而——这似乎是一个机械装置——他们举杯的次数越频繁，王总的问题也就越密集。十分钟后，他们喝了足量的酒，他回答了过量的问题，开始有些烦躁了。又过了十分钟，王总的精力不减，他越来越不耐烦。终于，半个小时后，他被排山倒海的问题彻底砸成了一只呆头鹅。他无数次地倒酒、起身、敬酒，一切混乱不堪，不过这不是重点。重点是：

王总的发问越来越聚拢，直至完全锁定他的工作状况。可事实是，这有违他的初衷——他，一个决心与影视圈断绝关系的人，只想轻松吃好这最后一顿饭，并不想再被提起伤心事。

王总不明就里，持续发问："小刘擅长写什么样的故事？"

当然，这不怪王总，怪他没有跟李昂说清楚。可是这种事要怎么说呢，难道要光明正大地告诉这些成功人士，或者正在准备成功的人士他要偃旗息鼓了？……在他的余光里，林总仍然玩着手机，头也不抬；可是那两位演员姑娘却做出专心的样子，睁着大眼睛，在等待他的回答呢。

这简直是一场煞有介事的无聊玩笑！

"悬疑！刘老师很擅长悬疑题材，我们合作过多次。"李昂连忙帮他解围。只是他明白，李昂在说谎。

"悬疑好啊！悬疑最好做了，成本小，肯定赚钱！"王总信以为真，激动地直搓手。

"对！对！悬疑好！你们多合作啊！"快散架的衣服架子拼命挤眉弄眼，举起酒杯，里面的红色液体紧张地左右摇晃。

于是，三人又让了几回酒，直喝得他头晕眼花，叫苦不迭。他十分明白，空腹状态下喝快酒是很危险的，然而这位王总偏爱险中求胜。现在，由于酒精的纠缠，一些十分具体的幻象出现了：这里有内外两个世界。内部，暗红色因子在血管中肆意遨游，闯入大脑，将清醒驱除，稳稳占据司令部。外面，王总和李昂像两架坦克，高举红色毒药，缓慢而沉重地向他进攻——两个世界都处于激战状态，可不是个好兆头。

幸好这时服务员上菜了：花胶炖猪蹄，凉拌秋葵，还有一盅甲鱼汤。他如获大赦，赶紧埋起头，大喝起甲鱼汤来。美味的汤汁流入胃里，稍微浇熄了战火，把他带往缓冲地带。王总为了能让他好好吃饭，体贴地把头转向两位姑娘，与她们攀谈起来。饭局领袖转移了风向标，作为随从的李昂当然紧随其后，一时间，没有人关注他了，这让他感觉很舒爽。他用很短的时间解决掉甲鱼汤，开始攻击猪蹄。他夹起一块滑溜溜的猪蹄，一口咬住，湿润的脂肪在他嘴里爆开，与此同时，其他人开始谈起最近大火的一部外国惊悚片，只听短发姑娘说道：

"我看的时候，真是心潮澎湃，这是我这几年看过最好的一部电影了！"她把双手放在胸前，一副虔诚的样子。

"剧情饱满，人物立得住，结尾还很感动，太高级了！"可怜的长发姑娘，在饭桌上一直是个小透明。可是她对电影的热爱十分诚挚，这从她眼中闪烁的委屈光芒就能看出。

"嗨，我不懂艺术。"李昂往烟灰缸里啐了口痰，"但是电影好不好看我可知道，这电影，真他妈牛逼！"

几人七嘴八舌，竞相交换对该电影的意见，王总在一旁笑呵呵地听着，并不说话。而他则吃完了五块猪蹄，骨头堆满盘子，开始悠闲地对付起花胶和秋葵来。他告诉自己，绝不能主动参与无聊的讨论，这样会显得低级。他要专心吃他的饭，在王总主动发问时，才悠悠说出这样的话："其实，这部电影并不算佳作，剧本架构未免简单，整个基调有些故弄玄虚，仅靠特效博人眼球是很粗暴的做法，况且，导演借鉴昆汀有些太明显了，很多处血腥镜头都是直搬昆汀的拍摄方式。总而言之，这部陈词滥调的电影只能哄骗一些业余人士，而对王总这样的内行显然是起不了作用的。"对——他边细嚼慢咽着秋葵，边在心里遣词造句——最好说得再专业些，把王总的位置抬高，再给这些人集体一闷棍，直羞得他们抬不起头来——他就这样盘算着，不知不觉冷笑起来。这时，场面寂静下来，王总要发话了。可他没想到，王总把头转向林总，说：

"小林，你对这部电影怎么看？"

话题既出，所有人把目光聚集到林总身上。而林总似乎十分不愿意挣脱手机的辐射，良久，才缓缓抬起头来。这是他第一次仔细观看林总的样貌，那真是一张妩媚的脸，高挺的鼻子，完美的下颌线，狐媚的细长眼睛，还有完美得像是翠竹屏障的秀发……他有些失神，一片柔雾裹着香气笼罩住他，让他飘飘欲仙。一瞬间，他的心里填满了很多东西，因为他看见林总挑起一侧眉毛，再露出一排牙齿，又天真又邪恶，只说了两个字：无趣。便重回她的手机世界里去了。然后，场面再度欢腾起来，王总顺势开了几个玩笑，众人便把这个电影抛之脑后了。除了林总岿然不动，其他人纷纷坐不住了，两位姑娘也用酒替换了果汁，离开座位，敬起酒来。他一度陷入混乱的漩涡，喝了无数杯酒，讲了无数句话，只觉得眼前五彩缤纷，有如天堂。人们在他面前来了又走，赞赏、建议、关切、祝福，弄得他时而兴奋，时而伤感。他逐渐忘了来这里的目的，他曾有过目的吗？当然，他也忘了他即将做的决定，仿佛世界从未抛弃他。只是，一件事盘亘在他心里，让他久久不安。那是他捕捉到了林总在说"无趣"二字时细小的表情，那是一种挑逗。

晚上九点，饭局彻底陷入迷乱。

李昂像软面条一样飘来飘去，一会儿到两个姑娘身边，说一些笑话，以便给姑娘们灌下酒；一会儿走到他身后，对他又捶又打，诉说真情，并有意撮合他与那位长发演员姑娘；不一会儿，又走回王总身边，摆出殷勤的嘴脸，对王总吹捧有加，引得王总数度狂笑。现在，大笑声、低语声、娇嗔声、碰杯声、拍桌声……全部交叠在一起，像网一样浓浓地覆盖住一切。除此之外，这里空气污浊，烟雾缭绕，酒气与烟搅在一块，变成绳索，捆绑每个人。他开始觉得一切都没意思。他现在都分不清到底长发姑娘叫瑶瑶还是短发姑娘叫瑶瑶。她们全都一个样，尽管长发姑娘曾经数度试图与他聊电影，可是他觉得很没意思。而那位高高在上的林总呢，此刻也挡不住王总的劝酒，把自己喝得脸红红的。他看见林总那张冷若冰霜的脸上多了几分娇媚，再一次心动了。

他的心虽然逐渐沉没于孤寂的荒草中，身体却止不住地手舞足蹈起来，最要命的是，他的心思总控制不住地飘到林总身上。他看见林总已经逐渐放开了，虽然仍然不怎么说话，但她经常撑着脑袋，扬起脸儿，眯着眼睛微笑。这个女人穿着真丝连衣裙，留着瀑布般的长发，眉如细柳，眼若星辰，美得不可方物。可是，她与他根本就是两个世界的人……他觉得胃部一阵痉挛。

这时，王总拍了下桌子，对短发姑娘说："瑶瑶，来唱个曲儿。"

他于是知道，短发姑娘叫瑶瑶，长发姑娘肯定就是飞飞了。叫瑶瑶的短发姑娘不知喝了多少酒，得到王总的指令后，虽然忍不住地身摇尾摆，却不得不强装镇定，站起身，摆好架势，酝酿气息，把手妩媚地往前一送，开口唱起了昆曲。这不唱不要紧，一唱使得众人都很尴尬。也许是喝多了酒，或者本身功力粗浅，瑶瑶的声音粗糙，音调不稳，几乎可以用难听二字来形容了。这时，飞飞起身离开，趁机坐在他旁边的空位上，专注地望着他。他实在不敢接飞飞的目光，因为他预感到那双眼睛比星星还要明亮。

胃里又是一阵痉挛，他差点吐出来。

瑶瑶唱完一曲，王总带头爆发出剧烈的掌声，其他人也拍手附和，可是谁都知道，这是噪音，应该说，这戏码就是一种侮辱。旁边的飞飞还在不停对他提各种电影相关的问题，他觉得很伤感，因为如果是平常，他一定十分愿意给这种热爱电影的女孩儿以指引，可现在，他没兴趣，实际上他心里厌烦得要命。瑶瑶唱完，场面再度活跃起来，与此同时，无聊与厌恶在他心里膨胀到极点，他又有了想吐的冲动。为什么要跟一个老头眉来眼去呢？还不是因为他有钱有势。他边熟练地做那一套喝酒流程，边在心里指责林总。"他虽然是个著名制片人，但我敢肯定，他连希区柯克都没看过，更别说了解三大电影运动，更别说知道伯格曼、塔可夫斯基、费里尼、德莱叶、戈达尔、侯麦……"他兴奋地默念着这些名字，走到王总身边，与王总碰了一杯，说道："王总，今天真的太幸会了，我看过您制片的《魔洞》，很有安东尼奥尼的风格，您一定很喜欢这个导演吧。"不过这是屁话，《魔洞》那个烂片怎么与电影大师的作品相比？没想到，王总咧开大嘴，笑了一声，竟接起他的话来："对，对，小刘，你看电影很认真啊！就是那个安东奥……""安东尼奥尼。"他贴心地为王总解围。"对！对！就是他，哈哈！"王总使劲拍了他后背一下，拍得他差点把晚饭吐出来。然后，王总的目光开始游移，而他在心里冷笑。

"我想，您也一定喜欢陀思妥耶夫斯基吧，您制片的电影很有那个味道呢。"他谦卑地说道。

"对……对……"王总的声音逐渐微弱下来，并开始左顾右盼，像一个心理素质不佳的小偷。"是陀……陀……"

"陀思妥耶夫斯基。"他微笑着说。

"对！就是这个导演，他不错！"王总高声叫道。

"可是……"

还没等他可是完，王总便立即把头转向瑶瑶，大手一挥："瑶瑶！再来一曲儿！"

风吹柳叶一般的瑶瑶只得再次强撑着站起来，好唱出令王总欣赏的曲子。他着急了，怎么能又让这个破锣嗓子占据制高点呢？

"可是王总，陀思妥耶夫斯基并不是导演，而是一位作家！"他趁着瑶瑶还没开唱，连忙说道。也许是太急了，他下意识攥住王总的胳膊，一坨汗渍渍的肉在他手里绽开。

王总被他攥疼了，以一种阴冷的目光看了他几秒，但马上又换上笑模样，说道："你说是作家，就是作家，哈哈哈，不过，再好的小说也比不上咱瑶瑶唱的曲儿啊……"王总顺势挣脱开他的手，坐下，气定神闲地揉起文玩核桃来，笑容可掬地等着瑶瑶开唱。他突然觉得这个王总是个很无情的人。一具没有血肉的傀儡。

瑶瑶深吸气，眯着醉眼，刚唱出第一个字，就被他宽阔的嗓音盖住了："王总，恕我直言，这曲儿唱得实在无趣，还不如陀思妥耶夫斯基的小说！"他不知道自己是怎么了，不受控制地执意要与王总争辩。这下好了，所有人停止动作，齐刷刷看向他，形成一幅具有魔幻色彩的图景：

　　瑶瑶以一种十分别扭的姿势站着，古怪地望着他，并控制不住地打哈欠；飞飞本来已经趴在桌上睡着了，现在抬起头，睡眼惺忪地看着他，不明白到底发生了什么；李昂为了掩饰尴尬，试探性地吹起了口哨，冲他直皱眉头；林总平静地望着他，仿佛在等待他继续说下去；王总也饶有兴味地看着他，在期待着他接下来的高见。

也许他们并没有期待他说下去，一切只是他的幻想，是他自以为是塑造出的肮脏的宇宙模型。因为他们根本不把他当回事，他们看他就像看一只笼子里的猴。也许这根本就是一出滑稽剧，他们都是观众，是上帝的选民，只有他是演员。他们配合他是为了更有力地嘲笑他。可问题是，如果他的职责就是逗他们开心，那为什么还要挣扎呢？

他开始自说自话：

"无趣啊，确实无趣……不过，别误解我的意思，我不是针对昆曲，更不是针对这位漂亮的姑娘，我是说，这一切都很无趣！怎么说呢，电影太无趣了，尤其是现在的电影。其实小说也无趣，瞧瞧那些乏善可陈的造句，还有惊人雷同的寓意！大家好像陷入一个怪圈，故事与道德的怪圈，或者单纯地说——就是文字的怪圈。也不对……这样说太狭隘了……不如说所有的所有组成了怪圈吧！这座城市根本就是被诅咒了，那一道道环线把中心地带圈得牢牢的，好像生怕什么东西从那里跑出来。我们站在这个圈儿里，虽说没有危险，却不得不接受无聊的现状……是啊，无趣，无聊，电影难道不是吗？为什么非要拍那些感人的爱情电影，激情的励志电影，虚伪的现实主义电影，自以为机智的悬疑电影？……为什么大家都不跳出这个圈儿？我是说，为什么不拍这样一个电影呢：一个编剧，才华横溢，入行五年，写了无数个精彩绝伦的故事，始终无人赏识，甚至要靠兼职做软文写手度日。最后——我是说，最后！在他心灰意冷，决定离开这座城市的前一晚，参加了一场饭局，遇到一个他自认为千载难逢的机会，于是，故事达到高潮。可是最后，你猜怎么着？这个机会根本就是假的！他最终还是灰头土脸地离开了！根本没有什么救赎与不负辛劳，有的只是失败，数以亿计的失败！"

他说完上述话，虚脱了一般瘫坐在椅子上。包间里寂静得像是一个巨大的秤砣，狠狠压在房顶上，让他时刻怀揣着可能被砸死的担忧。实际上，他不知道这寂静里包含着什么，也许两位演员姑娘觉得他在胡言乱语，所以寂静代表疑惑；李昂正对他撇嘴、皱眉，寂静代表指责；至于林总……他已经不愿再去想这位高高在上的女人的心思了；而王总呢……在他发表完演讲之后，王总以一种奇异的眼光望着他，那是恶念与惊喜交杂的眼神，他从那浑浊的眼球中读出了一种特殊的复杂意味。

几分钟后，王总突然摇晃着脑袋，鼓起掌来。

"好！说得好！没想到小刘老师还真有两把刷子啊！"

洪亮的声音像是一种暗示，大家纷纷放松起来，回到各自的醉酒状态中去了。王总却不尽兴，继续说道：

"小刘啊，你的见解独特，创意也非常好！说得没错，我们为什么不能拍一个失败者的故事呢！这是一个独一无二的切入点啊！这样，你把大纲写出来，我马上找人投资！我有预感，这将是我职业生涯的巅峰之作啊！哈哈哈！"

他仔细辨别，觉得王总的话语里没有丝毫虚伪、敷衍、嘲弄的意味。这真奇怪，这位大人物好像是真心赏识他的。他与王总接触了一晚，早看出王总是个表面慈祥、实则心怀鬼胎的人，可是——真奇怪，他无论怎样挑剔、思虑、琢磨、纠察，都找不到王总承诺话语中的不真诚。

这不是最奇怪的，最奇怪的是，林总居然主动跟他说话了。只见她轻轻转过头，低垂着眼睛，像柔静的月光，温柔地说：

"刘先生，我能加你一个微信吗？"

这是一个不同寻常的夜晚。

闪亮的霓虹灯，黢黑的树影，热闹的街边店铺，行人如蚁，车辆如龙……这一切都跟往常一样，可是他总觉得，今天的夜晚有些不一样的东西。他与李昂，这两个亢奋的醉鬼，大呼小叫地在街边拦车。十分钟后，好不容易有辆出租车停下，他们赶忙坐上去。"去——三里屯！"李昂发号施令，司机则把两面的车窗都摇下，生怕他们吐在车上。其实他们没喝那么多，起码他的感受是完全没有醉，只是有点兴奋。他把半个头伸出车窗外，迎着呼啸而来的风，观看城市中的万千灯火。他看见中央电视台与他们擦身而过，城市仿佛突然张开了嘴，要将他们温柔地吞下。于是他确定了，今晚确实有些不同。

抽象的感觉无法持续，马上，他就挑拣出实在的东西，陷入新一类的思索，这源于李昂在他旁边不停说着的这些话："兄弟，太牛掰了兄弟！我说什么来着，你肯定行，被我说准了吧！哈哈！我跟你讲，这个王总很挑剔，能让他直接在饭桌上就拍板的，独一份！兄弟，听我的，这次准成，哈哈哈……"这让他不知不觉思考：难道这是真的吗？这个夜晚真有如此魔幻？实际上，他参加过无数个类似的饭局，得到过无数种类似的希望，但最后全部落空了。可如果深究的话，这只是表象，事物多多少少会有些相同之处，结局与过程的属性完全不同。况且，他还有一个重要筹码：今晚是第一次有林总这样的女人主动加他微信。

这么漂亮的女人他只在电视中见过，或者在大老板的身边见过，不一会儿她们就会坐到老板的大腿上，就像她们根本就是老板腿上长的一株植物。而这个活生生的漂亮女人刚才竟在他身边坐了几个小时，末尾还要了他的微信，这简直难以置信。

难以置信的事情不止这些，绚烂的夜晚正在慢慢掀开幕帘，向他展示一些无法分辨的东西。不一会儿，他便和李昂出现在太古里三楼的一个露天餐厅里了。这里灯火幽暗，响着风情万种的墨西哥音乐，服务员戴着巨沿草帽，穿梭其中。李昂带他走向一张长桌，上面坐满了人，足有二十个，桌上放着些薯条之类的小吃，更多的是酒杯、酒瓶。他们坐在长桌的一角，与五颜六色的人们混为一谈。他看到一个颇有姿色的姑娘，在饭桌的另一头，此刻正搔首弄姿地与身旁一个男人说话。远不如林总，他暗暗做了比较，然后礼貌地对左边的丑姑娘点了点头。这时，李昂向他介绍道："这位是爱德弗里斯商贸公司的李总，这位是弗斯爱里德投资公司的张总。"他看见两个瘦小的男人坐在李昂旁边，都戴着眼镜，留着同样的发型，精明又冷漠的模样。他与李总张总握了手，并且接过丑姑娘递给他的杯子，喝尽。这是一种鸡尾酒，温和的橙汁裹着辛辣的洋酒，使他黏腻的空腔瞬间清爽了许多。然后他发现，他分不清哪是张总哪是李总，就像他分不清瑶瑶和飞飞，这两对人，老板和演员，分别拥有同类属性的灵魂。

李总和张总不仅长得像，连说话的语气都一模一样。他们现在你一言我一语地说着，仿佛在唱双簧。更奇妙的是，当一个人说话，另一个人便成了那人的倒影，就像一人明亮，另一人就必须黯淡。

"啊，编剧，不错。"

"嗯，年轻人，有前途。"

"不过现在影视市场很乱啊。"

"热钱太多，就像暴雨。"

"雨总有下尽的时候不是？"

"可不是？资本才是王道。"

两人对完一轮话，同时举杯，他、李昂、丑姑娘也连忙奉陪。他边喝酒，边觉得自己像是掉进大海里的小玻璃球，身边围绕着各种各样喧嚣的海浪。然后，李总和张总又开始聊起来了。

"我说，不如开公司。"

"对，必须要开公司。"

"不然你版权放哪儿？"

"为人做嫁衣裳的事情不能干。"

"现在任何事情都要做成体系。"

"只做其中一个环节，很容易被人利用。"

一轮激烈的对话结束，他们又喝了一回酒。这时，他看见李昂正冲他挤眼睛。这个瘦高个的中年男人，他们认识快五年了，而他却对此人几乎一无所知。他回想那些夜晚，与李昂串各种各样的局，说很多的话，结识不同的陌生人，而他却从没想过问李昂：你结婚了吗？有孩子了吗？日子过得怎样？他觉得很荒唐，仿佛掉进了一个陷阱中。李总和张总还在不停聊着，而他却恍惚间看到了林总。那是他一转身，骤然发现林总就坐在尽头。可是不对，那不是林总，而是那个颇有姿色的姑娘。那姑娘像朵曼陀罗一样四处释放着毒气，与林总截然不同，他不应该把她与林总混为一谈的。那么谁才是林总呢？难道是这个坐在他旁边的丑姑娘？他发现，这姑娘一颦一蹙间确实有些像林总。可这明明是个丑姑娘啊。

这时，他看见了饭局上一个奇巧人物。那是一个脸盘肥圆、头发糟乱的中年男子，穿一件破旧的衬衫，像一个落魄的幽灵，围着长桌打转，口中念念有词。这个人到底缘何出现在这里呢？他突然伸长脖子，想找出一个王总式的人物。这里必须有一个王总式的主人翁，饭局才能保持平稳。可是那些人，都像是花花绿绿的盆栽，这似乎是一个没有国王的国度。

"刘老师刚跟著名制片人王总签了合同，不出一年，一部惊世巨作就要上映了！"他听见李昂这样吹捧他，看见奇怪的中年男子绕到他身后，他赶紧往后仰，想听清这位先生在念叨什么。事实不免让他失望，那位先生一直在小声嘀咕着：没意思，没意思，没意思……

与此同时，李昂的吹嘘仿佛一针强心剂，让两位老总陷入亢奋当中。他们同时做出手忙脚乱的样子，不是你碰倒了酒杯，就是我掉了叉子，然后，他们把在黑夜中略显炙热的目光同时投向他，开始了一番激情四射的混合演讲：

"既然是王总制作，那必火无疑啊！"

"人怕出名，接下来的事情更要打算好。"

"对，我们说什么来着，还是要做资本。"

"做公司！必须公对公。"

"从商业的角度来讲，公对私是很有风险的。"

"一切都要商业化，不然会很麻烦！"

他无法阻拦两位老总窜天猴一样的激情语句，只得用不停喝酒来阻止字词带来的晕眩。他打眼看去，没意思先生正巧绕到颇有姿色的女人身后，嘴唇不停蠕动。然后，没意思先生飘忽忽绕了个小半圆，进入长桌的外侧，向着他的方向走来，无数个"没意思"随之舞动。他感觉一种软乎乎的触感覆盖在他的手上，几乎不用转头就知道，是丑姑娘拉住了他的手。此时，他的手机亮了，林总发来微信：我到家了，改天聊。

李总与张总陷入高潮，这出交响乐瞬间变得丰富起来。

"张总，投资吧，给刘老师做个文化公司。"显见是叫李总的男人对张总说。

"好，不要跟我抢，明天我就开始办。"显见是叫张总的男人对李总说。

"我们可以谈谈股权问题。"

"谈谈就谈谈。"

"势在必行！"

"无可阻挡！"

…………

男人们的话语是昂扬的小提琴，丑姑娘的叹息是神秘的单簧管，李昂激动的附和声是尖利的小号，林总的微信是似有若无的三角铁，再伴以无止境的"没意思，没意思，没意思……"，酒精变成了他的影子，在他耳边不停诉说夜的迷人与危险。然后那种感觉又来了，这是一个巨大的陷阱，是某人给他布置的，他正倚在入口，一只脚已经探入了，并且考虑着要不要把另一只脚也伸进去。

这里出现了一串奇怪的镜像反映：他坐在墨西哥餐厅，仿佛回到了王总身边；他拉着丑姑娘的手，却体会到了林总给他的心动；李总和张总的脸和声音不停变幻，最终与飞飞和瑶瑶融为一体……归根结底是因为他喝多了，他喝了无数杯橙汁兑威士忌……不知道几点，有人突然站起来，宣布聚会结束。大家七扭八歪地起身，向出口涌去，他也麻木地跟随着。然后他又听见有人高喊："谁去KTV，跟着我！"人群密密麻麻，像是暴雨时天空中的雨线，让他无法断定到底是谁在喊，或者这人到底是不是在对他们喊。一切都乱了，没意思先生蹭到他身边，低声说着"没意思"。突然一个闪念，他和李昂来到大街上。于是他知道，他们没有跟去KTV。他们沿着马路向前走，勾肩搭背，又唱又闹。时间变成了凌厉的刀片，把酒后的夜晚切割，让他摸不着头脑。他已无法在乎路人的眼光了。实际上，如果他所见所感是真实的，便可以这样推断：此时夜风清爽，路灯清幽，街上行人无几，偶有一辆车开过——就算不看表都知道，现在已经是凌晨了。

他离开王总的饭局时十点，在墨西哥餐厅也没有待很长时间，那么中间的时间去哪儿了呢？

"我们要上市了！我们要发财了！我们要成名人啦！"李昂走着八字，挥舞着手臂，用浓重的醉音喊道。

于是他醒悟，这一切都是真的。王总、林总、飞飞、瑶瑶都是真正存在的人。王总是真的要给他投钱拍戏，绝不是敷衍，而林总的信息也真实地躺在他的手机里，很难想象这么严丝合缝的图案里会有纰漏。李总和张总也确实提出要给他开公司的邀请，话语一旦从人们嘴里说出来，就成了天空中难以磨灭的印记。于是他看到了，这个与众不同的城市之夜为他钩织了一幅完美的图画，让他不得不信以为真。

他看着李昂摇晃的身影，难以言说的倾诉欲向他涌来。他赶忙拉住李昂，问道："李昂，你结婚了吗？有孩子吗？为什么我们认识了那么久，你从来没跟我聊过这些事？快告诉我，你的家人在哪里，他们生活得怎么样？你平常有什么爱好？害怕什么？喜欢什么？为什么我觉得好像从来没认识过你……"

连绵不绝的语句从他身体里飘出，让他像失去了灵魂一样，处于停滞状态。周围的一切像是为了配合他，也全部静止了：没有车辆，没有行人，只有一片宽阔神秘的马路，路面闪着磷光，天空中呈现出诱惑的淡紫色，路边包子铺飘出烟气，老板站在屉旁，像一个剪影……他有些疑惑，难道天快亮了吗？这时，李昂缓缓转过头来，向他展露出一张苍白得吓人的脸。那根本不是他所认为的李昂的脸，而是深化了的李昂的脸……他还没来得及吃惊，就被一阵清脆的高跟鞋声吸引了注意——在不远处，一个女人娉娉婷婷走过。他看见那个女人穿着真丝连衣裙，留着长至腰部的秀发，妖娆地走过他们，头也不回，仿佛对他们的勾当早已了然于心，根本没兴趣进一步勘察。他的眼睛圆睁，嘴巴也逐渐张大，像一只濒死的鱼，对着女人远去的方向，不停翕动着嘴唇，吐着虚幻的泡沫。"林总……"他失声叫道，双腿不自觉地活动起来。可是，林总依然自顾自往前走，根本没听到他急迫的脚步声。他开始心虚了，跟在林总后面，低着头，不知如何是好。然后他发现，这个性感的女人才是他今晚的死结。

时间不知该如何计算，他仿佛做了一场梦。等他醒过来，已经坐在 KTV 的沙发上了。

"兄弟，太牛逼了！咱们要上市了！"李昂夸张地叫道。

他看见李总和张总坐在李昂旁边，露出双胞胎一样的微笑。丑姑娘坐在他左侧，挽着他的胳膊。仿佛一夜之间，他不仅拥有了事业，还拥有了爱情。那个被他误认为林总的姑娘站在点歌台旁拍着手铃，而她身边的男人则卖力地演唱着筷子兄弟的《老男孩》。他还看见了许多人，他们几乎全是一副样子：脸蛋通红，醉眼迷离，全身躁动不安，像是即将被烤焦的蚯蚓。巨大的音乐声覆盖了所有，狂欢进入尾声。

突然，古怪的倾诉欲又来了，他抓住李昂的胳膊，刚要问出那些话，却见到没意思先生走过他面前，口中念念有词。"这是谁？"他竟问出了这么一句话。

李昂瞅了没意思先生一眼，不屑地说："嗨，是个诗人，精神有点不正常，不用理他。"

他于是知道了，没意思先生是这里最正常的一个人。突然，他觉得头晕得厉害，连忙站起身，甚至无法顾上李昂是怎样呼唤他，急切地跑出包间。他一直跑，路过很多声色犬马的包间，与很多个沉迷于夜色的人们擦肩而过。可是他知道，不能停，因为一旦停下来，他就一定会吐出来。只能不停跑，跑出去。他不想被束缚在电梯，于是慌里慌张跑下五层楼梯，跑到灯火通明的大堂——这里仿佛根本不知夜晚为何物。他想都没想，便跑出大门，来到大街上。让他吃惊的是，凌晨的街道仍是那样繁华，仿佛城市只有一种模式。

他看到天边隐约的鱼肚白，于是知道天快亮了。一切即将明亮起来，希望就要来临。他突然发现，他放弃了生命中最重要的东西，却换取了可以期待的前景。这似乎是一个契约。而此时此刻，在他决定进入这个局里的时候，他早已失去了自由。不对，也许他并没失去自由，因为他从没拥有过自由，他失去的是一种比自由更重要的抽象的东西。

不管怎样，一切都要好起来了，他终究会得到想要的一切。想到这里，他俯身吐了出来。

阴谋

## 1

晚上，如果没有工作或应酬，他会给自己做顿简单的晚餐，吃完洗个澡，挑部老电影，调暗灯光，在停滞的气氛中昏昏欲睡。时间逐渐具化，变成神秘的烟状物，飘浮在灰暗的空气中，他就在这种似是而非的环境中随着时间一起衰老——事情很难改变，电影会在晚上 11 点结束，他清醒过来，换上 T 恤和睡裤，关上灯，倒头大睡。也许他会有一两次的起夜，或者几个小时的失眠，这种行为虽然破坏了夜晚的完整性，却不能说明一切变得不同寻常了。相反，如果这样的话，他尤其体会到命运的力不从心。在黑暗中，他因为失眠大睁着双眼，会捕捉到一丝不祥的气息：那是一种阴险的预感——它也许存在很久了，只是他未曾发现。

今晚，他吃饱喝足，看了部忧伤的电影，倒在床上蒙头睡去。然后，深夜对他发出了召唤，他突然惊醒，按亮手机，时间显示 2:00。他迷迷糊糊打开微信，越过一些无用的广告和群组消息，手指停在一条信息上。他努力了好久，才迫使思维聚拢在这条微信上。那是朋友张旸给他发的：郑先生去世了。

他再也睡不着了，黑夜化为士兵围在他床边，举着长枪，竞相撑起失眠的帷帐。每当他试图把僵硬的眼皮覆盖在眼珠上时，干涩和酸痛一齐向他袭来，让他叫苦不迭，不得不放弃。最重要的是，他口渴得要命，并且深知这种干渴不是水能治好的，仿佛是有个杂技演员正在他喉咙深处玩火球，他必须好言相劝把其赶走才能获得安宁。他一会儿燥热难耐，不得不打开空调，一会儿又跃跃欲试想拨通张旸的电话问个究竟。郑先生到底长什么样来着——可现在不是想这种问题的时候，不管是出于尊重，还是为了阻击失眠，他都不应该把关注点放在郑先生的脸上。实际上，一切想象和质疑都是徒劳无功，在黑夜的压迫下，他的神经变得万分脆弱。

直到早上六点，他才隐约有了睡意。可是当他想到上午要到报社开例会时，就又吓得睡不着了。最终，他在一种烦躁的反复中，陷入了睡眠与清醒的临界状态。似乎只是一眨眼的工夫，一个小时就过去了，而他疲惫的身体没有得到任何缓解。他只能硬撑着起床，用冷水洗了脸，无精打采换上衣服，甚至都没心思吃早饭，便出门了。

他来到大街上，看到了这幅万分熟悉的画面：人们眉头紧皱，神情严肃地走向地铁站，并不在意是否碰到旁人的胳膊或者刮到女士的头发；快递公司门前堆满大大小小的包裹，快递车挤满了人行道，快递员在其中来回穿梭，行人不得不绕路而行；早餐车飘着烟雾和香气，鸡蛋灌饼、煎饼、包子纷纷出炉，被塞进不讲卫生的上班族手里；好像为了声明这是一周的开始似的，各种车辆不耐烦地发出吼叫，用以凸显自己桀骜不驯的性格……更糟糕的是地铁站。他因为失眠而四肢酸痛，头晕脑涨，却不得不冲进密闭而拥挤的地下车站，站在队伍的末端，眼看着一辆辆车驶过，却始终挤不到前面去。当然，最终结果是他费尽力气上了车，被夹在众人之中，动弹不得……突然，一个急刹车，列车晃晃悠悠停下来，人们因着惯性，整体呈现出一种向前趋的姿势，就在这时，一个阴暗的想法飘进了他的脑海。

就在他灰头土脸地为生计奔波的时候，有个人就这么悄无声息地停止呼吸，告别世界了。如果细想的话，这事有点邪性，甚至还有点梦幻般的不真实感。这座表面看起来生机勃勃的城市，天空中弥漫着多少死亡呢？当一些人热烈奔向人生新阶段时，另一些人却稀里糊涂地死去了。而且这种突如其来的死亡事件或多或少带有些不负责任的流浪色彩。想到这，他的心头弥漫了一层愤恨的情绪。可是归根结底，他不知道郑先生缘何死去，所以无法估量其生前最后一段时间的状态。也许是意外死亡，他结束了一个庞大的饭局，醉驾回家，却在路上丧了命。或许他是突发疾病，像他那样爱喝酒且熬夜的人，各种类型的猝死是容易找上门的。或许他得了不治之症，在亲人的怀抱和死神的凝望中死去，不过张旸之前没有提过郑先生得病这件事。

也许他应该拿出手机，看看朋友圈，现在肯定有郑先生去世的新闻了。可是他的双手被人群束缚住，掏出手机非常困难，只得作罢。可是话说回来，他为什么要这么在意呢？死亡这种事如果能在平和的气氛下毫无障碍地发生的话，完全可以忽略那吓人的黑暗气氛，而把它看作是一件无足挂齿的小事。他与郑先生仅有一面之缘，要说起来的话，其实郑先生是对他有恩的，只是这恩情来得非常诡异。名人就是这样，嘴唇一张一闭就能改变普通人的命运——此时，他的脑海中浮现出郑先生模糊的脸，可是他不管如何绞尽脑汁，都想不出郑先生具体的模样。

一个小时后，他走进报社大楼。这是座常年不见光的古老大厦，一层大堂被轻薄的黄色烟尘笼罩，一幅褪色的水粉画悬在正面大门的墙壁上，下面是两个破损的红棕色沙发，无事可做的保安站在沙发旁边，向他投来无奈的目光。他低下头，在挂钟过于响亮的滴答声中穿过大堂，走进电梯，上到四层。他到办公室时是八点半，离开会还有半个小时，这让他有些懊恼。要怎么熬过这半小时呢？他把小臂放在桌上，抵不住睡眠的诱惑，打起盹来。突然电话铃响，他惊醒，接起电话，传来一个沙哑的男声："到我办公室来一趟。"

没有比这更糟的了，睡眠不足，饥肠辘辘，晦暗的环境，毫无希望的前路，现在还不得不坐在主编办公室里等待训诫。这位骨瘦如柴、眼如铜铃的主编到底找他有何贵干呢？在这家报社，他是个可有可无的角色，没有过人的精力和勇气，没有特殊的才能，是个常年被人忽略的人儿，现在，主编却灵光一现想起他来了。如果在平常，这不一定是坏事，他可以借机好好阐述一下那些被拒绝的选题。可是今天，他体力尽失，脑筋不转，这可不一定是个为自己争取前途的好时机，没准还会丢脸。果不其然，他缩手缩脚地坐在沙发上，而主编却紧盯电脑屏幕，在阅读着什么内容。他就这么被遗忘在这里了，如一张没人在意的口香糖纸。突然，不知是心血来潮，还是早有预谋，主编瞥了他一眼，以一种满不在乎的语气说道：

"郑先生去世了，你知道吗？"

他虽然很不想回答这个问题，但他不是一个热衷撒谎的人，只好点点头。

"哦？"主编把目光从屏幕上移开，以一种看好戏的姿态看着他。这时，迫于无奈，他不得不抬起头，迎接主编狡猾而迷离的目光。他的身板挺得过于直了，这个姿势挺难拿，而在主编目不转睛的凝视中，他又不好意思换姿势，乃至于额上出了一层细汗。主编坐在转椅上，身子面向他，问道："所以说，你有什么想法吗？"

对于这个问题，他无话可说。从昨晚到今早的情况来看，他不仅没有想法，还在努力抑制自己不要有想法。

主编把双手放在头两侧，做出一个无可救药的手势，不耐烦地抱怨道："真难想象，你还是一个记者！你来报社多久了？没有八年也有七年了吧，却一事无成，一个精彩的报道都没贡献过，总是拿一些无聊透顶的选题来搪塞我。很显然，你看选题的眼光有问题，不过有人天生就没有新闻敏感度，这不赖你，可现在，这么一个现成的好新闻摆在你面前，你却视而不见，这真让人难以理解……"

主编声调平缓、词语密集、滔滔不绝地诉说着对他的不满，这完全在他意料之中。一般来讲，主编是不会找他的，甚至如果必须到他的办公室拿东西，也只停留很短的时间，仿佛多跟他接触一秒都会让主编难受。他明摆着是主编放弃的员工了，对于这种地位，他并不争辩，秉承随遇而安的态度。可是这次，他的血液因失眠万分活跃，头脑因饥饿灵光闪现，竟结结巴巴地同主编辩驳起来：

"不是这样的，我从不敷衍了事，是您不给我机会啊……郑先生去世的事情……我觉得缓缓再说比较好，我有我的考量，如果您看看手机，现在肯定已经有很多报道，我们没必要此时行动……当然，我们要找别人不会想到的点……在昨晚，张旸给我发信息的时候……"

啪！主编猛拍了下手，打断了他的胡言乱语，如针的寂静暂时阻隔住两人，让那些难言的愤怒和不屑无法畅行。过了好一会儿，主编以一种毋庸置疑的语气说："对了，就这个人，你去找他，把一切问清楚。"

然后，主编开始慢吞吞地思索，尽力挑选合适的字词，艰难地说出了下面这番话：

"就这个人，他不是郑先生最亲近的人吗？去找他，以朋友的身份向他提供帮助，他们总要办追悼会什么的吧？你要潜伏在他身边，等待机会，寻找漏洞，让我们看看郑先生死

前到底发生了什么。这一切到底有什么阴谋？当然，你也许
会看到，这些故事是平淡无奇的，不过是起意外，或者是种
绝症罢了。不过这只是因为角度不同。人用不同的思维和眼
光把现实划分为无数个隔间，这其中各有各的精妙和规则。
如果你摆脱固有角度，以一种破釜沉舟的决心去思考，又怎
会发现不了平常生活中的阴谋呢？这全看你的运气了。去吧，
你是个记者，去挖掘吧！"

　　听完主编这段掷地有声的发言，看着主编那张隐藏在诙
谐阴影中骄傲的脸，他彻底愣住了。他完全没想到，这个尖
酸刻薄、自以为是的男人竟有此等无私野心。不知是休息不
佳且全力争辩导致的筋疲力尽，还是受到主编莫名其妙的感
化，他浑身瘫软，如沐浴在一道奇怪的光中。无知的黑暗逼
近了，他的眼皮越来越沉重，仿佛那是一捆压在黑夜之瘤上
的稻草。

　　下午，他处理完工作，垂头丧气地坐电梯下楼。依然是
那个晦暗的大堂，令人沮丧。与他一同下电梯的几位女同事
神气活现地迈着步子，兴奋地谈论着时髦的话题。他故意放
慢脚步，让她们先行。不一会儿，那几个靓丽的身影便消失
在门口拐弯处了，只剩下他在这个破旧的地方慢悠悠挪步。
他抬起头，恰巧与保安的目光相接，他觉得保安的眼神中有
种难以言说的东西，仿佛在向他施以怜悯。真像死神。他想。

　　回到家，他已筋疲力尽，强忍着困倦和烦躁，打开厨房
的窗子，听着放学回来的孩子们的吵闹奔跑声，煮了一碗面，

快速吃完，瘫在沙发上。应该好好想一想主编说的话，或查看一下新闻，要不就给张旸打个电话，要求采访相关人员。他这样想着，眼皮不自觉地粘连在一起，一股温暖的如金沙般的水流注入大脑，软化了神经，让他浸泡在一种莫名的芬芳中。突然，一阵孩童稚嫩的尖叫声从外面传来，切断了他通往睡眠的路，使他碰触到一面冰冷的铁墙。他看见沙发的另一端，郑先生坐在那里，把脸埋在双手中，仿佛在哀悼什么。他不敢动，眼睁睁看着郑先生缓慢挪过来，仿佛乘梦前行。郑先生的脸部模糊，身体像少年那样青涩健壮，站在他面前，温柔地对他说："小许，你刚刚毕业，没想好出路的话，不然去××报社工作吧。"往事的光环极其清晰地浮现在他脑海中，使他像看电影似的好奇又难堪地窥视这些画面。他边看边问自己：这是真的吗？难道我的人生就是这么被改变的吗？突然，一种难以言说的悲伤击垮了他，他大叫一声，闭上了眼睛。他就这样沉沉睡去了。

## 2

"你是不是觉得，郑老师的死是一个阴谋？哈哈哈……"

太尴尬了！面对这位宋总闪烁着盗贼光芒的鼠眼，他简直不知说什么才好。

宋总是个通情达理、对音乐产业颇有见解、心思和四肢都很灵活的胖子，对于郑先生的死，他没有表现出悲伤，而是秉承公事公办的原则，竭尽所能为郑先生操办葬礼。可是这个人（如果掌握的信息没错的话），却是郑先生的发小以及合作伙伴。宋总不但对发小的死亡没表现出哀悼的样子，反而让公司里充斥着张灯结彩的节日气氛：那些员工欢快地跑来跑去，打印文件，签字，泡咖啡，互相打趣，或者几人凑在一起看演唱会视频。到处都是欢声笑语，仿佛可亲可爱的郑先生就是在同事们的欢呼声中一命呜呼的。

"追悼会要办得大，办得好，灯光摄影音乐都要到位，钱不是问题，麻烦我们也不怕，总之，不能逊于之前任何一场音乐会。"宋总坐在明亮的落地窗前，跷着腿，把手放在滚圆的肚子上。

"可是……宋总，据我所知，郑先生生前没开过音乐会……"他小心翼翼质疑，同时看向坐在角落里的张旸，这位老朋友一直沉默。

几分钟前，宋总果断地提出"阴谋论"的时候，他的脊背一阵发凉。伴随着宋总毛骨悚然的笑声，他绝望地想到，这是为什么呢？他根本没说过"阴谋"二字，也绝不会涉及此类含义。作为一名记者，也许没什么才华，但是专业素养和基本能力他是有的，他懂得谈话技巧，知道怎样若有似无地挑起人们的说话欲并且让对方看不懂他的目的。况且他根本不赞同主编的"阴谋论"，更不会把这种阴险的种子埋藏在话语中。而宋总却像绕开了他的思想，探入他的意识，追溯到他昨天的经历一样。

宋总并没有接音乐会的话茬儿，而是把笑模样突然凝固住，眼中寒光一闪，表情严肃地望向他，说道：

"年轻人啊，有理想是好的，不过奉劝一句，真相不是那么好玩儿的东西。当真相可以伤害人，或者真相毫无用处的时候，还是不提为妙。"

他无言以对，再一次下意识地看向张旸，只见此人坐在黯淡忧伤的阴影中，一个劲儿地咽口水，喉头像是弹球一样上下活动。

"总之一句话，新闻稿提前给我看吧。"宋总说。

"好，没问题……"他不得不答应宋总的要求，因为这并不是无理的要求，"可是……"有些事情他必须弄清楚，"总得给我一些信息吧，比如死因，我是指具体的。"他才发现，对郑先生可谓一无所知，要想写新闻稿万分困难，"还有，身边亲近的人接受采访吗？"如果下定决心干这活儿，一定要想尽办法找到更多信息，"如果有独家的资料，也放心给我，我会体谅您的心情，酌情报道。"

宋总站起来，脸上有一种似笑非笑的表情。他穿着一件白色 T 恤，颤颤巍巍的肚子像是一团白色的空气，四处窜动。他开始整理桌上的文件，顺手开了旁边的音响，迷人的爵士乐倾泻而出。

"死因是心脏病，郑先生一直有心脏瓣膜供血不足的问题，做过两次手术。我只能告诉你他是突然死亡的，没有任何痛苦，地点恕我不能透露，你可以模糊处理。原因嘛……也许是他为××歌手的新专辑熬了夜，或者前一天的慈善酒会喝多了酒，你尽可以虚构细节，我不在乎。关于他的个人信息……你也知道，郑先生比较注重保护隐私，所以我这里没有现成的资料，不过你可以在网上搜索。总之尽快出新闻稿吧，追悼会在后天。"

说完这话，宋总脸上严肃的神色消失了，转换为不悦。当宋总彻底在电脑前坐下，对着屏幕冥思苦想的时候，他便知道，这位宋总是个没耐心的人，此刻正在下逐客令呢。他对宋总的敷衍并不介意，事情总是真真假假，新闻更是如此。唯一让他介意的是，他的老朋友张旸从头至尾没说一句话。

很快他就发现，事情不像他想的那样简单。人们认为理想状态是一辆不受外力影响匀速前进的列车，而真实情况往往是一只沉默诡谲、阴险多变的魔盒。其实，他在见宋总之前就发现了这个苗头。他站在地铁车厢里（因为不是早高峰，车厢不是很挤），左手握扶杆，右手拿手机，在一种别扭的好奇感的驱使下察看朋友圈和微博。像是下过一场春雨，灿烂的太阳爬上天边，种子跃跃欲试，白云豪情万丈，天地间呈现出一种情难抑制的缤纷色彩——这样描述社交网络上的状态最为合适。只需一个突破口，但凡一家媒体爆出郑先生去世的消息，人们便像受了春风恩惠的小草一般，纷纷苏醒，试探性地点赞、转发。当然，此时，这只是一条简讯，不到一百字，说明了事发的时间，没说地点，更没说死因。到此为止，人们的普遍情绪是以惊讶为主的，也许还有一点悲伤，这是事件初始的基调。

事情到了下午就不同了。他从宋总公司出来，走在大街上，春日午后明媚的阳光让他萌生社交的欲望。他想了很久，

都没想到可去的地方——没有能找的朋友，他又不想独自去
咖啡馆浪费时间。下午在某书店有一本新书的发布会，可是
他认为此刻最重要的工作是关于郑先生的报道，况且主编不
喜欢新书发布会的选题……他决定回家。一个半小时后，他
到了家，窝在沙发里玩手机。这时，他发现，朋友圈有一小
半人在关注郑先生去世的话题，其中大部分在转发简讯并配
以评论，一小部分人声称正重温郑先生的成名曲，一些女孩
子自制了哀悼的图片，还有几个人写了很长的文字，用以彰
显自己对郑先生音乐的痴迷。而在微博上，"郑先生去世"已
排在热搜榜第五位，并有持续上升的趋势。

　　当孩子们的吵闹声从楼下响起时，他来到厨房，打开窗
子，开始做晚饭。随着锅里的水咕嘟咕嘟地沸腾起来、雪白
的挂面变得柔软透明、各种调料与葱花点缀其中，郑先生去
世这个话题也逐渐升温、慢慢进入高潮阶段。就在他做饭的
这段时间里，郑先生，携带着自己的死亡，坐上了一架性能
极好的跑车，在网络的虚拟空间中疾驰猛跑开了——他把碗
端到茶几上，弓着身吃面，手指不停滑动着手机屏幕——消
息越来越多了，除了简讯外，竟还出现了几篇软文，一篇长
报道，和一个疑似郑先生猝死的视频。

　　他吃完面，把碗放在水槽里，半躺在沙发上，准备理一
下思路。首先，郑先生虽是名人，但并不是曝光率很高的明
星。他是个幕后工作者，虽然才华出众，创作的歌曲传唱度
很高，但大众对他的了解却只停留在表面。况且，郑先生是
这么个人，不上节目，极其注重隐私。这等于单方面阻隔了

许多了解他的途径，而大众呢？似乎有随遇而安的秉性，谁会对一个深居简出的音乐人的生活产生兴趣呢？所以，这个话题之所以蔓延极快，在很短时间内便成为全民性话题，只能说明两点：网络本身带有扩大与夸张的属性，这是一个不太可控的属性；惊讶使人盲目，盲目引来盲从，集体意识会突然出现。不过这不能代表什么。

郑先生生前，只有两件事广为人知：郑先生爱喝酒；郑先生是个顾家的好男人。人们不知道这两件事是真是假，只不过郑先生虚幻的形象需要细节来填补，哪怕这些细节也是虚幻的。他认真研读了软文和长报道，发现没什么新奇的，那些文章看似饱满，其实空洞，不过是围绕着已知的（有可能）虚幻的细节大做文章，连具体的死因都没有，连地点都没有，更没有提及后天的追悼会。

天色渐晚，他伸了个懒腰，一屁股坐在转椅上，仰起头，把后背尽可能与椅背贴合，点燃一支烟，打开电脑。他边浏览新闻，边琢磨上午与宋总的见面。这条路算是堵死了，从宋总那儿获得不了任何信息，也没有采访死者家人的机会，可是宋总为什么让他在网上寻找信息呢？他自认已竭尽所能，在网上疯狂搜寻郑先生的相关讯息，得到的却是一些毫无用处的只言片语：郑先生的百度百科简洁得像是一份家电使用说明书；郑先生的豆瓣和贴吧小组是个寸草不生的蛮荒之地；郑先生没有微博、博客、个人网站，没有接受过采访，没有上过综艺节目……总之，郑先生其人，在这丰富多彩的网络世界中就像一副骷髅。他不禁打了个冷战，这么个人，谁能拿出其存在的证据呢？一般来讲，人像蜗牛，总会有意无意留下痕迹，而郑先生，就像一只自带橡皮擦的蜗牛，或者说，他根本就不是蜗牛，而是一只狡猾的蚂蚱——他无法自证曾经存在过，亲朋好友又不愿露面，所以，他死亡了，可谓毫不拖泥带水地消失在公众视野中了，而他在世上完成的最后一个行为，这个被称为死亡的行为，显见也不可能为他的不存在提供反面证据。也就是说，他从生走向死这个过程，根本没有见证者，或者说即便有见证者，也因某种目的不愿提供证据。这位郑先生，会不会只是众人齐心合力臆想出来的呢……别傻了——他摇摇头，及时悬崖勒马——这位"虚幻"的人可是刚刚去世啊，如果不存在的话，还有什么去世的意义呢？况且他确实见过郑先生，现在这份工作就是他们相遇的证据！从某种意义来讲，他不就是所谓的见证者吗？

他按灭烟，漫不经心地打开手机，想看看朋友圈调节一下心情。随着他手指上滑的动作越来越急促，他的眼睛和嘴同时张大，身板也嗖的一下挺直了。朋友圈中的景象令他难以置信，尽管他十分了解个体在信息时代充当的角色有多么重要，可当他亲眼看见这种井喷式的信息爆发，还是不免惊讶。此刻，晚上八点，朋友圈已经彻底被郑先生去世的消息刷屏了。好像是一场愚蠢的作文大赛，人们或悲叹，或惊呼，或愤怒，或唏嘘，仿佛郑先生的死亡真跟他们有什么关系似的。真奇怪，郑先生好像活过来了，他的意思是，郑先生的形象鲜活起来了，已经从一个苍白模糊的形象变成一个金光闪闪的偶像了——果然没让他失望，媒体乘胜追击，大张旗鼓地摆开架势，各种长报道，取着或煽情或有趣的名字，在人们指尖的微微抖动下，铺天盖地地袭来。

一个小时后，他读完了网上所有文章，气得直想掀桌子。这是多么不负责任的报道啊！先不说语言何其粗糙，构架何其拙劣，单论真实性这一点，基本都不达标。关于郑先生的生平，他看到了六种不同的说辞：一说郑先生是音乐神童，在加拿大长大；一说郑先生家境贫寒，得了前辈的提携才大展宏图；一说郑先生出身知识分子家庭，不顾家人反对迷恋音乐；余下三种说法不提也罢……他深知，这完全是为了应付主编，或是为了应付读者，或是为了应付主编想要应付读者的愿望而攒出来的故事。他深谙此道，却不屑于此。这就是我不受重视的原因啊！他感叹。而大众呢？竟然时而欢笑，时而啜泣，尽情被这些故事牵着鼻子走。也许世道变了，真相已经不重要了，他悲哀地想，同时愤恨地关掉一个个网页。

有一件事让他觉得奇怪。网上广为流传郑先生嗜酒，唯有一位网友在微博上坚决反对此事。据他自己说，他是一名娱乐公司的宣传人员，也是郑先生的粉丝（他甚至亮出自己的收藏，所有郑先生参与过制作的专辑密密麻麻摆满了书架）。网友们纷纷对他进行驳斥，争先劝告他不要乱说。他也不甘示弱，声称马上就拿出证据。然后，一个只有不到一分钟的视频面世了，是该网友拍摄的。视频中是一个小型圈内人聚会现场（该网友可能是以工作人员的身份陪同去的），郑先生和一位著名演员以及一个娱乐公司老板交谈，演员问郑先生和老板喝什么酒，她可以去拿，老板点了威士忌，而郑先生明确表示自己酒精过敏，谢绝了。

他确实有一种郑先生爱喝酒的印象，那次他们偶然的相遇就是在一个酒局上。不过就算郑先生出现在酒局上，也不一定会喝酒，况且他没有荣幸和郑先生坐一桌，没看到郑先生到底喝没喝酒。就算这个证据不成立的话，那么宋总的话怎么说呢？宋总说："……或者他在前一天的慈善酒会喝多了酒……"这可是直接承认郑先生爱在聚会上喝酒啊。

最奇怪的倒不在酒，而在郑先生的样貌上。视频中，郑先生是一位身材瘦削，长脸，花白头发的富有艺术气息的中年男人。而在广为流传的郑先生唯一的形象照中，却是一个脸庞圆大，身材短粗，留寸头，颇有些江湖气的大汉。视频中的郑先生和形象照中的郑先生不是一个人。而他反复仔细辨认，确定这种变化也不可能是减肥得来的。那么到底谁是郑先生呢？视频中，演员明明白白地称呼了郑先生的名字，老板也在奉承郑先生最近制作的专辑有多么动听，而那唯一的形象照是宋总的公司放出来的……两方看起来都不像在撒谎。

突然，他发现了一个漏洞，一个阴险的误差，或者说一个毫无存在感的小皱褶。他觉得毛骨悚然，耳边嗡嗡直响，手脚麻木，连呼吸都困难起来。他确实发现了，主编说得没错，这里有一个阴谋，是隐藏在内里的，一道历史久远的疤痕。它不知趴伏在那里多久了，人们假装不去在意，却又无法真正忽略它的存在。如今，幕布被撕开，它暴露了。

他确信这里有一个阴谋，就在他附近，或者说这只是一个幻影，一个分身，是飘浮在他的思维中的，而不是存在于房间中。刚摸索到阴谋的雏形时，他没生出深入探究的欲望，反而产生了一种难缠的感觉——寂寞。他站起来，走到窗边，打开窗户，小区里人们的谈笑声冲进房间，可这没能让他好受一点。他低下头，看见几个女人在健身园中聊天，一位大爷在摆弄健身机械，还有喂野猫的年轻人，跳跳糖一样蹦来蹦去的孩子们……可是这也没能让他好受一些。他突然意识到自己是想找人说说话。主编的脸浮现在他眼前。他有种给主编打电话的冲动，好好汇报一下这些怪事。可是他知道，主编是不屑听他闲谈的。那么给谁打呢？他不得不正视这个问题——他没什么朋友。同事能说得上话的就两三个，其他人全部形同陌路，而那两三位也没有亲密到晚上可以打电话的地步。他与一个出版社的编辑关系不错，不过那是个游戏人生的男孩子，不会静下心来听他闲扯什么阴谋。至于女人，他完全搞不定。

他拿起手机，犹豫片刻，拨通了张旸的电话，点了免提，按了 Home 键，看着屏保上的时间发呆。21:50。他确信张旸没睡，搞不好还在开会。嘟——嘟——嘟——嘟——冰冷的声音让他烦躁。一、二、三、四……他数了六下，有点没耐心了，同时觉得这是个错误。没人愿意听你胡言乱语，谁会在乎一个阴谋呢？一个看不见摸不着的阴谋就等于什么都没有。他刚要挂掉，偏偏在这时，电话被接通了。

"喂?"一个女人的声音传来。

他愣住了,喧哗声与黑色的空气瞬间凝固。

"找张旸吗?他在开会。"女人轻松地说道。

该怎么办呢?要让这位女人传个话,说明天再打来?或者让她去叫张旸,这就把事情说清楚(不过他并不知道有什么好说的)?要不干脆告诉她这是个误会,他按错了,或者他只是担心张旸要应付的事情太多,特此慰问一下。对,这个理由不错,也许就应该这么说。

突然,女人以一种十分纤细的声音说道:

"你是许恒吧,张旸现在忙,不方便说话,有什么事就问我吧。"

### 3

张旸,他唯一的朋友,是个内敛、单纯、满腹心事的害羞男人。他们从同一所大学的新闻系毕业,留在这座城市发展。多年以来,他们很少谈恋爱,几乎不去娱乐场所(除了工作应酬),因为事业毫无进展,甚至放弃了买房的奢望。他们是一类人。而他们这类人,分散在城市的各个角落,就像被遗失的米粒一样,虽然基数庞大,却对彼此视而不见。所以,他们这类人,是很难与同类人做朋友的。

幸运的是,他与张旸的友情始于大学,那时候一切都很模糊,没人知道自己以后会成为哪类人,所以稀里糊涂交上了朋友。而当他们逐渐定型时,又因惯性难舍难分了。事情是这样的，因为他们野心不大，所以短时间不会出现其中一人飞黄腾达这类挑战他们友谊的事，所以他们的友谊可谓相对牢固。

昨晚，他对那位掌握张旸电话的女人说："麻烦你把电话给张旸，或者转告他，让他给我回电话，我会一直等，等到死！"

女人扑哧一下笑出来，而他也为那句冲动的"等到死"汗颜。

"你是张旸的女朋友吗？"他小心翼翼地问，明知道答案是否定的，但他是用一种发泄的心态问这个问题的。

女人再次被他小孩子似的撒娇语气逗笑了，可这次她及时止住笑，不知是出于礼貌，还是假装严肃以便进行下一个小游戏，她突然字正腔圆地说：

"不是。"

然后是一段长时间的沉默。他听见一阵嘈杂的声音，是隐约的争吵声、沙沙的电流声、搬放东西时发出的沉闷的砰砰声组合在一起的让人胸闷的声音，他不得不张开嘴，大口呼吸夜晚的空气。此时他有一种十分具象的想象：有一个装修队，扛着他叫不上名字的各式器材，整齐划一地进驻电话线，在逼仄的管道里，以一种罕见的热情忙活着。他们每个人都在忘我地工作，根本不去想这份在电话线里的诡异工作是否真有其意义——这种想法让他拐进死胡同，让他再次想起那些奇怪的事情来了。张旸为什么要躲他呢？郑先生去世这件事有那么不可告人吗？可问题是——他再次想起上午的会议——他们在把这件事广告天下人，却唯独对他讳莫如深。仿佛是这件事有个核心，他是唯一能挖掘核心的人，而这个核心是万万不能让他挖掘出来的，否则就会天下大乱——这种想法实属搞笑，一个名人去世了而已，又不是什么历史性的灾难事件。难道因为此人是名人，就不能去死，因为死亡是普通人干的勾当？恰恰相反，死亡是一个警钟，告诫大家不要对平常事太过在意。如果你介意死亡，那么死亡就会变本加厉地席卷而来，所以最好的做法便是无视它。不要介意一个人的死亡，而去介意一只小猫的失踪，一位丈夫的出轨，或者一个工人永远要不到的工资——这些事是完全可以介意的。

"喂？你还在吗？"女人有些不耐烦了。他突然意识到，这是个拥有完美嗓音的女人。

"当然，我在。"他说。

"哦，有什么想问的吗？没事的话我去忙了。"女人说。

有多动听呢？就像是一根嫩油油的黄瓜被掰开了发出的咔嚓声那样，是一种带着水音儿的声音，从年轻的、丰满的喉咙里发出。

他马上意识到，这也许是个很美丽的女人。尽管他此刻满心扑在郑先生的事情上，但他毕竟是个男人。因为他意识到了这个声音之美妙，并且正在预测此人美貌之程度，郑先生、主编、宋总、张旸这个组合暂且被他抛到一边去了。从昨天到现在，他头一次感到轻松。女人总是在不经意间给男人施以致命的魔力，而这也确实是男人该干的事，放弃那种呼天抢地式的挣扎与自证吧，放下无用的武器，不要碰黑暗的泉水，专心沉浸在女人的芬芳中——他确实也做到了，就像他该做的那样。

"那么……你认识郑先生吗？"他打起精神，努力让自己的声音听起来有活力。

"当然。"对方似乎打了个哈欠。

"那么。"机会来了，不管是为了虚幻的爱情，还是为了事业，他必须努力应对才行。可是，他竟然局促起来了，"那么"之后再无下文。

"我叫兔子，明天来××大厦五层会议室吧，我们在那儿开郑先生追悼会的策划会。"兔子用极其迷人的音调说。

他加了兔子的微信，挂掉电话，关掉窗子和电脑，换上睡衣，钻进被窝。他没有马上入睡，而是拧亮床头灯，在一片昏沉的光线中，像木乃伊一样直挺挺地躺着，冥思苦想。兔子，这真是个神奇的女子，不仅因为她音色动听，还因为她的语调中有种不给人留余地的笃定。柔软的棉花中穿插了一根铁丝——就是这种感觉。他觉得兔子没准是那种女人，梳一个马尾，不化妆，穿一条热裤，想你的时候，就对你呵护备至，不想理你的时候，干脆消失不见。就像是春季树木上偶尔长出来的小果子一样，是个拥有无限可能性的年轻女子。他拿起手机，换了一个最舒服的姿势，打开兔子的朋友圈，准备好好了解一下这个让他颇有好感的女子。首先是头像，没什么特别的，一幅卡通兔子的水彩画。她也许属兔，或者养了一只兔子，要不就是经常喂养小区里的流浪兔，当然，她也有可能就是特别喜欢兔子，还有一种更赏心悦目的猜测——她有一对可爱的小兔牙。可惜，朋友圈没能让他获取更多信息。这位神秘女子的朋友圈设为"仅展示最近一个月"，而这一个月，她只发了四条：一条是转发郑先生的死讯；一张黑白照片，配以"晚安"两字（他认出，这是俄国导演塔可夫斯基处女作《伊万的童年》中的经典镜头，上校抱起女护士在壕沟上接吻）；一条关于国内某诗人的诗歌转发，可见她很喜欢该诗人的诗；还有一张她自己的照片。

也不一定是她的照片，因为没有配任何文字说明。照片中是一个女人的侧脸特写，背景是一排深棕色的方格木窗子，窗子旁是土黄色的壁纸。他判断这是在一个古色古香的餐厅里，或者是茶馆，兔子应该是被人偷拍的，不过摆拍也说不定。再看那张侧脸，确实符合他对兔子的幻想，那是一个年纪尚轻、样貌可爱的女孩，梳着棕栗色的马尾辫子。更让他神往的是一种神态，一种与任何形容词都不匹配的神态，只与她的声音有关。那是一种与她美妙声音极其相配的神态。

他把手机扔在一旁，感到心慌。（有可能是）兔子的脸像金色的版画浮在他头顶，让他如临大敌。也许是想太多了，可能性到处都是，也可以说处处都无可能性。只不过所有美好的可能性从没降临到他头上过。凭什么呢？他痛苦地闭上眼睛。这不公平，仿佛一架金色的纺锤。他像鱼那样张着嘴，吐出泡沫。太不公平了，纺锤的尖要扎到我了，它离我的心脏只有一毫米。在入睡前几秒，他还大张着双臂，像被抛在岸上的虾一样挣扎着。

　　他梦到了兔子。那是一个古怪的梦，兔子站在一间餐厅里，有着深棕色浮雕木窗子和土黄色壁纸的餐厅，是照片里餐厅的延伸。兔子站着，侧着脸，和照片里的形象一样。当然，这也许不是兔子，照片可能是一种掩护，不过不要紧，他心里认为这是兔子。于是，有可能是兔子的兔子慢慢转过身，打开放在地上的一个老式电视机，里面播放着一部黑白电影：两个人在比身高，可是其中一人比另一个高出太多了，使这场比较没有意义。这一切就像塔可夫斯基的电影一样，沉默，阴郁。再看兔子，已经转过脸正面他了，可即便如此，他依旧看不清兔子的脸，仿佛有一片讨厌的迷雾在跟他作对。这时候，他发现兔子什么都没穿，那对边缘清晰的乳房随着一种诡异的节奏跳来跳去，像两颗粉色的心脏。然后，一个边角出现在他的余光中。他转过头来，瞬间大汗淋漓。那是一口棺材，深棕色的、材质极好的棺材。他急得直跺脚，可又挪不开步子。从棺材里传来咯吱咯吱的声音，似乎还有音乐声。他浑身湿透了，像一个被剥了皮的洋葱。他想回头看兔子，可是怎么也回不过头来。然后，那棺材越变越大，音乐声越来越响，他突然冷静下来了，心想不过是具死尸，没什么可怕的。就在这时，一个阴险的念头蹿到他脑海，让他再一次沉浸在恐惧中。也许不是郑先生死了，而是我死了。然后他醒了过来。

　　他筋疲力尽，浑身湿透，不知是梦境有惯性，还是现实给的冲击，他不再觉得恐惧，只觉得愤怒。他没好气地想，为什么总轮到我呢？这下子，界限模糊了，把这里搅得乌烟瘴气。他翻了个身，继续睡去。

　　早上八点，他起床，觉得神清气爽。他认真洗了把脸，刮了胡子，边吃早餐边回味昨晚的梦。薄如蝉翼的阳光晒在他身上，冲淡了梦境的惊悚与绝望，所以，当他慢悠悠嚼着面包的时候，心里只想着兔子粉色的幻影，有关电视机、棺材、古怪餐厅的事全被他抛之脑后了。他喝掉最后一些牛奶，把盒子压扁，扔进垃圾桶，走进卧室，挑了一件他颇为心仪的深蓝色衬衫，穿上，感觉良好。他想去卫生间照镜子，却被横在客厅中桌子的边角狠狠磕了一下。"他妈的！"一瞬间，毫无根据的欣喜感觉消失了，压抑的、黏糊糊的空气再度包围他，把他打回原型。然后，他站在镜子前，看着镜中的脸，眼泡浮肿，皮肤粗糙，牙齿焦黄，完全不是能配得上兔子的男人形象。他歪过头，朝客厅看去，各种有用没用的东西摆得歪七扭八，所有东西都是旧的、脏的，让人一刻都不想待下去。这个房子不尽如人意，可这是他能找到性价比最高的一居室了……他把背包收拾好，坐在门口的凳子上穿鞋。也许主编说得对，他应该多去写吸引人眼球的新闻报道，而不要老想着自己可怜的文化抱负。这样的话，他也许会升职，也许能挣点外快，也许能租一个稍微舒服点的房子。显见，兔子那样的女孩是不会愿意来这种房子做客的。

　　乘地铁时，他不自觉地幻想起来：也许该想想出路了，总在这家报社耗着，拿着几千块的工资，不受重视，难道一辈子租这种房子，一辈子找不着女朋友吗？这种想法是他未曾有过的，或是很少有过。他的思维突然跳跃起来，脸庞焕发出活力——也许可以换家报社，碰碰运气，找一个赏识自己的主编，或者换个行业干干，比如新媒体、门户网站、视频网站……不过要他选择的话，他其实不想在以上任何一个行业再就业，因为势必会遇到一个跟他不对付的上司，不是主编，就是副主编，那些人喜欢把他这种其貌不扬又不爱说话的男人当作眼中钉。要他说的话，或许根本就该自己创业，根据自己的风格和眼光经营一家新媒体，或者问问身边的朋友，愿不愿意一起做一个独立出版工作室。

他下了地铁，跟着导航找到××大厦，从正门走进去。他还在盘算这些事，完全没有注意到那些晶莹明亮的落地窗。他找到电梯间，随着叮一声响，走进一个玻璃盒子，才发现，这座大厦很像一个水晶棺材，到处都是玻璃，折射出匪夷所思的光。他上到五层，沿着长长的走廊向前走，路过很多上面没有任何标志的不透明玻璃门，这让他怀疑这些办公室到底有没有人办公，或者这是些租不出去的空房子。终于，他听到隐隐的喧哗声，朝着声音的方向走去，直至走到会议室门口，看到里面坐满了人。

没有兔子，或者说他没认出兔子，或者兔子根本就不长照片里那样。这是一群非常年轻的人，有十来个，看起来也就二十出头，穿着时髦得让他紧张的衣服。如果不是兔子提前告知会议内容，他还以为这是一些追星族在开联谊会呢。

这个会议室像是一个种植花草的玻璃房子，中间是一个 U 型
会议桌，不大，刚好够坐下他们，而媒体则坐在紧贴里侧玻
璃墙的座位上。他扫了眼那排椅子，看见几个熟面孔：一个
兄弟报社的资深女记者，一个新闻网站的姑娘，一个自己从
不写稿的男记者，还有一位新锐报社的副主编（他居然带了
个三人团队过来）。他挨个问好，坐在不写稿的男记者身边。
"今儿真热啊。"男记者眯缝着眼睛，懒洋洋地说。这时他才
发现自己已经热得满头大汗了，只得跟网站姑娘要了纸巾，
擦了汗，脱掉外套。然后他看见孩子们也因为炎热纷纷脱去
外套，露出奶酪似的胳膊。这时，一个穿紫色 T 恤、梳着两
条辫子的面容倔强的小姑娘走到角落里，刷刷两下拉下一扇
落地窗的窗帘，会议室里霎时阴暗了许多。

　　一个戴着眼镜的瘦高个男孩儿走到 U 型会议桌的底部，
突然间，会场静谧下来，十几双眼睛一齐望向男孩儿。那是
一个头发乌黑，身体轻飘飘的男孩儿，他拿着一张纸，看起
来不像是要做什么工作汇报，而是在欣赏一份节目单。总之，
他不像是公司里能担任会议开场发言的重要职员，倒像是学
生会里负责调节气氛的混小子。这时，有一个矮胖的姑娘神
不知鬼不觉出现在记者席旁，把一沓纸交给离她最近的记者。
这些纸在记者席上分发开来。他拿到手时，发现这是一个彩
色的小册子，封面是郑先生的形象照，里面是满满两页诗体
化的文字。男孩儿开始说话了，或者不如说他开始朗诵了，
而他读的正是册子上的文字。男孩儿的语气十分平淡，甚至
可以说是冷淡，仿佛宣告郑先生的死亡、朗读郑先生的生平、

缅怀郑先生的成就这些事与他没丝毫关系，他的工作只是把它们读出来，也就是说他是一个传递者，一个中介，一个过渡空间。男孩儿以一种平缓得仿佛柏油大马路似的语气读完了郑先生的生平，像一个幽灵一样飘下去，隐退到同事中间。这时，不知谁带的头，竟爆发出一阵热烈的掌声。

然后，那个发小册子的胖女孩开始耐心地讲述关于这个册子的一切，用多少开的纸，怎样印刷，有多少份，文字的运用有着怎样的考量，照片清晰度给她带来的困扰，追悼会时这些册子将如何分发……显见，她与高个儿男孩儿是一伙儿的，他们属于"送别郑先生"小分队的"纪念小册子"部门成员，那些文字很有可能是男孩儿写的，而这个女孩儿负责其他一切事宜。他突然对男孩儿产生了强烈的兴趣，当然是因为男孩儿写出了"郑先生生平"。然而，在男孩儿朗读时，他跟着读了一遍册子上的文字，女孩儿讲述的时候，他又读了一遍，没发现任何有价值的信息。那些文字基本上在讲述这些事情：郑先生，70后，生于工人家庭，某音乐学院毕业，某唱片公司实习，因某首歌曲被某歌手看重，成立××公司，然后就是冗长的荣誉和成就，最后是缅怀，一些煽情的文字，老套的应付活人的把戏。

有趣，工人家庭出身，这倒是个新鲜说法，与网上的所有版本都不同。可生平介绍写得极为简练，躲躲闪闪，仿佛生怕别人窥探到郑先生的隐私似的。一位已故去的人还能有什么隐私呢？他郁闷地把手掌压在册子上，失魂落魄地看着那个男孩儿。他真想此刻就走到男孩儿身边，把他揪出会议室，好好盘问他一下。起码要说明这些生平信息的来源吧，要把掌握的信息分享给记者，好让记者有内容可报道。他感到愤怒，不知是天气太热的原因，还是胖女孩在那里支支吾吾个没完，或者是他不太喜欢身边这个吊儿郎当的男记者，要不就是他总觉得，兔子在耍他。

胖女孩终于讲完了，坐到眼镜男孩儿旁边，两人立刻开始窃窃私语。他们一定是一对儿，他没好气地想，强迫自己不去看那对小鸳鸯。会场沉默了五秒，这时，男记者向他投来一个意味深长的眼神，其中含着深切的讽刺。这正合他意，说实话，他也觉得眼前的一切十分滑稽。然后，那个拉窗帘的倔强小姑娘站起来了。她显见是个小领导，有几个梳短发的女孩子挺怕她，因为她刚站起来时，那几个女孩儿就像埋土豆一样把自己深深埋在地底下了。倔强姑娘站在刚才两位发言人站的位置，他才发觉她长得挺好看，有一种无所顾忌的坚毅之美。她开始说话了，用一种尖锐、干脆、不给人留余地的语气。

他觉得恍惚，仿佛置身一片混沌模糊的光圈中，声音是从云层传来的，而不是从那个有血有肉、心脏跳动、皮肤润泽的人体中传来。其实那女孩儿说话很有条理性，她在说追悼会的前期准备工作，追悼会当天的布置和人员安排，追悼会之后的善后工作。她把这些内容拆开，明确到每一项工作，再把这些工作拆开，明确到每一个细节。她提到现场的音乐、灯光、物料、饮品，这给他造成了错觉，仿佛他在开一个文化活动的企划会，而不是一个追悼会的策划会。"他们真要把追悼会开成演唱会？"男记者戏谑地在他耳边说。"殡仪馆能答应吗？"他不解。"嗨，这世道，有钱什么不行？"男记者回。两人陷入沉默，继续听倔强姑娘安排工作。他突然明白了，这是一个公关公司，承包了郑先生的葬礼业务。这是一个极其年轻有活力的团队，操着满口他听不懂的专业术语，说着一些在他看来根本是天方夜谭的公关手段。他不知道这个团队准备插手这件事到什么地步，或许他们还会出新闻通稿，以一种新鲜、灵活、绝不会出错的方式撰写郑先生的死亡。这些年轻人，总是不把死亡当回事的。这时，男记者再次凑到他耳边，低声说："你看，那妞儿还不赖。"他当然知道那妞儿指的是哪妞儿，可是在这片云里雾里的气氛中，他却想到另一件事：那不赖的妞儿会是兔子吗？现在，她轻轻晃动身子，右手在桌面上打着节奏，不耐烦地皱起眉头。可是她的声音仍然是冷静的，克制的，没有任何急于结束会议的意思。不对，那不是兔子，声音不像。这时，一个看起来是这里年龄最大的姑娘突然说道：

"想什么呢？500个花圈，那个厅才多大，哪儿放得下这么多啊？"

另一个戴着眼镜，皮肤苍白的女孩儿马上接道："可不可以把几个名字合在一个花圈上啊？不过需要去跟每个送花圈的人核对。"

"现在来不及了，去和殡仪馆沟通吧，最好把花圈都放下。"长得不赖的紫衣服妞儿说。

然后，话题又被扯向别处，花圈的问题悬而未决，但大家都不怎么在意，仿佛这些问题都不算问题。于是，有些人开始议论起签到台来。

"签到台旁边的桌子上要不要放酒？"有人问。

年龄最大的姑娘马上来了兴致，他注意到这姑娘声音沙哑，煞是动听，应该是常年吸烟所致："要！要！郑先生最爱喝酒，他的朋友们也都爱喝酒。"

"可是朋友们爱喝酒，也不一定想在死去的郑先生身边喝酒啊。"负责小册子的胖女孩扭扭捏捏地发表意见。

"你不懂，爱喝酒的人在哪儿都要喝酒的。"声音沙哑的姑娘说道。

很快，酒精的问题过去了，接下来是音乐的问题，这个问题没谈几分钟，又切换到现场直播的问题。紫衣服姑娘问新锐报社的副主编需要几个机位，副主编咕哝了一句什么，他没听清楚，然后这个问题很快就过去了。接下来是七嘴八舌的讨论环节，年轻人们以一种罕见的热情，提出话题，却并不期待被解答。重要的是说出来，而不是被关注。他不知道是谁大喊了一声："郑先生不喝酒啊！"他觉得乱套了，比其他任何他听说过的、课本上看到的、老人口里讲的动乱事件都要乱。更奇怪的是，他们这些傻头傻脑的记者，被邀请过来，像几根大葱似的坐在这里，听这一场关于酒、死亡、艺术、金钱的争论，有什么意义呢？

有几个记者离席了。男记者对他使了个眼神，大摇大摆走到不赖的紫衣服姑娘身边，说了两句话，姑娘拿出手机，两人加了微信，然后男记者径直朝门口走去。这期间讨论没有停，稀奇古怪的问题层出不穷，网站姑娘把笔记本电脑塞进包里，对他笑了一下，也离开了。他感到一阵晕眩，也想离开，却站不起身。那是一种极其糟糕的感觉，仿佛在听一场与他无关的审判。

会议结束时，已是下午两点，记者席上只剩下他和新锐报社团队。年轻人们慌慌张张整理包，有说有笑，蝗虫一样飞离了会议室。紫衣服姑娘在新锐报社副主编身边说着什么，两人一副长谈不走的架势。可他决定等，必须要跟那姑娘说上几句。他用目光搜索，却没看见写生平的高个男孩儿。算了，我已经不需要知道那些了，他无奈地想。然后，昨晚那种可恶的孤独感觉又来了，黑色的泉水再次弥漫在他身边。这时，姑娘与主编说完话，面无表情地朝门口走去，他连忙站起身，拦住姑娘。

"你好，我是××报社的记者许恒。"

姑娘站住了，以一种轻蔑的眼光打量他。

"兔子今天来了吗？"他还是决定先问这个问题。

"她今天有事没来。"姑娘说完这话，摆出继续往前走的架势。他再一次拦住姑娘。可惜，他有点着急了，用手攥住了姑娘的胳膊，柔滑的触感在他手心蔓延。没想到，这姑娘像只炸了毛的猫一样，一下子跳起来，挣脱他的手，皱着眉头瞪着他。

他觉得必须要再问些什么，可是实在没什么可问的。到底什么才是事情的源头呢？一股绵延不绝的水向他袭来，汩湿了他的鞋。他用余光看到新锐报社的团队在整理会议记录。他们可真认真，他想。然后，他再也找不出话题可聊了，姑娘的形象在他瞳孔中越来越小，而他仍旧站立在这模糊不堪的光圈中。

"郑先生到底是怎么死的？"他突然问出这么一句话，自己都吓了一跳。

紫衣姑娘站住了，回身看他，脸上冷漠的神韵消失了大半。这挺神奇，也许是光的缘故，她的五官在阴暗处能发挥热情的魅力，而在光明中却像一片单薄的冰。

"癌症。"姑娘说。然后想了想，又补了一句："已经一年了，本来都好转了，可是突然就死了。"


"这是一个阴谋。"

他回到家，打开电脑，在空白文档上恶狠狠地敲下这句话。然后，他两手交叉枕在头部，眯缝着眼睛看着莹白的屏幕，思索着下一步的行动。到底要不要用这句话作为新闻稿的开头呢？这是一句定性的话，意味着接下来内容的危险性，而他也必须做好最坏的打算。也许是失业，失去朋友，斩断即将到来的爱情。更糟糕的是永远被排挤在外，成为一个孤独冰冷得像尸体一样的边缘人。所有人都在营造阴谋，死亡是破绽，所以他们的慌张是有理由的。如果我们以阴谋的方式操办葬礼，阴谋将会更加完满。他的耳边充溢着越来越响亮的嗡嗡声，仿佛两块金属在摩擦。他停下写作，使劲用手按着脑袋，希望把那个臆想的装修队赶走。如果我们顺藤摸瓜，把伪装的面具撕开，阴谋将不攻自破。可是，阴谋到底是什么呢？阴谋是……他不知道阴谋是什么，不过没关系，他只需要把这些写出来，自有人明白。首先，写出来，不能拿给宋总或主编看，而是直接辞职，找一家新媒体，或者干脆趁这机会自己做一个公众号。明天的这个时候，这篇文章将会满天飞。可是，兔子……他想起从未谋面的兔子，还有善良沉默的张旸……他紧咬牙关，狠攥拳头，强忍怒火，飞快把那几行字删掉，拔掉电脑电源，栽倒在沙发上，眼睛盯着天花板。

过了一会儿，他平静下来，起身去厨房，从冰箱拿出一个洋白菜，一小块猪肉，再把大米倒进焖饭锅，加入水，按下开始键。他打开窗子，边听着孩子们放学回来的吵闹声，边切菜，切肉，切葱姜。他开油烟机，开火，做出一盘肉炒洋白菜，就着米饭，大口吃了起来。余晖照进窗子，橙黄色的光束印在桌上，像一簇细软的流沙。他又想到张旸，想到宋总，还有宋总公司里那些欢天喜地的员工，这次他没有想兔子。

他吃完饭，刷了碗，洗完澡，早早地上了床。平躺良久，他发现自己的身体十分乏累，精神却亢奋得很，于是他预感到，今晚会是无眠之夜，或是多梦之夜。失眠和做梦归根结底都是想象力的衰退，在某一时刻，现实的色彩减淡，饱受折磨的人们在时间的钢索上行走，寻找睡眠的入口……他朦朦胧胧地思考……突然，手机响了，是兔子给他发的微信："许恒，明天见。"

　　他使了好大的力气才清醒过来，发现兔子并没有给他发微信，他只是在做梦。

　　他再次陷入晕眩的绝地，在如梦似幻的失眠之夜，他收到了张旸的微信："许恒，明早八点殡仪馆见。"他急坏了，使劲晃动身子，呜咽着，想要清醒过来。他自以为醒了，按亮手机，看到张旸并没有给他发微信，就像刚才一样，一切又是一场梦。他放松下来，警告自己不要胡思乱想，可是一种隐隐的担忧正从脚底蔓延，好像一丛疯狂生长的荆棘。他的心如坠迷雾之谷，让他再也无法从七零八落的原材料中拼凑出真相的模样了。

　　他放弃了，然后彻底清醒过来，打开手机，时间显示23:00，张旸和兔子都给他发了微信，文字一样。

　　"许恒，明早殡仪馆见。"

## 4

　　早上六点，他走出家门，走上空旷的街道，路过一个个大门紧闭的店铺，看见几缕嫩黄的光正从东边伸展开来。他钻进地铁，在哈欠连天的安检员的注视下过安检，等来一辆乘客稀少的列车，走进去坐下。一个小时后，他倒了一次车，人逐渐多起来。坐了两站，到了一个交通枢纽，很多人下车，只剩下五六个人了。不知为什么，离目的地越近，他越紧张，甚至觉得旁人看他的眼神也越来越怪异。在停滞的凝视中，他想象了这样一出场景：他是改造火葬场的工程师，此次前往是为了给这项改造工程画图纸。

他下了车，站在一根柱子旁研究地图（他是第一次来这座城市的殡仪馆，有些讽刺，好像因为他是一个不得志的中年男人，连死亡都没他参与的份儿似的）。他觉得地形有点奇怪，这里有很多追悼会礼厅，但是通向每个厅的道路不一样，有些甚至大相径庭。为了避免出错，他问站在出口处的一位女性地铁工作人员："请问梅厅怎么走？"姑娘皱起眉头，思索了好一阵子，也说不出一句话，这让他有些尴尬。突然，姑娘恍然大悟，嗓门嘹亮地说道："啊，你要去殡仪馆对吧？A口出一直走，左转再右转就到了。"

他决定出去再问问路人。出了A口，他发现面前只有一条路，只得往前走。这条路上没有行人，连车都很少，不知是心理作用，还是城市西边的气温确实较低，他觉得有些凉，后悔没穿件外套来。街道很干净，路两边栽满杨树和矮木丛，巨大的树荫遮住路面，挡住了阳光——这也是阴凉的原因之一。他看见一个高瘦的中年男人朝他走来，他决定问问路，可是等男人走到他身边，他又放弃了，最终决定还是照姑娘说的碰碰运气。他走到第一个路口，发现这里有两个选择，要么左拐进一条宽敞的大路，要么沿着街道朝远方模糊的山影前进，而右边的大马路，中间立着白色栏杆，并没有缺口可以右转。

他左拐进宽阔的大路，走在道路右旁的人行道上。他走的这一侧没有树，只有一面灰色的外墙，而他对面那条路上栽满了矮小树木。那些树长得有些斜，像是一根根绿色倒刺，

而他走的这一侧，虽然没有树荫覆盖，仍然感受不到阳
光——就是这种阴冷感觉，仿佛无数根隐形的针。让他感到
奇怪的是，这条大路上依然一个人都没有，这只能说明两点：
要么参加追悼会的人都已经到了，或者都没来；要么这条路
是错的。他掏出手机，准备给张旸打个电话，就在这时，他
看见前面百米处有一个入口，于是把手机重新放回兜里。从
这个入口拐进去，首先看到一个深灰色顶子、红柱子的亭子，
他想不出这亭子有什么用处，因为这里很凉爽，不需要亭子
来纳凉，况且也没人会想在这里歇脚。他沿着唯一一条路往
左走，看到了小池塘，小假山，另一个小亭子，这些东西看
起来跟那个红亭子是一样的功效，是为了缓解这里的阴郁气
氛的。在他的右侧，坐落着几个古色古香的房子，也许是办
公室。可是他也没在这附近看到任何人。一辆黑色轿车从他
右边驶过，前往不知通向何处的前方，消失在一座仿古建筑
后面。黑车把他的视线往远处拉，让他看见了那块指路牌。
要不是这块牌上写着"梅厅"，他真的以为自己走错了。他走
到一片空地上，看见一个方方正正的房子，前面零星摆了几
个花圈，十来个人聚集在门口，上面挂一横幅，写着："沉痛
悼念××先生。"他快速走过这处礼厅，眼睛却控制不住地看
向门口的人群。他们多穿黑色的衣服，为了配合沉重的气氛，
有人还戴了黑帽子。死者生前的人缘估计不好，在关于他的
最后一场盛会中，居然才来了这么点人。他摇摇头，表示惋
惜，继续往前走，这才看见了那个比这间礼厅宏伟得多的建
筑，是一座二层楼，蓝绿色的砖瓦铺成顶子，两层楼中间砌

着白色的石头栏杆，看起来十分庄严。让他惊讶的是——尽管他已经做好心理准备了——这座建筑前面的空地上密密麻麻站满了人，与前一个礼厅的凄凉景象形成鲜明对比。他敢肯定，这是梅厅，郑先生的遗体此刻正放在这座美妙的建筑里。

他一下就看见了昨天那个倔强小姑娘，穿了件藏蓝色的连衣裙，头发高高盘起，神情机警得像一只小羚羊。这姑娘站在两张拼在一起的、铺着白桌布的长桌后面，桌子上放着一束巨大的捧花，以白色和浅粉色为主，花旁边是那对纪念册小鸳鸯，正全心全力为来宾分发纪念册。他就这么看了一会儿，觉得这景象颇赏心悦目。那个倔强姑娘掌管着三个红底儿贴金签到簿，每当一位来宾走上前，她会警觉地扫他/她一眼，仿佛在迅速分门别类似的，立刻选出其中一个签到簿，要求其在上面签字。他不明白她拣选签到薄的原则，或许她是按职务分类的，或许是按重要程度，或许是她自有想法。他不禁有些好奇她会把他放在哪个签到簿里。就在这时，倔强姑娘看见他了，面无表情地对他打了个手势，让他过去。没想到姑娘从桌子下面掏出另一个由两张纸组成的简易签到簿，他有些失落，但还是在媒体签到簿上签了字。然后姑娘要给他车马费，他拒绝了。姑娘盯了他三秒钟，没坚持。他却有些不尽兴，问道：

"兔子在吗？"

"兔子今天可有得忙了，满场飞呢，我也找不着她，你碰碰运气吧。"姑娘不抬头，一个劲摆弄一团塑料白花。

"哦？兔子负责什么？"

"场务。"

"具体呢？"

这时，一个穿黑色大衣，留着长长白胡子的老人在一位妙龄少女的搀扶下前来签到。其间，他一直看着倔强姑娘那张毫无表情的脸。

"你为什么老盯着兔子呢？"老人和少女离开了，姑娘以一种挑衅的语气问他。

"好奇嘛。"他随口答了一句，觉得挺没意思的，拿了一朵白花别在胸前，走了。

与其说是他闯进这道密不透风的人墙，不如说是这个状如堡垒的人群把他吸进去的。前一秒，他还在小心翼翼地抬脚，举手，像试探洗澡水会不会太烫那样一点点把自己融入其中，而后一秒，他就已经成为人群的组成部分了。这就像一滴清水融进满池的墨汁，只是一瞬间，便再也找不到那颗水滴的芳踪了。这些人真是千奇百怪，各有特色。分不清他们是哪一类人，似乎各类人都有一些，仿佛是什么奇怪的人类学大杂烩。人们拿着酒，香槟，或者啤酒（看来那个声音沙哑姑娘的意见被采纳了），都在跟另一些人谈话。可是他探头探脑了半天，也没能从人群的缝隙中看到摆放酒水的摊位。他想往门口挪一挪，找找认识的人，可刚离开这一些人的束缚，马上又被另一些人禁锢住了。有三个姑娘站在他前面，皮肤粗糙，穿着性感的深色长裙，在聊一件她们都曾参与的事。其中一个姑娘说：这件事发生的时候，我还不认识他。

另一个姑娘马上接话：我虽然跟他吃过一次饭，但也没想到会发生这样的事。最漂亮的那个姑娘总结：问题不是他在不在场，而是事情怎么解决……他听不懂这三人说的绕口令。他的右侧，站着一位高个的外国姑娘和一个矮小的中国男人，两人在耳语，好像他们正在参加某人的婚礼，而不是葬礼。他左边是两个艺术家模样的男人，正在谈论绘画市场——这又是一桩他听不懂的买卖。然后，他发现了一个问题，这是导致他感到别扭的根源——所有人都没穿葬礼该穿的衣服。出于尊重，没人穿过于鲜艳的服饰，但也没人穿全黑的衣服，多数人穿褐色、灰色、深蓝色。仿佛这不是一场葬礼，而是一个慈善酒会。突然，他发现自己的着装也不那么合乎时宜。他穿了一件蓝白条纹 T 恤，棕色的裤子，这完全是无意识的行为，他似乎想都没想，就放弃了葬礼的意义，穿了一身最适合社交的衣服前来。说到社交，他确实看到几个年轻人像蚊子一样穿插进人群，他们容光焕发，充满活力，不放弃任何一个机会，到处分发名片。这样的年轻人越来越多，不一会儿，每个人手里和兜里都塞满了名片，有旅游公司，有保险公司，有推销自己的自媒体写手，还有在各种艺术领域初显头角的新人……这弄得他心里痒痒的。有一个帅气的小伙子最走运，或许是他的社交手段实在高超，因为他参与这场盛会没一会儿，就已经站到那个白须老人身边了（老人肯定是个重要人物）——这时，他把手插进裤兜，玩弄着兜里的名片，思索要不要学习那个小伙子，给自己的再就业制造机会。突然，一阵嘈杂声从梅厅广场的入口处响起，人们停止谈天，向事发地点看去。他趁着人群凝固的当儿，向梅厅大门移动，走上台阶，站在一排花圈面前，这里人不多，又因为地势高，可以把全场看个大概。他惊讶地看到，有十来个年轻人举着条幅站在广场入口处，表情激愤，大喊着："郑先生一路走好！"他才明白，这是郑先生的粉丝团，并且，看那个倔强姑娘紧张地冲过去的模样，这绝对不在计划内。粉丝团的示威活动没有坚持多久，便被公关公司的人劝走了。闹剧停止，一切恢复如常，人们又开始开怀畅饮，谈天说地了。

"啧，真有意思，你不喝点？"昨天同他一起开会的那位从不写稿的男记者突然冒出来，对他说。

"不了。"他才看见了酒水摊位，离人群较远，是签到桌的缩小版。那里不仅有香槟、啤酒、果汁、水，还有咖啡机，还有看不清具体模样的小蛋糕，以及成堆摆放的水果。

"为什么不喝？"男记者呷了口啤酒，"人生嘛，及时行乐。"

他看着男记者那张脸，恨不得揍男记者一拳。

"我不认为这种场合适合娱乐。"他尝试着压抑怒火。

"孩子啊……"男记者凑近他，"凡事不要较真，婚礼还是葬礼，本质上没有区别。有人为了结婚哭泣，有人为了死亡欢呼。这个世界就是一口大棺材嘛……"

说什么棺材呢？他在心里愤愤不平地抱怨着。因为这让他想起另一口棺材，梦中的棺材。他才发现，有些事情不是消失了，而是暂时隐身了。他开始原地溜达，左顾右盼，妄图在人群中找到老朋友的身影。男记者还在旁边没话找话聊，一会儿说到纸媒行业不景气，一会儿说到丧葬一条龙服务，甚至盘点起他参加过的豪华葬礼。幸好这时走来一个男人，是男记者的熟人，两人寒暄一番，男记者把男人介绍给他，原来这是负责郑先生法务工作的事务所的一名律师。律师热情地与他握手，表示出对记者的尊敬。这时，男记者突然说道："许恒不仅是××报社的特派记者，更是郑先生的老熟人，郑先生对他有知遇之恩呢。"

"哦？那可太厉害了。不过出了这样悲惨的事，您一定很难过吧。"律师同情地说道。

他觉得有些尴尬，"生老病死是人之常情。"只能这样敷衍道。

"郑先生死前受了很大罪，真可怜。"律师摇摇头，"整整一年，躺在医院里，任凭肿瘤长大，什么都做不了。"那么说，这又是一个号称知道郑先生死因的人？或许他还会编出什么新鲜段子来。"郑先生是怎么死的？"他决定单刀直入。"癌症啊，你不知道吗？"律师表示惊讶，"鼻子里长了个瘤子，最后扩散了。"律师做出惋惜的样子，把手插进裤兜。"一年？"他决定抓住这个时间点。"对，一年，刚诊断出癌症时，郑先生就写了遗嘱，去世前两个月，我还去过医院……"律师的声音越来越小，动作越来越僵硬，因为律师发觉面前的这位据说与郑先生相熟的记者脑筋不大正常：此刻，他正呈现出一副惊恐的样子，使劲握着律师的手。律师想把手抽出来，不仅因为疼，还因为他是律师，说话讲究证据，此刻律师很想从裤兜里掏出证据给对方看。也许是他识破了律师的用心，把汗涔涔的手松开了，好让律师从裤兜里掏出手机。律师打开手机相册，调出一张照片，递给面前的两人看。毫无疑问，是（或者不是）郑先生，正穿着病号服，坐在医院的床上写书法——说是郑先生，是因为我们十分信任这位律师，他不过是个打工的，没有任何撒谎的动机；说不是郑先生，是因为照片中人物的脸部因恶性肿瘤变了形，让人无法辨认。总之，这是一张既是郑先生又不是郑先生的照片。

　　或许是"郑先生"脸上那些红得发紫的肿块让他难受，使他不得不抬起头，看着蓝天缓一缓。就在这时，他看见张旸了——只是眼光轻轻一闪，便捕捉到了那熟悉的身姿。张旸正站在酒水摊旁边，像是大管家一样穿着黑色西装，背着手，欣慰地望着因社交而熠熠生辉的人群。他来不及与男记者和律师告别，急忙跳进人海。夺目的海洋顷刻间融化了他，或者说吸纳了他。他被浪潮弄晕了头，只得凭直觉在其中探索。他被一些小浪花拱到了那位圣贤老者身边，小帅哥依然在滔滔不绝，他还没来得及听清他们说什么，立刻又被一股大浪送到另一处蛮荒海域了。他随着惯性继续漂流，或许是随着时间。总之，他全凭生而为人的最初灵感在其中徜徉，直至看见了海岸——那个酒水摊。他冲破海水的阻隔，到达岸堤，大口呼吸着新鲜空气。张旸看见他，犹豫了一下，起开一瓶啤酒，递给他，他摇摇头，表示拒绝。他发现这个摊位上内容可真不少，蛋糕就有十来种，还有一些小汉堡，小热狗，俨然是高档酒会的冷食规格，而那个主张供应酒的声音沙哑的姑娘正站在摊位后面，一副百无聊赖的样子。他才发现这姑娘虽然长得不好看，但颇有味道，像是一片耀眼的、让人感到枯燥的沙漠。随后，他谴责自己，为什么老要盯着年轻姑娘看呢？在这种场合，尤其这种场合。

他问张旸："郑先生到底是怎么死的？"

张旸说："癌症啊。"那样子好像他问的是一个人尽皆知的蠢问题。

"宋总为什么说是猝死？"他继续问，"那网上为什么有人说是车祸，为什么有人说是艾滋病，为什么有人说是食物中毒，为什么有人说是自杀……"

"兄弟……"张旸打断他的话，不停用手按摩他的肩膀，"别那么紧张，得了癌症就不能猝死吗？就不能得艾滋病吗？就不能食物中毒吗？就不能自杀吗？这重要吗？"

"怎么不重要？"他觉得自己像一座即将爆发的火山，"一个人死了，所有人都在悼念他，可是我们却连死因都他妈的不知道！"

"放轻松，放轻松，不管怎样，他都已经死了，我倒觉得死因是最不重要的一个东西呢。"

他觉得眼花缭乱，金属般的嗡嗡声又在耳边响起了，确实，张旸说得对，或许这件事情根本没有意义。

"兔子在哪儿？"他还是问出了这个问题。

"你们见过了。"

"哪个？"

"我说不好，不知道你都见过些什么人，不过你们肯定见过了。"

他见过哪些姑娘呢？昨天，在会上，他确实见过很多姑娘，可是大多数他都没仔细看，或许兔子就是被他忽略的姑娘们中的一个。那些姑娘，他不知道她们的名字。胖姑娘、倔强姑娘、声音沙哑的姑娘，都是他心里巧妙的附和，而不是现实的图景。或许兔子是她们中的一个，或许兔子就是那个倔强姑娘。可是这姑娘的嗓音和兔子不一样。不过这不是证据，不是否认她就是兔子的理由，也许兔子喜欢变声讲电话，她在电话里是一种声音模样，在现实中是另一种外观模样，这完全不冲突，问题在于他不愿承认她就是兔子。可是话说回来，他是想要一个叫兔子的姑娘，还是想要那晚和他通电话的姑娘，还是想要照片上的姑娘，还是想要张旸所承认的兔子姑娘呢？

"别想了，你现在要做的就是参加完这场追悼会，回家乖乖写新闻稿，然后把这一切都忘掉。"张旸说。

一阵刺耳的声音传来，众人捂住耳朵，纷纷朝梅厅门口望去。他被人群挡着，看不见那里发生了什么，负责签到的倔强姑娘像一只小喜鹊一样朝门口飞奔去，瞬间便湮没在茫茫人海中了。他才发现，梅厅广场的四个角落里放着四个音箱，此刻正发出隆隆的响声，一个男人的声音从音箱中扩散开来："嗯嗯……啊……咿……呀……"好像在做什么声音实验，人们只得抱起胳膊，等待。声音实验完毕，男人简单介绍了下自己（竟然是宋总），便开始念小册子上的文字。没错，就是那个高个男孩儿写的糊弄人的小文章，此刻那男孩儿与他的女友笔直地站在签到台后，像两棵稚嫩的松树。他发现了一件奇怪的事：那篇平平无奇的文章，在宋总夸张语气的渲染下，或许是在人群的烘托中，或许是在殡仪馆阴冷空气的刺激下，显得格外动人。他看见人群中，有些女人开始抹眼泪，另一些人也是唉声叹气，捶胸顿足。"郑先生，是一位伟大的艺术家，是音乐的领路人，是值得尊重的老师，是和蔼可亲的丈夫、儿子！……"一只大手攥住了他的胳膊，然后，一切流动起来了，他被那只手牵引着向前走。宋总的声音消失了，取而代之的是安详的吉他曲。他被那只手拽着往前走，跟着人群，缓缓拥向前方。离门口越近，声音越不纯粹，之前只有沉重的吉他乐声，现在还夹杂了哭声、鞋跟磕在大理石地板上的声音、玻璃酒瓶碰撞的声音，还有某人不停说着"一鞠躬，二鞠躬，三鞠躬"的声音。实际上，他对时间的把握不准确，他以为等这些人都进去要很长时间，其实人们进入的速度就像海绵恢复形状的速度，十分流畅，匀速行进，值得期待。他这一排只有三个人，张旸，他，声音沙哑的姑娘，姑娘身上的香水味儿时不时飘进他的鼻孔，让他心神荡漾。兔子啊，也许这个姑娘是兔子？

　　门口的走廊上摆了两排花圈，每个花圈上有四个名字，再往里走，正面是一幅巨大的郑先生的照片，就是网上那张形象照，两旁是两个回廊模样的地方，装满了花圈。他想到昨天开会时，说有500人给郑先生送花圈，不知这些花圈摆下了没？他走到照片跟前，与郑先生面对面。一束黄光从照片顶部打下来，使得画中的背景呈现墨绿色，郑先生——我们的主角，正微笑着端坐在一把老板椅上，看着镜头，可是如果我们忘掉假想的拍摄场面的话，郑先生其实是在看着你，或者他，或者一切。在所有相关事件的催促与催化下，我们得出了一个结论：郑先生在平静地凝视着这个世界。

他随着张旸通过左边的回廊进入梅厅内部。这是一个长方形的大厅，气氛庄严肃穆。人们自动组成四人一排，屏息凝神，等待主持人发号施令。他看见大厅里摆满了花圈，中央的墙壁上，缩小版的郑先生仍然安静地注视着一切。有一行人佝偻着身子站在大厅左侧——他们是唯一符合丧葬服饰规格的人，无一例外穿着黑色套装。他们是死者的亲属，个个悲伤、疲倦，因为他们不得不站在那里，不仅要面对郑先生缩了水的遗体，还要接受成百上千祝福——这可不是份简单的差事。人们列着队伍，向郑先生献花，鞠躬，围绕遗体一圈，安慰家属，然后便从家属旁的一个小门出去了。队列行进得很快，他走进大厅时还人潮拥挤呢，不到十分钟，就只剩下两列队伍了。他看见地板上散落着乌黑的鞋印、空啤酒瓶、变了形的塑料白花、揉成一团的废纸……终于轮到他这一排了，他突然感到心跳加快，仿佛大厅里的空气都被前面的人用尽了，他们作为此次葬礼的尾声，只得享受缺氧的待遇。首先看到的是花，认不出是什么花，也许是康乃馨，有纯白色，粉白色，橙粉色，紫粉色，像是蛋糕的奶油花边。他觉得这些花儿好像在掩饰什么。他因为饱受耳边嗡嗡声的苦恼，只见主持人嘴动，却听不清说了什么。张旸拉了一下他，他只好跟着张旸一起，一鞠躬，二鞠躬，三鞠躬。然后，他们向右转，姑娘在最前，他在中间，张旸在最后，朝着棺材走去，而他的心里只有一个念头：逃跑。他控制不住地发抖，只想赶紧结束这一切。因为他想到了梦中的棺材，想到了赤裸的兔子，粉色的心脏，地狱的歌声，还想到了肉体与精神的关系：贮藏精神的血肉之躯已经罢工了，可不意味着精神不能以另一种方式存在。也许郑先生的精神正停留在这个房间里，附着在照片上，冷冷地看着一切，在嘲笑我们呢。

为什么还要勉强支撑在这里，配合这出不知给谁看的滑稽戏，把死亡公之于众，从而获得廉价的自我安慰呢？为什么不跑呢？管他什么新闻报道，抹杀掉那双发抖的眼睛，回到自己的安乐窝，假装这一切未曾发生，这样他就可以继续愚蠢地生活下去了。

他看到了郑先生的脸，那张脸挺好看的。不是说五官好看，因为不管化妆师运用了怎样出神入化的技巧，都难掩那张脸已经变形的事实。也许律师说得对，郑先生是在脸部的某处长了瘤子，使得嘴唇变得干扁，鼻子使劲歪向一边，另一边的颧骨也塌陷了，粉底填补了沟壑，让脸部的变形看起来没那么狰狞，倒像是一个捏坏了的泥娃娃。他说的好看是指整体的好看，有很多花朵包裹住头部，让人产生那张脸好像是花朵的组成部分的错觉。并且，脸的颜色（显见是化妆品的功劳）与洁白的花朵相近，乍一看两者好像在交相呼应。新鲜的花朵簇拥住郑先生瘦弱的、没有丝毫血液流动的躯体，就像礼盒中的碎纸屑极力掩盖住礼物、以期争取时间一样。如果把脑海中关于病痛、扭曲、死亡等等印象摒弃，这确实是一幅赏心悦目的画面。

　　还有一件事十分重要。他仔细辨认（排除了五官变形的结果，或者其他说不清楚的原因），躺在这里的郑先生，确实跟视频中的、形象照上的、他脑海中的那几个郑先生不是一个人。

　　他跟随声音沙哑的姑娘离开郑先生，走向家属。一位脸色焦黄的中年女人站在第一位，他想这一定是郑先生的妻子，然后伸出手，说了声节哀。女人看见他，有一丝惊讶，迟疑了一下，伸出手，接受了他的好意。下一位是个戴眼镜的男人，比女人看起来稍小一些，也许是郑先生的兄弟吧，二人重复了一遍刚才他与女人做的那一套流程，然后他转向下一位……他的脑海里翻腾着一些没有意义的念头：不管郑先生是谁，长什么样，死因是什么，某人都已经死了。权当"郑先生"是个符号吧。再过一会儿，那肉体就要被丢进火焰中了。尽管现在看来，他还与我们无异，但过一段时间——这时间可长可短，没有参照物，甚至可以说这段时间根本就是虚无的。然而那脆弱的肉体，不堪一击到连虚无的时间都承受不了——他就要彻底与我们分别了。

　　为什么不把他保存起来？就当作一大块结结实实的肉，放进冷藏柜，以告诫各位：这种实在的物质总比无形的精神重要吧？

　　他们三人通过小门离开大厅，走过一个狭窄的过道，来到梅厅广场，那里依然聚满了人。他看见很多个同行，簇拥在一些穿着讲究的人身边，伺机采访。他们其中多数端着相机，喜气洋洋的，仿佛这场盛会刚刚开始。

他跟着张旸和声音沙哑的姑娘走到酒水摊位，那里站着一众人，大约有五六个，手里拿着香槟或啤酒，脸上堆着笑，在谈什么。所有人都很轻松，仿佛什么都没发生。仿佛刚才是一场集体死刑，现在，刑罚结束了，每个人都回到属于自己的生活中去了，只有他还不知悔改地思考着那个问题：为什么不把躯体保存起来呢？思考没有给他带来任何好处，反而使他像断了线的风筝一样格格不入。他还想到另一些重要的事，跟主编谈谈选题，跟宋总谈谈新闻稿的尺度，或者，他还要写这个稿件吗？或者，以什么方式写呢？他总觉得忘了一些很重要的事。也许他应该辞职，去创业，去追求一个不管是叫兔子，还是叫松鼠，还是叫蛇的姑娘。应该抓住点什么，再破坏什么。然后，他看清了那群人，有宋总、主编、穿蓝色连衣裙的倔强姑娘，还有几个宋总公司的员工。有个姑娘站在倔强姑娘的身边，他觉得很眼熟，想了一会儿，发现是以绕口令的方式谈论某事的三个姑娘中的一个，最漂亮的那个。这姑娘身上有种让他恐惧的东西，就像粉红的心脏和乳房，但同样也让他着迷。这时，宋总看到他，冲主编笑笑，以一种不怀好意的口气说道：

"你这个员工不错啊，听说是郑先生介绍来的？"

可是他还在想，那个姑娘是谁？为什么如此迷人，就像塔可夫斯基电影中漂亮的女护士一样。他要去追求她吗？他要不要砸掉电脑，从此封笔，装作什么都没发生呢？

"是不错，郑先生也确实是介绍人，不过我们决定聘他并不是因为郑先生的名望，而是因为他的实力和潜力啊。"主编有礼貌地微笑，并作答。

可是他想到了另外的事，为什么要把一具身体烧掉呢？为什么要把一具除了不会说话不会行动，与我们一般无异的身体销毁呢？他们想掩埋什么呢？他们为什么要把不需要的东西统统丢到火里，好像火焰是死神的唾液似的。

这时，不知道谁说了一句话，也许是那个长得不赖的倔强姑娘，也许是这个颇有味道的声音沙哑的姑娘，要不就是宋总的某个员工，而他的眼前全是雾气，看不清现实，无法区分说话的到底是哪个。"许恒，你看，这就是你要找的兔子。"就是这么一句话，可兔子到底是谁呢？是那个像心脏和乳房一样迷人的姑娘吗？按张旸的话说，是他见过的一个姑娘，还没有被火焰湮没的，灵动的肉体。兔子姑娘，她因为矫健的躯体，灵巧的四肢，不会被人像礼物一样摆在花海中央，等待着腐烂，或者化为灰烬的命运。

他觉得眼前的景象越来越模糊，那些嘈杂的谈笑声也变成了遥远的天堂之声。他又听到一句话："我在市区定好了饭馆，一起吃饭吧。"于是下意识地向着他以为的出口走去。他想跟上张旸，跟上兔子，可是迷雾笼罩着他，让他费尽力气也看不清眼前的景象。他默默地在迷雾森林里行走，只觉得后面有人呼唤他，可是他无法回头。他在一个完全对称的、超脱于时间之外的永恒梦境中行走，直至把朋友们完全甩在身后。他固执地朝地铁站走去，不停默念着一句话：

我知道那个阴谋是什么了。

追光者

1

2020 年 1 月的某一天，司明坐在卢布尔雅那一间咖啡馆里，等待秋水的到来。这座咖啡馆位于新老城区交界处，面向广阔的马路、时髦的高楼、车辆与行人，背对古老的砖瓦、坑洼不平的石子路、游人与过客。这里是时间的交界点，浓郁的欧式气息在这儿被切断。他坐在窗边，用手指有节奏地敲打咖啡杯，而在幻想中，他已站起身，走出咖啡馆，躲开疾驰的车辆，走到对面的赫兹租车行，坐进一辆轿车里，驶向无限的远方……开门的声音阻断他的思路。他把视线转向门口，看见一个穿黑色羽绒服、戴黑框眼镜的中国女子。一瞬间，他的心脏停跳了一拍。可是马上，他就发现这是一个不靠谱的预设：女人径直走向角落的空位，麻利地掏出笔记本电脑，一副不想与外界交流的样子。他只得再次把目光转向窗外。

女人不是秋水，这让他有一点失望。他曾在心里勾勒过秋水的模样：一位 35 岁样貌朴素的会计，正像这位女人——
她看起来很谨慎，嘴唇紧闭，敲起键盘来雷厉风行——这是
最好的旅伴类型。他看看表，距离约定时间已过四十分钟，
不觉皱起眉头，向服务员要了一杯啤酒。他在卢布尔雅那待
了三天，每天都无所事事，在街上闲逛。他走遍老城区，感
受古老的时间与他擦肩而过。这里到处都是洋葱的味道，新
晋网红餐厅门口排了长长的队。他每餐都换一个餐厅，品尝
当地菜，晚上在酒吧喝酒，迷醉之夜充满寂寥的气息。就这
样，过了沉默而热闹的三日，他心中虚幻的光越来越满，那
是一个模糊的点，皮兰……

　　实际上，他在出国前一天还有些犹豫，到底该不该去呢？
他的犹豫是有根据的：不仅因为那些捕风捉影的新闻，还有
他心里一点点积压的疑惑：做这一切到底有什么意义？新闻
所带来的恐惧虚幻如泡影，在北京，人们依旧照常生活，这
座城市暂时还没受到影响，传闻中的病患只存在于虚拟的网
络世界。人们处于茫然、麻木之中，对未知事物的恐惧一闪
而过，但马上便消散得无影无踪。那天早上，他推着行李去
机场，碰到倒垃圾的邻居。"还要出差吗？据说现在形势很严
峻呢。"邻居皱眉问道。他无言以对，心里再次翻江倒海
起来。

　　…………

　　他喝掉最后一口啤酒，刚想再要一杯，突然，一只白净
的手啪地拍在桌上，他抬起头。

　　"你是司明？"一个染着黄头发的中国女孩儿站在桌边。

"对，是我。你是……"他说。

女孩儿呼啦一声拉开椅子，引得邻桌几位客人朝这边看来。女孩儿坐下，不耐烦地说："你好，我是秋水。"

"你是秋水？"他难以置信，关于中年会计的幻想慢慢褪去，一张白净圆润的年轻面孔浮现在他眼前。女孩儿打着唇钉，穿一件粉色羽绒服，黄头发乱糟糟的，腕上、手指上、脖子上都戴着夸张的饰品——这绝不是网络上的秋水形象。他拿出手机，打开他们相识的驴友网站，调出"秋水"的个人资料，再三确认——"我妈妈是会计，她今年42岁，我填的是她的信息，从某种角度来讲，也不算撒谎嘛。"现实中的秋水性格急躁，此刻正焦急地辩解，"不过，谁会真的相信网上的东西呢？随便看看就好，网络的优点不就是能够掩盖事实吗？"他觉得被骗了，同时快速思索着带这丫头去旅行可能遇到的种种麻烦。"为什么拿妈妈的照片骗人？"他有些生气。首先，别人会怀疑他们的关系，因为他的样子看起来既不像她爸爸，也不像她男朋友，说是哥哥也很勉强……"你又不找女朋友，不过是找个旅伴。我帮你开车，帮你跟本地人沟通，你负责旅行的所有费用，不是说好的吗？"秋水的声调越来越高，惹得旁人注目连连。这是一个误会。他感觉头晕目眩，脑海中成团的光被打散。他甚至产生了起身走人的冲动。

他需要冷静下来，好好思考，也许没那么糟……首先，找素未谋面的人做旅伴是个聪明的主意，他们萍水相逢，旅行结束后再无瓜葛，这个叛逆女孩儿的一切他都无须了解。其次，他如果真想去皮兰，跟秋水结伴是眼下最好的选择，他不懂英语，很难完成"坐火车"这一套复杂的行为。

"你多大了？"他要先问清楚这件事。

秋水不由分说，从挎包里掏出护照，亮在他面前。"看清楚了，我是 1998 年出生，今年 22 岁，成年了，也已经拿驾照了。"秋水说完，迅速合上护照，扔进包里。他发现自己之前的恼怒是一种未成形的错觉。当时间从身边流走，他突然忘了这三天的意义——就像白雪抹平了印记，卢布尔雅那也从记忆中消失，赤裸裸的故乡的形象出现在脑海，难以消去。也许不应该再犹豫了。他看看手表，计算着：如果他们现在出发，到达皮兰还能赶上晚饭时间。想到这里，他让服务员来结了账，拖着行李，往门口走去。在他的余光中，秋水晃着黄灿灿的头发，手忙脚乱地收拾东西、挎上包、推行李——可是他决定不去管她。他们离开咖啡馆，像两颗茫然的棋子，缓慢地朝马路对面移动。


在赫兹租车行，一位棕色头发的斯洛文尼亚女子接待了他们。女人拿出几份表格，用干涩的英语向他解释着什么，他当然听不懂，还好秋水接过话，女人便把注意力放在了秋水身上。这时，一对肥胖的中年男女推门进来，玻璃门刚蹭到角落的绿植，发出细微的声响。他们站在离他两米远的地方，像两只茫然的麋鹿，认真端详他。他被看得很不好意思，于是凑到秋水身边，看秋水填写各种表格。良久，秋水办完手续，把一系列繁复的文件整理好，放在夹子里，对他说：走吧。他们与中年男女擦身而过，拖着行李，走向停车场。

时间润滑得像油一样，不一会儿，他们便坐在这辆欧宝轿车里了。秋水开车专注，仔细辨听导航，不愿交谈，他当然也觉得不说话为好。行李安静地躺在后备箱，不知是谁的手指在来回转动广播按钮，沙沙沙的声音平地升起。车里宁静得像海。不过也许她本来就是不爱说话的女孩子，他想。一种隐秘的感情在此刻升起来了，他想到一些不好的回忆，不过那些记忆碎片在静谧的车厢里显得有些漫不经心。他稍侧过头，偷看秋水。那是一张柔软的侧脸，小小的鼻尖像露珠。他转回头，凝视不断后退的大路。

走尽城市的马路，他们出了收费站，在高速公路上奔驰。两边是同样的景色：荒废的园地、零落的树木、破旧的木屋、高大耸立的广告牌……秋水开车很稳，这让他有些吃惊。皮兰不远，再加上路况良好，他们五十分钟便到了皮兰边界。路程中，他多次看到 Piran 的路牌，心里咯吱作响。有几个瞬间，他觉得那张网压得更沉了——毫无疑问，这里有一张网。是灰突突的、看不到边际的网，它时隐时现，盘亘在所有人头顶，像一块印有鳞片图案的布。突然，秋水说了沉默旅途中的第一句话："我们快到了。"他为之一振，于是看到，车子已经离开高速公路，正在一条幽静的土路上行驶。这是一个僻静的世界，两旁是望不到边的草地，糖块一样的彩色房子不守规矩地躺在地界边缘，偶有一条石子路蜿蜒，是通向这些居所的通道。往前开了十多分钟，他左边的视野突然开阔起来，一片亮堂堂的东西窜入眼帘。那是海，不知道是不是亚得里亚海。其实现在天已经有些暗了，近乎透明的浅蓝色变成了裹着些紫的天蓝色。他看着不断后退的景色，觉得好像穿梭在雾中。这时，秋水说了第二句话："我们到了。"车子像老鼠一样钻进小城。

他们随着导航找订好的酒店。不是很好找，这里的路歪七扭八，有些路非常狭窄，秋水必须全神贯注才能安全穿过。游人不多，到处是白色、米色、嫩粉色、蓝色墙壁的欧式小楼，房顶是赭石色的。他们开到一个小广场，空无一人，只有正中间一个雕塑孤零零立着，还有一间便利店。秋水把车停在便利店旁，对他说："我去问路。"刚要走，又转过身补充一句，"要不要喝可乐？"他说好，想掏钱给秋水，可是秋水一溜烟不见了。过了一会儿，秋水拿了两听可乐回来，边摇头嘟囔着真贵，边把可乐塞给他，发动车走了。

随着车子七拐八绕，两边的景物发生了变化。现在，他们的左侧是海湾，上面浮着两排小型游艇，桅杆林立，许多个红色的浮球像是小丑的鼻子。皮兰湾很小，没开一会儿，他便看到一处土堆的码头，再往前便是无边无际的大海。游客多了起来，亚洲面孔也不少。人们像是有着灰黑羽毛的鸟类，三三两两聚集着，整个城都笼罩了一层橙黄色的雾气。他们把车停在酒店前的小空地上，走进酒店办手续——这可费了一番周折。首先，酒店前不能停车，须由一位东欧小伙儿带着秋水把车开到停车场。接下来是很多他不明所以的步骤，秋水奔东跑西，一副毫无怨言的样子。这孩子干起事儿来真认真，他倚在服务台旁，看着秋水胡乱飞舞的金色头发。恍惚间，他有了疑问：这一切是真实的吗？……他觉得有些头晕，也许是时差的缘故。粉刷成藕荷色的酒店接待厅、很有耐心的东欧前台姑娘、金色的秋水……一切都变得模糊，让他分不清，到底是梦有了现实的颜色，还是现实被梦扰乱了秩序……他隐约听到秋水在跟他说什么。刚开始，他像一个潜水的人，憋在水里，获取不到外界的信息。可慢慢的，他漂上来了。他才知道，这间酒店的每个房间装修得都不一样。秋水有些着急："你到底想要哪间房？"他尴尬地对秋水笑笑，说了两个字：随便。

他随机得到的房间在阁楼，是黑白色调的。他没有开灯，坐在床上，抬头看着橙红色与绛紫色交错混杂的天幕——斜屋顶天窗正好在床的上方，如果他愿意，不拉上百叶窗，半夜醒来时便会看到皮兰的星星。他有些累，不愿整理行李，于是和衣躺在床上，望着窗外隐约的灯火与晚景。他终于来了，皮兰。他身处皮兰之夜，却不知这个夜晚意味着什么。忽然，他似乎来到一间明亮的办公室，一位西装革履的男士坐在老板椅上，疑惑地望着他。他想了很久才明白，这是他的上司，他此刻站在他面前，手里拿着辞职信。上司望了他一会儿，缓缓说："司明，你还年轻，过不了几年就能接替我的位置，为什么要辞职？"上司说话的时候，室内的光越来越强，无数把尖刀胁迫着他，他无法看清上司的样子，一切都隐匿在光明之中。他只能对着虚空不停说："我不知道，我不知道，可是我必须辞职，不然我就死了……"当光开始对他发展进攻、啃噬他的脚趾时，他醒了。

这是个噩梦，可奇怪的是，梦的内容在现实中也发生过。

他翻了个身，按亮手机：19:15，离他与秋水约定的八点还有
段时间。他想起来洗个澡，可是疲倦令他再次睡去。这次的
梦不再追寻现实的足迹，而是完全抽象的：他在一幅景象中
不断向前。是东欧的道路，准确说，是他们刚才历经的路。
可是他的身边没有秋水，他也不是坐在轿车里，而是凌驾于
一片虚空之上。然后，他慢慢摸到粗糙的布面，所有景象顺
着他的手心逐渐完整，原来他是坐在一辆绿皮火车上，从卢
布尔雅那前往皮兰。

　　他再次醒来，拧开床头的矿泉水，猛喝几口。他觉得有
些冷，把毯子折了两折压在身上，额头却出了细密的汗，因
为他看见房间里多了一个女人。她在天窗下面站着，黑暗与
夜光覆盖着她，让她只剩下茧一般浑圆的轮廓。只听女人说：
"司明，我们离婚吧。"

　　19:50，他彻底清醒了，跳下床，开了灯，冲到洗手间洗
了把脸，换了身衣服，走出房间。

　　不一会儿，他便坐在酒店大堂藕荷色的沙发上，等待秋
水的到来。大堂连着一间餐吧，有时他盯累了电梯间，便扭
过头去，欣赏幽暗的餐吧里摇曳的灯火。现在已是八点四十，
这个女孩子似乎习惯迟到。

　　等了不知多久，秋水仍不见踪影。其间他不是伸着脖子，
朝电梯张望，就是焦急地来回踱步，并思量着要不要点一杯
鸡尾酒。甚至有一会儿，他站在电梯前，像一个赌气的猎人，
准备见到秋水就好好责备她一番。又过了一会儿，他放弃了
所有挣扎，像一堆软泥瘫在沙发上，任凭餐吧里欢愉的碰杯

声侵袭着他。也许她睡着了吧——他再一次翻出秋水的电话，思虑再三，还是没有按下去。此时已是九点半，他闭着眼睛，痛苦地思考着接下来的安排。他甚至做好了独自完成旅行的打算。

突然，他挺直身子，惊恐地睁大眼睛，耳边嗡嗡作响。他想到一件可怕的事情：或许他刚才做的梦都是真的，皮兰就是有这种神奇的功效，能将现实与梦境置换。那么，他辞职，离婚，都是真的，这不消说，而这场孤独的旅途呢？或许他根本就是一个人来的皮兰。网无处不在，光明又是那样骇人，边缘被溶解了，他失去了辨别真假的能力。

秋水真的存在吗？

## 2

从外表上看，皮兰是一座很普通的欧洲滨海小城。它有典型的欧式住宅楼，顶子尖尖的教堂，崎岖不平的石子道路，以及清冷湿润的冬日空气。它小到一个小时便能走尽，可是如果你愿意慢慢走，耗费一上午的时光，便能看到很多贮藏于细节中的欧式气息。亚得里亚海让皮兰在"平庸"中有了些与众不同。游人是为了海来的，尽管皮兰的知名度多是因为其古老的历史。可是，海显见是更吸引人的东西。在新年伊始，人们不顾寒冷，尽量将假期延长，来到亚得里亚海，皮兰，休息两日，再往南走，去黑山看更美的风景。人们是为了风景来的。也许这些游人中根本没人知道"皮兰之光"。

早上，司明坐在酒店餐厅里，脑袋里全是"皮兰之光"的幻影。寻找这束光是他此行的目的，可是皮兰之光到底是否存在呢？还只是某人编造出来的浪漫故事？他不管怎样想象，都无法幻想出一束实在与众不同的光——光都是一样的，是明亮的散漫物质。就像此刻，他坐在吧台前，向服务员要了一份早餐。服务员离开，不小心碰到挂在吊架上的风铃。丁零一阵响，餐厅大门被推开，光束从门缝冲进来，与摇摆的风铃撞击后碰得粉碎，光的碎块落进眼睛，让他有一瞬间的心动。这些光啊，温顺的，顽劣的，却实在没什么不同。

幸运的是，这间酒店面朝大海，一出门就能看见宽阔的海景。冬日早晨的空气中有一种薄荷糖的香气，他迎着温柔的海风，走到石堆旁。那里有一个妇人在画画。他看着妇人画了一会儿，又伸长脖子，端详了平静的海面一会儿，然后，他向码头走去。酒店离码头步行需十分钟，现在时间还早，小城还没苏醒，沿路的行人零星。他走到码头口，看着这溜长长的土路，尽头有一座红房子，一个穿黑色大衣的外国女人站在红房子旁，一副肃穆的样子。他站了一会儿，转身向更远处走去。他来到一个广场，比昨晚的广场稍大，空气也更加清甜。这里有很多刚刚摆出的摊位，新鲜的蔬果争先恐后地散发香气。他看见一片绿油油的西兰花，还有许多西红柿和彩椒。旁边一个女人抓起一个黄椒，捏了捏，这让他的思绪有了延伸：很多个早晨，皮兰的妇人们走进家门，拿出刚刚购买的蘑菇，准备煮一份汤——这是平庸的早晨，生活在其中留下了坚硬的痕迹。他感觉被一团温润的光包围，仿佛身体正在融化。

广场一侧有扇小小的拱门，由铁架子构成，上面有铁做的雕花。他由于无所事事，或基于内心更隐秘的欲望，走进拱门，路面在这里急剧收紧，路况变得崎岖不平。这其实是一条狭窄的山路，两旁的店铺倾斜着挤上遥远的高处。他弓着身子，慢慢上坡。两边的店铺几乎都没开门，只有一家首饰店开了，一位老妇人坐在门口一把藤椅子上。他觉得妇人像一座石雕，于是尽量避免看妇人的眼睛。这时他听到音乐声，被牵引着，走到一个分岔口。一个留着长胡子的男人在拉手风琴。他站着听了一会儿，男人拉得越发起劲儿了。这里只有他一位听众，实际上，走这一路，他也没看到什么游人——时间还早，没人愿意在陈旧的古城早起。他抱着胳膊，听了会儿音乐，扔下一欧元，离开了。

他知道，其实是想来这里。

这里有一处石阶，高耸入幽暗的绿荫中。在高处，他视野的左侧是一片幽深的树林，路径在此消失了一段，很快便重新暴露于蓝天下——那里，石路扩大成一个宽阔的露台。早晨的太阳还在露台的背面，而他知道，黄昏，太阳便会悬挂在露台的正前方，照耀在海面，再反射到每扇玻璃窗上，五彩的光线汇成一股，冲进小巷，像子弹一样穿越屏障，最终凝聚到露台，形成皮兰之光。可是这样的异景不是每天都有，他甚至不知道这次来能不能碰到。现在，有一对男女站在露台，眺望海的方向。他们不是为了皮兰之光来的，或者他们根本不知道皮兰之光，他这样猜测。

决定回酒店时，已快中午了。皮兰早已醒来，塞满了各式各样的游客。他穿过大广场，与高矮胖瘦的人们擦肩而过。这些游客虽然肤色不同，样貌不同，但有一个共同点：他们都是结伴而来的。不是几个大人带着孩子，就是一群年轻人，或者是一对老夫妇，像他这样落单的人屈指可数。

人们似乎都聚集在了广场，在海湾边，人反倒不多。他在酒店吃了午饭，找了个海边咖啡馆坐下，边喝葡萄酒，边欣赏海景。大海广阔得无边无际，蓝色、白色的小船围着海岸绕了一圈，有些船上站着人，都是黝黑皮肤的皮兰男人，是渔民。这时，阳光逐渐变得强烈，早上的冷峭感不见了。他觉得身上暖融融的，昏昏欲睡。

一个白点忽闪着蹿进他的眼帘，可是他困极了，眼皮一直打架，于是那个白点逃走了。

十分钟，或许只是十秒钟，他清醒过来，发现确实有一个闪闪发光的白点游移在海面上。那个点越来越大，轮廓逐渐清晰。他睁大眼睛，试图捕捉那道痕迹。那是一艘白船，与岸边停的船并无二致。此刻，它在海与天之间穿行，周身浮着金灿灿的光——那是无数个粒子产生镜面折射形成的效果，像一层金膜。然而，这艘船有什么特殊的，值得他如此惊讶？除了停靠在岸边的一溜船，也有一些船游向大海，一些船驶回岸边，还有在海面某处静止不动的船，这些船都一个样子，这艘快速向他驶来的船本也没什么不同。真正让他吃惊的是一个声音：

"司——明——"

声音仿佛从白船里抛出的炸弹。他连忙站起身，快步走到岸边，眯起眼睛观看。

"司明——司明——司明——"

随着白船逐渐逼近，他看见了一个女人的样子：粉色的羽绒服，紧身牛仔裤，金色的头发几乎与金色的阳光融为一体——他实在不敢相信他所看到的，下意识后退几步。那个女人有些着急，在船上蹦来蹦去，使劲挥舞着双手，船随着她大幅度的动作左摇右摆，船上的皮兰男人似乎完全不介意她的危险动作，悠闲地坐在一旁。

"司明！是我啊，我是秋水啊——"

船靠岸了，他看清了女人的脸。其实根本不用看脸，从声音、着装、体型他便能辨认出，那是秋水。瞬间，两种复杂的感觉叠加在一起：昨晚，他还在怀疑秋水此人的真实性；而现在，他却好像认识了秋水很多年一样。秋水身上有种熟悉的东西，似乎是与悔恨有关的绵延的记忆。


"接下来的旅行计划是：萨格勒布、罗维尼、十六湖、威尼斯……可是要怎么走呢？我们得好好研究下地图……"秋水坐在餐桌对面，边心不在焉地吃着沙拉，边用手机看地图。

这是他们在私信往来中胡乱定的旅游路线，都是看攻略定的。他觉得去哪儿都行，只要在这里，欧洲，远离故乡就行。尽管他知道，一些事情没解决，而一些旧事、一些未来的惶恐又被唤醒了。他努力压抑住内心隐隐的不安，想对秋水说："好，你定。"可是不知为何，他竟说出了这么一句话：

"你觉得……我们是不是回国比较好?"

秋水把叉子啪一声摔在盘子上,像之前在卢布尔雅那咖啡馆里一样,顿时引起邻座的注意,瞪着眼睛对他说:"你疯了?!"

他也觉得自己疯了,他并不想回去,甚至有些害怕回去。这种时候,北京每个角落都是过节的欢愉气息,他十分害怕这种气息。

"我没有……我只是有些担心,病毒……"他的声调渐渐弱下去。

"哈!"听他这么说,秋水喜笑颜开了,"就这么点儿事啊,我才不担心。去年还说有鼠疫,不也不了了之了。"

他看见秋水用叉子挑沙拉里的鸡肉吃,橙色的阳光从玻璃窗射进来,把秋水映衬得温柔又灵巧。这是些预示着一天即将结束的光,它们与天、云一同组成了黄昏。一瞬间,这些光仿佛有了实在的形态,是些暖黄色果冻样的东西。他感受着光的奇妙变化,回忆着在他从北京去往卢布尔雅那的飞机上,有一位客人不停咳嗽,仿佛要把肺里的异物咳出来一样。他又想到邻居的表情,那是种大难临头的神情。他突然觉得有些可笑。

"也许吧,也许不严重,是我大惊小怪了。"他故作轻松地说道。

"而且,就算事态严重,我们在外国不是很安全吗?"秋水试图安慰他。

这时,服务员端上来一个长方形的不锈钢盘子,盛着很多只生蚝。他捡了一个大的，放在秋水的盘子里。

秋水用叉子挑起生蚝肉，放进嘴里，若有所思地嚼着。不一会儿，她看向他，用一种试探的语气说："你为什么不跟你老婆一块出国玩呢？你现在在担心她，对吗？"

"我没有老婆。父亲早过世了，母亲去新西兰定居了，说实话，国内没什么让我担心的人。"他回答。

"那你那么紧张干吗？"秋水笑了，眼睛弯成两道弧线。

"你的家人呢？在哪里？"他反问秋水。

"我没有结婚啊，一个人在上海，刚毕业。"秋水冲他顽皮一笑。突然，仿佛想起什么似的，秋水的脸色黯淡下来。她悄悄转过头去，眼睛看向别处。他不知道她在看什么，也许是看那个服务员在展览一只巨大的龙虾。可那明明是个好笑的场景，他却觉得她逐渐被忧郁笼罩。半晌，秋水说："我的父亲也过世了……母亲……在湖北老家……"秋水话音刚落，有一种尖锐的感觉击中了他，就像强烈的阳光直射进眼睛里。

有时候，光会突然找准角度，穿越障碍，直刺到一个人身上。那一时刻，人们的外表消失了，只剩下内里承受着奇怪的痛感——就像此刻，光在他心上扎了个孔，柔软得像金子的东西泄了出来。他仿佛置身水中，周围的一切成了幻象。秋水、服务员、客人、龙虾、木头桌椅、墙壁上的画……全成了五彩斑斓的模糊图景，没有声音，没有气息，另一些琐碎的画面出现，与现实交叠，形成古怪的幻觉。那是些贮藏在记忆里的画面：离婚后，他交往过一些女朋友，然后不知怎的，女人们都走了，只留下破碎的月光；他看见了一双高跟鞋，在城市的夜中，肮脏的酒杯，盛着红酒或呕吐物；时光飞速流走，他好像躺在一个巨大的坟墓里，旁边是炫目的高楼与立交桥；老家的小河成了剪影，他总是看到车轮、轴承、白烟、玻璃……他像一只小船，沉浸在往事的河流中，明确地感受到那张网。这时候，网是乌云，尽管其他时候，网是各式各样的物质。突然，他觉得有些晃眼，下意识抬手去遮。然后他想，难道是强劲的光穿透网（乌云）了吗？难道光终于要给我以救赎，或者带我去地狱了吗？他从这种地动山摇的胡思乱想中逐渐清醒过来，环境的骨骼重新拼接，一切井井有条。他又坐在这间餐厅里了。他看见秋水用两只手指小心翼翼捏着一个小东西，激动地说：

"司明，你快看啊，是珍珠！"

他凑上前去，那是个形状并不圆润的白色肿块。他看见秋水面前摆了很多个生蚝壳子，柔软的蚝肉不见踪影，空壳子像峭壁。

秋水连忙用餐巾纸把珍珠擦净，放进钱包里，看起来很开心。而在十分钟前，秋水还是一个因触到心事而郁郁寡欢的小女人——他不知道该继续刚才的话题，宽慰秋水，或者摆出大人的姿态，教导，分析，帮她提出良好的解决方案，还是就这样算了。

突然，秋水叹了口气，低声说道："今天看不到皮兰之光了吧……"

他有些吃惊，难以相信自己的耳朵。这是他第一次听到

"皮兰之光"四个字从别人嘴里说出。在此之前，他一度怀疑这是他的妄念。世界上根本没有特殊的光，也不可能有看到这束光就会发生的奇迹。可是他作为一个年奔五十的男人，竟对这种无稽之谈抱有幻想。不，他其实并不相信，是模糊的愿景带他来到了这里。

"为什么看不到？"即便一切都是瞎编的，他仍可以利用"皮兰之光"来安慰面前的女孩子。

秋水见他这么问，愣了一会儿，眼睛睁得大大的，仿佛发现了宝藏一般，整个人都沉浸在一种靓丽的喜悦中。只见秋水对他眨了眨眼睛，信心十足地说：

"卢卡说了，看今天云彩的状况，和天的高度，傍晚恐怕不会有皮兰之光。不过……以他的经验来看，明后天很有可能哦。"

3

他是从什么时候开始对光感兴趣的呢？

那一年，他与妻子离了婚，租了四环外一间公寓独居。幸好他们没有孩子，才使得这场婚离得干干脆脆——他们没有太多交流，甚至没人哭，就像决定晚饭吃什么那样简单轻松，毫不犹豫签了字。然后，他过上了重复而单调的生活。他早起，上班，晚归，发呆……他才发现，他没什么朋友。前妻是一个喜欢热闹的女人，那时他们总是邀请各式各样的朋友来家聚餐。而现在呢，那些朋友，似乎也随着前妻离开了。刹那间，他没有了亲朋，丧失了大半的社会关系。而奇妙的是，他却并不觉得与这座城市疏远了，相反，他从未觉得如此接近城市的核心。

一切都定型了，外来的力量难以改变坚固的生活模型。即便他谈过几个女朋友，也仍然过着这样的生活：早起，上班，晚归，发呆……然后，她们纷纷离开了他，让他惊讶的是，她们似乎根本没有在他生命中留下痕迹。她们就像极易清扫的尘土，只需轻轻一挥，便消失得无影无踪。然后，他开始害怕了，不仅因为那张越来越明显的网，还因为：这样的日子什么时候是个头呢？

然后，他辞职了，过上了另一种全然不同的单调生活。他开始旅游，成都、大理、重庆、厦门、福州、贵阳……独自在陌生的城市闲逛是奇特的体验，他仿佛失去了一些不必要的辨别与辩证能力。比如说：家到底是什么？白天黑夜到底有何区别？接下来到底应该作何打算？长期的独自旅游让这些问题变成混沌的一团，思考没有任何意义。他开始关注一些抽象的东西：风、雨、光、一阵笑声、酒杯中冰块的声音、时间、暗无天日……说实话，除了这些，他也没什么其他可关注的。寻找美食成了旅行中重要的部分，然后便是寻找光——此处的寻找光并非一种拥有特殊含义的行为，而是真正的寻找光亮——他喜欢明亮的地方，喜欢灿烂的天气，喜欢午后坐在露天咖啡馆晒太阳，也喜欢看日出……总之，一到阴雨天他就浑身没劲，到了晚上更是难挨。因为网虽然是无规则若隐若现的，但整体来看，网似乎害怕光。

此时，司明边在酒店餐厅吃早餐，边用手机查看新闻。松饼只剩下最后一口，他要了杯咖啡，用手机打开百度，输入"皮兰之光"四个字。

皮兰之光，是斯洛文尼亚皮兰古城拥有的一种特殊光线。一般情况下，皮兰之光出现在冬季黄昏，出现时间长短不定，短则几秒，长则半小时。出现频率也不确定，因为其出现的条件极其复杂严格。据说，皮兰之光能否现身是由云层的厚度、阳光的强烈程度、海面平静与否等环境条件决定的，而其现身的长短及其绚烂程度则要靠居民的玻璃窗户亮度与反光角度等微妙的人为因素决定。所以，能见到皮兰之光纯属幸运与偶然。至今未有科学家专门研究"皮兰之光"这项课题，所以以上情况属于民间猜想，实际情形有待进一步考证。

这段百度百科的文字他看过很多遍，每次看都很疑惑——这里虽有很多漏洞，却有一种莫名的力量吸引着他，让他去一探究竟。也许是因为在这段说明文字下面附了几种传说。一说皮兰之光是血一样的颜色，象征巨大的灾难；一说皮兰之光有比彩虹还要丰富的色彩，是一种奇迹，看到的人能交好运；也有说皮兰之光是精灵之光，并不是所有人都能看见……这些传说虽然奇妙，但并不新奇。实际上，他骨子里质疑皮兰之光的真实性。按百度百科上说的，需要极其曲折的角度、别扭的条件、众人无心的配合才能营造出这样的光，未免太牵强了。如果说万事万物都是有规律与规则的，那么这种亿里挑一的状况可说很难存在，或者根本不存在。况且，他没在网上搜到一张哪怕与皮兰之光沾边的照片。那些自称拍到皮兰之光的人，其实不是拍到了晴朗天气的炫目晚霞，就是拍到了下夜雨之前的紫色云光。总之，他很笃定，这些光很美，但绝不可能是皮兰之光。

皮兰之光在他心中到底是什么？好像越探究，越遐想，这束光越变成了怪物。根本不可能存在于世界的某处，因为它只要一见天日，就会支离破碎。皮兰之光，根本就是一束消失的光。

昨天，看见秋水说起皮兰之光时兴奋虔诚的样子，他才明白，这束光实在不简单。它的能量不在于传闻中美轮美奂的色彩，而在于给人带来的潜移默化的影响。好像存在着某种微妙的因果关系：从昨天起，皮兰之光盘亘于他与秋水之间，顺带牵连出一些旁的东西。他有些后悔昨晚没去秋水房间坐坐。昨天他们吃过晚饭，在古城里散了会儿步，便回酒店了。在大堂，秋水扭扭捏捏不愿上电梯，明示暗示希望他能陪自己去房间待会儿。他有些恼怒，一个年轻女子邀请一位单身男人去房间算怎么回事呢？现在他想，也许是敏感了，秋水只想聊聊，她显见有些难以抒发的心结。这让他开始无法控制地去揣度秋水的家事：一位单身母亲，一个叛逆的女儿，两座城市，截然不同的生活与观念……他使劲晃了晃头，阻止思绪蔓延下去。

现在不是思考秋水家事的时候，因为有件大事横亘在他脑海里，仿佛晴天霹雳。那是东方传来了不好的消息：病毒已确定人传人，各个网站都出现了公告疫情的页面，氛围很像那时的非典……一夜之间，天旋地转，一切不复从前了。不得不说，这像是一种魔法，而他还未能完全冷静地接受与分析目前的现实。他边翻阅病毒相关新闻，边想：在乎什么呢？母亲在新西兰很安全，难道是在乎前妻？可是他甚至不知道前妻现在在做什么。

上午十点，仍不见秋水下来。或许她早就出门了，或许她上午不想出房间，他这样想着，穿好大衣，走出酒店。古城皮兰仍然阳光明媚，金色的海面泛着鳞光，黝黑的皮兰男人站在各自的船上打理清晨出海的战利品，游人三三两两，漫无目的地闲逛。这座小城似乎处处都很和谐，却又让他觉得不对劲。这很奇妙，他仿佛听到了东方隆隆的战火声，却身处一片平静的道场。强烈的不协调感让他缩着脖子，谨慎地沿河岸行走。然后他发现了——不知是他多心，还是事实如此——人们似乎都对他投来警觉的目光：外国人遇到他，会小心绕道走开；亚洲人遇上他，则会拉上围巾，掩住口鼻。很快，他便惊异地察觉，他已陷入一种普遍的身份认知中，因为他看见亚洲面孔的人，也会用围巾掩住口鼻，绕道而走。他越往大广场走，碰到越多的人，越感到一种恐怖的气氛在隐隐发酵。他掉转头，往酒店走去。

他在房间里午睡了一会儿，醒来发现什么都没有改变。皮兰依然笼罩在金色的阳光中，海风不时从敞开一道缝的天

窗里飘进来。他起身，在房间走了两圈，盘算着何时出门，
出门做什么。他看见床头柜上摆着一碟马卡龙，拿起一个粉
色的，咬了一口，树莓甜腻的口感在他嘴里爆裂开，他皱了
皱眉，把马卡龙扔进垃圾桶，打开一瓶矿泉水，几口喝完。
然后，他坐在床上，看着窗外明丽的海湾，发了一会儿呆。
下午三点钟的时候，他走出酒店，向码头走去。他决定这次
要走上码头，看看红房子到底是什么，再找间饭馆，好好吃
一顿龙虾。可是他还没走到码头，就被秋水拦住了。彼时，
秋水站在岸上，与一个坐在船中的年轻男人聊天。她仍旧穿
着那件粉色羽绒服，顶着一头几乎消失在强烈光线中的金发，
被皮兰男人逗得前仰后合。他认出这男人就是昨天带秋水出
海的人，似乎叫卢卡，也许他们今早也一同出游了——想到
这里，他有些生气，决心不理会秋水，往码头走去。快到码
头的时候，秋水突然从后面蹿出来，气喘吁吁地对他说：
"哎，我说，你干吗走这么快？一不留神就没影了。"他仍然
不语，脚步却放慢了。然后他听秋水说："喂，司明，你昨天
不是答应陪我看皮兰之光吗？我们现在过去吧。"

　　他与秋水穿过大广场，走入小巷，不一会儿便来到被绿
林掩盖的石阶脚下。他仰头看着石阶向上攀升，两旁的绿树
围成牢笼。他上了几级台阶，有点陡，刚想提醒秋水注意安
全，却见秋水已经上了台阶，消失在树林中了。

　　他连忙追上秋水，走进树林中。这个树林不大，走一会
儿就到头了，两边有一些铁椅子，上面有水渍，或许昨晚下

过一小会儿雨。在他的右侧有另一个石阶，通向高处一栋房子，房子前的空地上聚集着一些人在喝啤酒。他看见一个十来岁的女孩儿在吃三明治，觉得有些肚饿。他加快脚步，走出树林，来到宽阔的露台。秋水正站在低矮的围墙边，眺望远处的景色。

他陪秋水在围墙边站了一会儿，这里的景色不错。远处的海像是绣着亮片的裙摆，一座座错落有致的房子遮住了部分日光与海光。很难想象那束光可以穿透一切阻碍，射到这里。站了会儿，他觉得无聊，抽了根烟，其间秋水一直无言。他想四处逛逛，可这里实在没什么可逛的——露台中间有一座砖头砌就的高塔，不好看，除此之外别无他物。他围着塔转了一圈，发现露台的三侧围墙都被浓密的树荫封死了，只有秋水站的地方可以看到风景。他只得又回到秋水这里。这时，几个年轻人拿着啤酒说笑着走过来，他们随意扫视了一圈露台，甚至都没兴趣看他与秋水一眼，便匆匆离开了。

他开始不停抽烟，跺脚，不耐烦地看着秋水打电话——这姑娘已经用家乡话讲了一小时的电话了。他不断地想，来这里是个错误，这里又冷又无聊，景色一般，海鲜也不算好……他怀着恶劣的念头，又绕着塔走了一圈。走到露台的背面，他解恨般扯下几片叶子，狠狠撕碎。路过秋水时，他甚至起了夺过电话，好好教训她一顿的念头。可是最终他想到，他与她本无瓜葛，没必要为她动气。他有些累了，靠着围墙发呆。

晚上六点，秋水挂了电话，他立刻说："秋水，我要走了。"

"去哪儿?"秋水懵懂地问,仿佛还沉浸在刚才那通电话里。

"不知道,回酒店,或者去饭馆吃点东西,要不去酒吧,总之比待在这里强。"他说。

"这里……你是说这个露台,还是皮兰?"

他不再说话,因为他不知怎么回答。无论是待在露台,还是待在皮兰,于他来讲都无意义。也许他应该回去打包行李,说服秋水,他们开车去威尼斯。或者就此分道扬镳,他找个清净的海边城市住一些日子,等潮水退去,就当一切未发生过。

临近六点半,天已经被深邃的棕橙色掩盖了。这里确实是观赏日落的最佳场所,因为那个边缘模糊的太阳此刻在他们正前方,散发着最后的光芒。那些欧式房子因为离海较远,已经完全处于灰暗当中,只有隐约的轮廓,像是剪影,亮着灯光的窗户则是用剪刀挖出的亮洞。而当太阳发散余晖,海面上飘起一层金纸屑的时候,他看到了那束光:这束光很奇怪,它是从两座楼中间的缝隙里倾斜出来的,也许是角度的原因,它看起来尤为特别。并不是说有多明亮,它只是与众不同。其他的光线几乎占据了从橙色到灰黑色之间的所有过渡颜色,而只有它,是清澈的,像是一串晶莹的肥皂泡。

他有些看呆了,可是一眨眼,那束光又不见了。

"那是皮兰之光吗?"秋水指着前方问道。这时,那束光又出现了,似乎更为轻盈。

"不是。"他斩钉截铁地回答。

"可是……那束光真的很特别啊！你快看啊司明！"秋水激动起来，拽着他的衣袖上下晃动。

他被秋水拽得有些疼，又被那束光晃得心神不宁，再往远处看，太阳已经离海平线很近了。一天将要逝去，他突然觉得前所未有的迷茫，还有愤怒。

"不是！我说不是就不是！你在想什么啊，多大岁数了，还相信皮兰之光那种鬼话？况且，就算那是皮兰之光，又有什么好开心的？有没有看百度百科？皮兰之光象征灾难啊！你难道不知道吗，灾难已经开始了！"

他张牙舞爪地说出上面那番话后，转过身，背对秋水，颤抖着点上一根烟。他感觉到身后有一片空旷的死寂，他甚至觉得秋水已经化为泡沫漂走了。可是，秋水是人，并不是一束说出现就出现、说消失就消失的光。所以——他觉得一定是这样的——秋水正在他的身后，大睁着眼睛，难以置信地望着他的背影。秋水的眼睛里一定有很多忧伤。不过，也许他想错了，秋水其实并不难过，她只是冷漠，就那样无情、坚硬地望着他的背影。

太阳沉落海底，天黑了。

4

在黑暗中，网如期而至。

皮兰之夜有种通透的美感，黄色的路灯光照耀着古老的石子路，悠扬的音乐声与笑语声从餐厅、酒吧里飘出。大广场上的蔬果摊位早已没了，只剩一片空地，有些苍凉。他不知道该往哪儿走，只能往海去。他隐约听见海浪拍打礁石发出的细碎的声音，同时也在侧耳倾听身后微弱的脚步声——他知道秋水一直在跟着他，可现下他对她无话。他穿过大广场，看见那个长长的码头。在黑夜中，码头像是一把黑色的剑插入墨水中。他看了眼孤零零的红房子，继续沿着岸往前走，路过他们住的酒店，又往前走了十分钟，来到人烟稀少的海湾尽头——那里有一个露天餐厅，建在一块大礁石上，上有一个顶棚，缠着乱七八糟的线灯。餐厅里只有一桌客人，是一对年轻男女。他挑了一个临海的位置坐下，不一会儿，秋水从黑暗里钻出来，坐在他面前。

海面在夜的催促下失去平静，一波波浪花逐层逼近，拍打着礁石底部，送来阵阵寒意。他把手揣进大衣兜里，再看秋水，却是一副根本不在意冬日寒冷的样子。此刻，她正托着头看海。

"这里的人都慢悠悠的，好像根本没有在认真生活。你看，拿个菜单都这么慢……"秋水说。

过了一会儿，一个精瘦的中年男人拿着菜单和毛毯走来。他把毛毯盖在腿上，秋水却把毯子搭在旁边的空椅上。他们开始翻阅菜单。菜单上有一些模糊的图片，看不太清楚，他于是让秋水问有没有龙虾。秋水跟服务员交涉一番，反馈说当地不盛产龙虾，有一种特色虾，叫老虎虾。他只得点了老虎虾，又点了炸鱼、海鲜饭等。等菜时，他们再度沉默下来，听着海与风碰撞的声音。

"你说……那是皮兰之光吗？"秋水打破沉默，小声问道。

"不是。"他回答。

"为什么？"秋水把脸转向他，持续发问。她的眼睛在夜空中尤显明亮。

"问题是，是不是皮兰之光重要吗？"他有些不耐烦了。

"当然重要啊，我们此次前来就是为了看皮兰之光的嘛！"秋水像一个固执的小孩子。

不是，也许你是，但我不是，他想这样说，可是最终没说出口。皮兰之光就算存在，傍晚看到的是，那又有什么意义呢？皮兰之光就算存在，傍晚看到的不是，那又有什么意义呢？那么，皮兰之光不存在，又有什么意义呢？

他急需换一个话题调节一下气氛。这里空气逐渐稀薄了——或许只是他的感受，因为这里的天空高又远，海宽而长，理应有最新鲜的空气。幸好，服务员像耍杂技般端着四个盘子出现了，打破了僵局。他们要的菜摆上桌：蒜蓉老虎虾、炸黄鱼、奶油海鲜饭、扇贝沙拉。海鲜饭是给秋水要的，他并不想吃主食。他看见秋水大口吃着海鲜饭，觉得很欣慰，同时思量要不要喝点酒。

"秋水，我觉得你还是回国吧，虽然国内不安全，可你一个小姑娘在欧洲更不安全。"思来想去，他竟说出了这么句话。

"我不是一个人，我还有你啊。"秋水头也不抬地回答。

他不再说话，同时感受到一些纤细的物质在他身边降落，它们数量繁多，乃至于即便个体轻到可以忽略不计，但它们聚在一起，仍给他不小的压迫。他被黑夜囚禁了，这是网的功效。网总在不知不觉中来到，当他不经意抬头一看，铺天盖地全是网……他小心翼翼地大口喘气，避免在秋水面前失态。他的餐盘上堆满了老虎虾鲜红的壳，秋水的海鲜饭也已见底，可中间的炸鱼一点没动。他想着也许吃一条炸鱼，让胃被油脂填满，可能会稍微舒服点。可是他无法抬起手臂，无法用叉子扎起一条鱼。他的灵魂在空中飘浮，看到了自己的模样：一个双眼通红，外形猥琐的中年男人。他被囚禁了，像一座石雕。

"秋水，你回家吧！你妈妈不管你的吗？"他用一种近乎哀求的语气对她说。

秋水用勺子漫不经心地搅和着所剩无几的海鲜饭，良久，也不说一句话。突然，欢快的音乐声响起来，旁桌的男女兴奋地鼓掌、尖叫，男服务员开始随着音乐跳舞，几只猫像是凑热闹一样优雅地围坐在一旁，它们不怕人，即便男服务员一直跺脚，它们也表现出一副见怪不怪的样子。现在九点了，夜生活刚刚开始，音乐让他从僵直的状态中缓和出来。他刚想活动四肢，以适应这样欢愉的气氛，却好像听到秋水在说什么。但是他听不清，音乐声太剧烈，他已不知道周围还有什么别的声音了。他看见秋水的嘴唇翕动，一副不耐烦的样子，好像一直在重复一句话。他探着身子，使劲把头朝秋水那边伸过去，却依然听不到只言片语。音乐进入高潮，沙哑的男声不停重复着一段唱词，背景是喧闹的鼓声和激烈的吉他声。而秋水却是无声的。他做了很多努力，都无法听清秋水在说什么。终于，秋水站起来，把两只手围成一个圆形，放在嘴上。音乐戛然而止时，秋水恰巧喊出了那句话："我说！我妈妈才不管我呢！她从来没管过我！"他吓了一跳，有些担心其他人的反应。可是当他焦急地往旁边看去，才发现男女在害羞地对视着，男服务员早不知踪影，根本没人在意这个女孩子的大喊大叫。

他决心不再过问秋水的家事了，离这些人与事越远越好，这些事让他头晕脑涨。

不应该插手，一切与我无关，应该离开，离开……他在心中反复念叨这些话，竟没注意到秋水的动作。等他反应过来时，秋水已经把一整盘炸鱼倒在了餐厅中间的空地上。顷刻间，猫儿围住鱼，吃了起来。这是那批听音乐的猫儿，而其他猫儿也在源源不绝地来到现场。它们从树丛中，从大道上，从角落里蹿出来，聚集在这里，围成一个密密实实的猫儿圈。所有猫儿都上下摆动着脑袋，像一个个上了发条只会点头的木偶，皮兰则是隐藏了无数只猫的黑洞。那些猫儿都是从黑夜里来的，仿佛黑夜孕育了它们。他不知道还会有多少猫要来，他也根本看不清有多少猫躲在黑暗里，在观察他们。

过了十多分钟，猫群散去了，剩下一地零落的鱼骨头。


网越来越重了。

他闭着眼睛，黑暗中全是那些猫儿，白的、黑的、黄的……各式各样的猫儿瞪着灰绿的眼睛，像是做好了准备，要向他扑来。他突然睁开眼睛，吓出一身冷汗。时针指在十点，他不知道刚才是否睡着了，是梦见了那些可怕的猫儿，还是潜意识中有了被攻击的错觉。梦境与现实不太容易区分，就如他现在不知道是坠入了被网覆盖的梦中，还是躺在了被水浸湿的床上。他还没有完全清醒。

夜里十点半，他像从一个巨大的茧中剥离出来，头痛，冷得发抖。他穿上牛仔裤，套上毛衣，围上围巾，像梦游人一样在屋子里走来走去。他没有开灯，月光与星光从天窗照进来，给房间覆盖了一层银色的水。他边走边跺脚，因为实在冷，仿佛骨头正在裂开。他想到晚上除了几只老虎虾没吃别的东西，突然很怀念家门口的牛肉面。他在模糊之中看到了一个女人的身影，在房间的角落，银色光亮照不到的地方。此刻，女人的轮廓正在小心翼翼移动着，没有声音，他觉得她似乎被圈定在一个范围内，她看不见他，只能做着属于自己的事。当他隐约闻到炖牛肉的香味儿时，才想起，最好吃的牛肉面并不在家门口，而是前妻做的。女人的幻象突然就消失了，寒冷与晕眩再次向他袭来，他逃似的出了门。

走到酒店大堂，沐浴在明亮的灯光中，他的身体逐渐恢复。今夜值班的是第一天接待他们的年轻东欧姑娘。她看见他，笑了笑，灰蓝色的大眼睛眨了眨，他突然觉得温暖无比。他知道不该去找姑娘搭话，因为他没法像秋水那样说一口流利的英语，可是就算能交流，又怎么样呢？这姑娘很丰满，手大，头发厚实，茁壮的生命力……他有了些联想，那是一具温暖强壮的肉体，他需要这种如火焰的灼热感——他转过身子，躲开姑娘的目光，朝餐吧走去，那里依旧灯火通明，响着迷人的音乐，男人女人都在喝酒调情。他坐在一个靠窗的座位，充盈的感觉又回来了，仿佛网与寒冷从没来过。他点了一瓶香槟。不一会儿，一个英俊的男服务生托着冰桶前来，为他斟了酒。他就着火腿和奶酪，一杯杯喝下香槟酒。热烈的酒在他胃里炸开，五彩的人们包围着他。他觉得很热，于是脱下大衣。

香槟喝到一半时，他已经晕了。他向服务员点了个三明治，狼吞虎咽吃下，空虚感消失了，头晕依旧。香槟酒是温柔的武器，而他一个人在异乡，没有必要向这种武器投降。想到这里，他将满杯的香槟酒一饮而尽。他想尽量忘了冰冷的大海，孤独的红房子，卖彩椒的姑娘呼出的冷气，还有那束该死的光……尽量想想温暖的东西，比如说海滩，热情的音乐，穿比基尼的姑娘们……他觉得身体有动静，不知是丰满的东欧姑娘让他神往，还是酒精给他打了强心剂。他真想做爱了，一场痛痛快快的鱼水之欢，也许在这里就能办到，这里有很多性感的欧洲大妞儿……他的身体随着音乐小幅度扭动起来，脸上浮现出笑意，激动地四处搜寻。他想要一个金发，碧眼，身材高大的妞儿，就像那个，坐在角落里喝鸡尾酒的姑娘。他伸长脖子，使劲朝目标瞧去，却在这时看到了秋水。

秋水穿一件肥大的紫色毛衣，散乱着金发，像一个游魂儿一样在餐吧里飘荡。显见，秋水在寻找他，却因餐吧过于昏暗，一直没有看到他。他恍惚了，她是怎么知道他在这里的呢？他怀着恶作剧的心态，冷冷地看着秋水，并不打算叫住她。实际上，想用目光紧随秋水并不容易，她走得太快了，像是颗漫无目的的豆子。她在行色匆匆的服务员的遮掩下，一会儿横蹿到那里，一会儿出现在这里。她刚才还站在吧台旁边，摆弄着喝短饮的小杯子，可是一转眼就不见了，哪里都找不到。不一会儿，她又出现在角落的绿植旁，玩弄着绿植的叶子。他心软了，想站起来对秋水招招手。可是当他站起来，却发现绿植旁边空无一人。寒冷的感觉又来了。他于是坐下继续喝酒，可一抬眼，又分明看见秋水站在他面前，用幽怨的目光看着他。

他与秋水面对面坐着，无话。他仍在一口口喝着香槟，秋水喝得不多，只在想起来的时候呡一口，多数时候低着头。他不知该做什么，只能不停喝酒，香槟很快见底了。服务员过来，指着空酒瓶向他说出一个问句。他的眼神有些迷离，脑筋不清，舌头又打着结，半天无法领会服务员的意思。服务员拿来酒单，试图引导他再点上一些酒。他觉得口腔很黏腻，想来两瓶啤酒漱漱口。就在他努力看清酒单上的图片时，忽然觉得对面那团暗紫色的影子在抖动。他把目光从酒单上移开，发现秋水在哭。他摆摆手，服务员识趣地离开了，可是下一步他该怎么做呢？难道要坐在她旁边，揽过她的腰，把她柔软的身子按在自己胸前吗？他感到心里有团火在烧。

他颤巍巍地站起来，晃悠着，陀螺一样转到秋水身边，粗暴地把秋水搂在怀里。他感觉这姑娘愣了一下，可是很快，便歇斯底里地哭起来了。她使劲抓着他的胳膊，十根尖尖的手指几乎要穿透他的毛衣，插进肉里。忧伤的爵士乐与悲痛的哭声融为一体，空间在激烈的音效中融化了，皮兰的光彩在一瞬间熄灭，整个古城沉入海底。他抱着这个女孩子，陷入了狂风暴雨之间。慢慢的，凄厉的哭声代替酒把他的体内填满了，他无法做任何思考，只得不停说道："好了，乖，别哭了，别哭了……"秋水暂停了哭泣，扬起一张红彤彤的脸儿，肿着眼睛，用一种沙哑到令他心颤的声音哀求道：

"我要回湖北……带我回湖北吧……"

也许是为了平复内心的愧疚，他把秋水带回自己的房间，让秋水坐到床上，自己则坐在沙发上。他只开了床头灯，好让秋水可以沉浸在阴影中放心哭泣。她还在哭，只不过不再歇斯底里，而是默默地啜泣。而他呢，晕眩和压迫感越来越严重了——它们曾经离开过一阵，现在变本加厉地回来了。他不断深呼吸，想让自己清醒一点，可是他呼出的酒气却织成一张网，慢慢把他包裹。之后的事情发生得突然，他仿佛不受控制了一样，把灯关掉，把秋水拽到床上，脱去秋水的衣服，也脱去了自己的衣服，然后发现女人的身体并没有想象中滚烫，而是冷冰冰的。他有些想念前台的丰满姑娘，可是他手下的却是这个令他难以置信的年轻姑娘。两个姑娘，都有着金色的厚重头发，她们逐渐融为一体，就像皮兰的海水湮没了码头。他分不清哪个是秋水，哪个是东欧姑娘，五官在黑夜中成了凹凸不平的象征物。时间变得忽快忽慢，好像只是一瞬间，他就进入了姑娘的体内。可是他的视角是零散的，只能拼凑、猜测现实，不能全角度地记录现实。于是他认为，正与他做爱的是东欧姑娘，因为声音听起来很成熟。可是……他把手放到姑娘的腰上，这么纤细的腰肢，光洁的皮肤，怎会是那个丰满又粗糙的外国姑娘呢？当"有可能是秋水"的念头闯入脑海时，他大惊失色，一下子退出来。他极力捂住眼睛，跌跌撞撞冲到卫生间，呕吐了起来。

　　过了很长一段时间，他几乎醒酒了，于是轻轻站起来，侧耳倾听，卧室里万籁俱寂，恐惧的感觉逐渐消散。他走到卫生间门口，借着光亮查看卧室。没有秋水，没有东欧姑娘，也没有形似前妻的虚构女人，没有网，没有酒气，什么都没有。他的床单是整洁的，因为他出房间前把床弄干净了，那之后再没有人躺上去过。他的衣物：围巾，毛衣，牛仔裤，秋衣，秋裤，内裤……淅淅沥沥洒了满地。他就这样，赤身裸体地站着，等待黎明的来临。

## 5

　　秋水为什么哭呢？

　　他慢慢从昨晚余留的酒气中清醒过来，大睁着眼睛，思考着这个问题。想了一会儿，他觉得口渴，抓起床头柜上的矿泉水，起身，喝下。他似乎听到了凶猛的水流在胃里溅射，一团棉絮样的东西堵在心里，憋闷与失落感让他差点哭出来。他喝足了水，重新躺平，继续思考：秋水为什么哭呢？

　　脑海中全是昨晚的画面，可是每段记忆间却有或大或小的黑洞，他无法丰富细节，这些记忆也就变得不那么可靠了。他记得对前台姑娘的性幻想，记得第一口香槟酒清凉甜润的感觉，记得秋水像个小游魂在餐吧里转来转去，她在找他，然后她哭了，声嘶力竭，然后他把她搂在怀里——想到这里，他头痛欲裂，坏情绪像污水一样涌进他的心，那团棉絮湿了。后来……他试图切断自己的思路，可是那些电流却不受控制地运转起来。正确的记忆是：他把一个姑娘带回房间，像看油画那样看了一会儿姑娘，把她剥光，与她做爱……可是不对，他闻了闻自己的手、胳膊、大腿，没有女人的气息。他抚摸了一下床单，没有女人残留的热度。他突然想起自己是如何狼狈地站在房间里，审视洁净的床铺——他没有和任何女人做爱，那只是一个荒唐的梦。也许他根本没有在餐吧里看到秋水，秋水没有哭，他也没有跟秋水拥抱。这一切都是他幻想出来的，或者是梦。

　　就当是梦吧。他忍着恶心半坐起来，突如其来的晕眩向他袭来，他连忙放弃了起床洗个澡的打算，重又躺下，闭上眼睛。可是睡不着了。他只好拿出手机，想上网看看新闻。看了半个小时，他认为找到了秋水哭的理由（如果昨晚秋水真的哭了的话）。那些讯息如洪水般涌入人间，追赶着，撕咬着，黑雾已经扩散到每个角落。怎么只是一夜之间，就爆出了那么多悲惨的新闻呢？家乡已失控，他虽然在安全之地，却没有安全感。相反，他更觉得漂泊、焦虑、无所适从。

　　所以那姑娘会哭得那么伤心，她一定是昨晚就看到了这些消息，他想着，同时活动四肢，晃动脑袋。当他觉得宿醉的感觉没那么明显了，连忙起身，洗了个澡，刮了胡子，换了身新衣服。他决心要带秋水离开。不管去哪儿，离开这个鬼地方。但是不能去湖北，那是一个又蠢又幼稚的选择。也许可以带她回北京，他的公寓里有一间空房，秋水可以暂住在那里。那么下一步呢？他突然觉得自己的想法很危险，因为他正试图让一个陌生人进入自己的世界。

他颓废地坐在床边，仰头看着皮兰的天空。皮兰仍是那个样子，不管外面的世界如何变化，它就像被时间抛弃了一样，永远处于静止状态，这简直让人厌恶……他低下头，锃亮的蓝天与白云在视野中消失，只留下一片恍惚的影像与光。

突然，他的手机响了，秋水发来了微信：司明，午饭我们各自解决吧。吃完收拾一下行李，我去开车，咱们离开皮兰吧。

他在酒店餐吧要了一份橄榄油意面。前两天的生蚝和老虎虾让他吃得恶心，这份意面稍微缓和了他的胃——尽管也远不如一碗牛肉面。行李摆放在他脚边，他觉得时间无从打发。现在十二点半，以秋水的时间观念，见面时恐怕要傍晚了。他又起一颗橄榄，送进嘴里，同时不自觉地把头往左转。从这个角度，他可以看到前台。只可惜现在不是那位姑娘值班，他早知道了，只是不甘心而已。他有些想念东欧姑娘，可马上，他就觉得这很荒唐，好像他们昨晚真做爱了似的。

他吃完面，又要了一杯咖啡，慢慢喝完，又要了一杯。

喝完第二杯他觉得有些头晕，于是要了杯鸡尾酒。这时下午两点半，午后的阳光照进餐吧，给他一种冬日已过的错觉。其间有一个棕色头发的外国姑娘跟他搭讪，他看着姑娘红扑扑的脸蛋，绿色的眼睛，还顺便瞄了几眼鼓胀的胸部，然后放弃了把姑娘带回酒店房间的念头。主要是因为他实在听不懂姑娘在说什么。突然他发现，从昨晚就出现的并不是性冲动，而是一种想要突破的欲望。突破什么呢？也许是那张即将被光烧毁的网。网不在这里，可是有可能在别处。他发了会儿呆，又喝了两瓶啤酒，看了会儿如天书般的旅游指南，上了几次厕所。果然不出他所料，四点多的时候，秋水风风火火地进来了。

"我一猜你就在这儿喝酒。"金色的发丝在空中晃动，粉色的羽绒服像一团跳动的火焰。

"我们快走吧，再不走天黑了！"秋水没好气地叫道，并使劲拍了一下他的胳膊，旁桌的人纷纷朝他们看来。

他只得拖着行李，跟在她身后，离开了酒店。

他们放妥行李，坐在车上，各怀心思，沉默无语。他想了一遭关于分别与自我厌恶的课题，大脑陷入可怕的循环……潮水渐渐退去，周围的景象逐渐清晰，他才缓过神来，秋水一直带着他在这个一眼就能望到头的小城瞎转，这时已经快五点半了。"怎么回事？"他问秋水。可是那姑娘抿着嘴，并不说话。他们沿着海湾来回打转，数度路过长码头与红房子、他们住过的酒店、开在礁石上的餐厅。然后他们又走街串巷，绕到小广场，围着孤零零的雕塑转圈。他看见秋水脸色宁谧，目光平直，仿佛陷入了一种虚幻的境地。他调高音量，说道："喂！秋水！你怎么回事，再不走天就要黑了！"这一喊，似乎把沉浸于梦境的秋水弄醒了，她急刹车，停在广场一隅，转头看了他一会儿，说道："我们要不要再去露台看看？也许今天有皮兰之光……"

　　他也不知道为什么要答应这个愚蠢的提议。仿佛只是一念之间，他们就来到了大广场，秋水找了个地方停车，他们下车，走进巷子。然后又是一闪念，他们来到石阶下面。现在的天像是一块脆生生的玻璃，稍不留神，它就会破碎，昏暗会涌进来，白日逝去。这是白天与黑夜的交界点，是可以称之为黄昏的区间。如果皮兰之光真的存在，那么它一定存在于这个时段。他抱着满满的失落爬上楼梯，心里越来越否定"皮兰之光"的存在。奇怪的是，旁边静默的秋水也有着低落的气场，仿佛她已识破了这无聊的游戏，此次前往绝不是因为不甘心，而是为了验证某个让人失望的真理。他们刚迈入树林，秋水突然停住了，以一种古怪的眼神看着他。他才发现，原本静谧的树林此时被一片嘈杂声掩盖，这里有人，很多人，熙来攘往的人。可是目所能及处，树林清幽幽的，那些人似乎隐形了。他们同时向树林尽头看去，发现那些人都集中在露台。

　　这是一个剧组。人与机器占满了露台，嘈杂的声音滚滚而来。他们穿越人群，来到露台另一边，有些手足无措。那些人，有白皮肤的，有棕色皮肤的，不知道他们哪些是剧组的人，哪些是看热闹的人。人们混杂在一起，多数都傻傻站着，做观众的姿态，只有极少数的人在忙碌，打光，调镜头，给演员化妆……这场戏的主角是一男一女，此刻正靠着露台围墙对词。他们身边围了很多人，为他们补妆、端咖啡、整理服饰。毋庸置疑，这是两位明星，因为他们的表情十分淡漠，一副见惯一切的样子。女演员穿一件粉色套装，侧脸轮廓很精致。男演员长相清秀，身材健硕。他们都是印度人，围在演员身边的工作人员也是。外围的那些人就不一定了，白人与印度人混杂成一个集体，有着同样的姿态和表情，看着同样的方向。也许他们全都是工作人员。

"你看……"秋水拽拽他的衣角，小声说道，"那个人，很眼熟……"

那是个身材高大的中年人，此刻站在监视器后面，戴一副墨镜，老练又智慧。这是个印度人，而周围的不管是白人还是印度人似乎都要看他眼色行事。此时，他保持静止的姿势，看向两位演员。不过他也许并不是在看演员，而是看着演员身后的景色——黄昏渐渐吞噬太阳，那是光的终点。

"你说，他是不是那个人啊……拍电影的那个……"秋水说。

他想起来了，这人确实眼熟，仿佛在电视上见过。

"对了！"秋水拍了下手，兴奋地叫道，"他是那个人！那个导演，获过奥斯卡奖的……"她眯起眼睛，全神贯注看了导演一会儿，"准没错！就是这个人！"

他看着秋水手舞足蹈的样子，心情也开朗起来。他们从没聊过这些话题，电影、书籍、音乐、植物……这是些让人心情愉悦的话题。而这些天，他们却执意聊些虚幻的话题：
光、战场、和平、爱情……三天以来，他觉得他们之间的话
题第一次落地了，一股慢悠悠的喜悦油然而生。他开始激动
地跟秋水窃窃私语，对这位国际名人评头论足，并且互换对
于该导演所拍电影的意见。突然，导演抬了下手，所有人肃
立，他与秋水也像受了感召一般，站得笔挺。所有人都在等
待什么，时间是停滞的，演员周围的人们早已消失，只留下
两个沐浴在金光中的妙人儿。只见导演对旁边一人说了句什
么，这人拿出一个黑白相间的木牌子，举在空中，大喊一声：
"Action！"一切都开始了。

　　女人靠着围墙，两只胳膊放松地搭在上面，一副不顾一
切的潇洒姿态。男人则看起来心思沉重，不停对女人说着什
么，女人以微笑回应。然后，男人说累了，拉了女人一把，
女人顺势捏了捏男人的手，两人手牵手离去。

　　他与秋水听不懂两位演员在说什么，却也沉浸在美好的
氛围中。而他们不知道的是，戏终归是戏，真正重要的是演
员身后真实的景色。在那里，黄昏的深处，奇妙的光束一闪
而过，肉眼察觉不到，却被机械的眼睛捕捉到了。

　　"Cut！"

　　这场戏拍了很短的时间，因为夕阳转瞬即逝。天色黑下
来，剧组的人们开始收拾器械。他不知怎么的，也像完成了
一项重要任务一样，长舒一口气。再看看旁边的秋水，她正
紧咬着嘴唇，目光追寻着导演，在思索什么。他不愿去管秋
水在盘算什么，伸了个懒腰，把目光漫无目的地洒向前

方——人们走来走去，奇形怪状的机器被收拢，看热闹的人群散尽。他才知道，原来那些白人几乎都是游客。他开始若有似无地瞟女演员，那印度姑娘有一个丰满优美的臀部。此刻，她披了件大衣，正给几个游客签名。夕阳余晖笼罩在她身上，让她像是马上要融化在天空中似的，是光吞噬了她，光……他突然想到，他们忘记关注皮兰之光了。不过他并不觉得可惜。奇怪，他甚至有些庆幸。他拍了拍秋水的背，说："别看了，我们走吧。"

在混沌与昏暗中，秋水点了点头，跟着他往露台出口走去。走到一半，秋水叫住他，说："等我一下，就一下下！"然后头也不回地朝某个方向跑去。这里的一切都被墨水淹没了，有些影影绰绰的光，那是不甘心的余晖，或是试探性的路灯光，给他的视线以错觉。很多影子在他身边穿梭，欢声笑语此起彼伏，他看到了无数个秋水，却又觉得世上根本没有秋水这个人。是导演吗？是演员吗？还是无数的游客……慢慢的，他被裹在这层层叠叠的世界中，彻底失去了追寻光亮的能力。

好一会儿，一团黑影朝他奔来，他知道那是秋水回来了。秋水来到他身边，扬起模模糊糊、黑黢黢的小脸儿，话语中有些激动。

"我刚才跟导演聊了会儿……"

"说什么？"他其实并不感兴趣。

"拍摄啊，剧本啊，电影什么时候上映，我们还换了电邮地址。还有啊……他说剧组来皮兰来是为了一束光……"

"哦?"

他决定用冷漠的语气回应秋水,因为他对此并不感兴趣。他朝出口走去,秋水蹦蹦跳跳地跟在身后,热情不减,执意跟他说着。

"他说那光转瞬即逝,所以在这里等了一下午,还好,拍到了。"

"拍到了?"他没有停下脚步。

"对,拍到了。也就是说,那光刚才出现了。"

"那好吧……"也许出现了,只是他们都没顾得上看,不过他并不觉得可惜。

"是啊司明,皮兰之光刚才出现了,我们错过了。"


光全部退场,黑色统治了世界,他们开着车,离开皮兰,驶入高速路。

他们开了好一会儿,没有交谈。驶入黑暗变成了一项任务,而真正的黑暗是没有方向、没有时间的。徒劳无功地看了一会儿窗外,他觉得有些困。因为黑暗快速不断后移,他又执意盯着看,所以竟看出了些层次。不知是路灯的功劳,还是他出现了幻觉,他竟看到了黑暗中的字。那是些难以辨认的字,仿佛不存在于人类语言体系中。而那张网,正向着天边飘忽而去。网正在消失,如一只断了线的风筝,这让他有些失落。他还看到了很多白天看不到的东西。

"我们去哪儿?"秋水终于发问了。

"回卢布尔雅那吧。"他说。

"要不我们去威尼斯吧？"

还没等他反应过来，秋水突然右转，拐进一条分岔路。他隐约看见路口的牌子上有一些字母和数字。他诧异地思索，他们不会拐进了前往威尼斯的高速路吧？这一切太奇妙了，他们下午还在皮兰，晚上却要住在威尼斯，而他根本没有做好去威尼斯的准备。他有一些不好的预感，并认为秋水的决定很荒谬，她毕竟是个涉世未深的孩子。

"我们不能去威尼斯。"他责怪秋水道。

"为什么？"秋水问。

"因为威尼斯在下沉，我们不能去一个正在下沉的地方。"

"可是……"秋水在思考，显见，她把他的恐吓当真了。

"可是……下沉又能怎么样呢？所有地方都在下沉，那又能怎么样呢？"

一切都要结束了。

夜色越来越沉，人造光亮极具攻击性，网也不见了，他们仿佛在虚空中行驶。因为黑暗里没有时间与空间，只剩下单纯的动作，驾驶与观察。夜渐渐吞没了他们。

他不再去注意路边的指示牌了，反正也看不懂上面的字，也不会开车，他对去哪儿这个问题毫无发言权。听天由命吧！他闭上眼睛，感觉车在轻飘飘地移动，忽而右倾，忽而左倾，可他不愿管了。他突然想到了他曾经与前妻住的家，楼下有间便利店，老板养了只猫。前妻也喜欢猫，但是他不同意前妻在家养，两人争吵过多次……有很多纠结，怨恨，后悔，可现在统统没用了。他还在想，回国后怎么办呢？

"你能不能告诉我，为什么离婚？"在静谧的空气中，秋水小心翼翼地提问。

"因为她出轨了。"他睁开眼睛，周围的景物毫无变化。黑色的路，孤零零的路灯，绵延不绝的雾状的过往。

秋水不再说话了，他本想问问秋水与她母亲之间发生了什么，或者问问秋水接下来的打算，母亲怎么办，她要怎么协调，或者说她要怎么选择。可是他觉得这些问题太难，说出一个就会牵出另一个，在现在这种情况下揪出这些话题毫无益处。于是他决定什么都不说，重又闭上眼睛。

开了大约二十分钟，秋水突然说："我们正在回卢布尔雅那，已经开到一半了。"

他觉得心里舒坦多了，动了动身子，转了下脑袋，继续养精蓄锐。

"回卢布尔雅那，然后呢？"

"到了再说吧。"

他想睡一会儿，不想再思考这些无意义的问题了。前往深意识中寻找安宁的睡眠是最安全的选择，他甚至想打起盹来。

"司明，我再问你个问题好吗？"秋水没有发觉他的不耐烦，继续发问。他没有说话，而是皱了皱眉头表示不乐意。可是马上他便意识到，秋水在专注开车，看不到他的表情。

"司明，那到底是不是皮兰之光呢？"秋水温柔地问道。

"是。"他简单明了，只想尽早结束对话，找寻令人心安的睡眠。

"也就是说，我们连着两天看到了皮兰之光?"秋水越来越兴奋。

"是。"还是睡眠好，无意识的黑暗。

"也就是说，皮兰之光并不是那么罕见的东西?"

"是。"光消失了，他睁开眼睛。

"也就是说，皮兰之光随时都存在?"

"是……"他犹豫了。

"那皮兰之光在哪里都可能存在?"

"是吧……"

"在北京、上海也可能存在?"

"是。"

"在湖北呢?"

"当然也会存在。"

很快，他便想明白了，这些问题他回答得很完美。是的，他没瞎说，因为即便在黑暗中，光也无处不在。

龙虾

# 1

这是一幅触目惊心的画面：海底趴伏着几只巨型虫子，它们有着坚硬的锈棕色外壳，尾巴窄小，胸、头却异常庞大，两条粗长的须子探向旁边，几根修长的腿脚在沙地上扑腾。它们因庞大而行动迟缓，如狰狞的海底礁石，又像全副武装的坦克，摇动着头颅，孤独地潜伏在深海中，时刻警惕着环境中潜在的危险。只不过，它们的戒备心扑了个空，因为这里并不可能存在危险。它们其实是生活在镜子里的——一面波纹整齐的流动的镜子。它们就这样，顶着骇人的外表，被囚禁在安全地带，日复一日，直到有只手搅乱了一切……

遥哥站上高处的台阶，紧盯水箱，生怕错过精彩的节目。饭店老板站在林立的水箱中间，一只脚踩低排水箱，抬高胳膊，手举网子，屏息凝神。"对——就它！快快快！"遥哥激动地叫道。老板立刻把网子插入水中，一通乱搅，刹那间，水流翻滚，无数只腿脚疯狂转动，坚硬的锈棕色壳子撞击玻璃。乱了，它们慌作一团，水箱里掀起狂风巨浪，镜面的束缚骤然消失。被选中的那只仿佛早有预感，蜷缩在角落，似乎在祈祷。而它的同伴们，紧紧凑在一起，挤在与它呈对角线的另一端，仰面朝上，吃力地翻转身子——现在看来，它们根本不是坦克或礁石，而是穿滑稽盔甲的小丑。最终，躯干被绳线包裹，枝杈冲出水面。就这样，一只肥美的龙虾被捞了出来。

"嘿！这漂亮！"遥哥猛拍了下手，把他吓了一跳。刚才，他还在海底，沉浸在幻想中。随着龙虾被捞出，他也从海底升到陆地。

这只龙虾十分漂亮，雪白的眼珠，华丽的锈棕色身体，像一块未经雕琢的宝石，有种狂放的原始美。现在，它乖乖躺在网兜里，腿脚无奈地向上踹着，好像在跳一种绝命的舞蹈。他看着它，目瞪口呆，因为他从没如此近距离看过一只活龙虾。他当然见过龙虾，在电视上，在餐桌上。但他没完整观看过这个流程：一只龙虾被选定，被捞出，被杀死，被蒸熟，然后放在餐盘上。他看到的只是事物的开端和结尾，从未浏览过程。

遥哥吹着口哨，踩着拖鞋，紧跟捧着龙虾的老板晃进饭馆。而他却站在门口，看着龙虾的尾巴无力地卷曲了两次，然后，老板与龙虾一同消失在昏暗的后厨。遥哥已落座，他却在饭馆外面侧着身子，歪着头，在观察那些水箱——这里有大大小小很多水箱，里面装着鲍鱼、扇贝、蛏子、基围虾、面包蟹、海兔子……当然，还有龙虾。他才发现，他们选中的龙虾与其他龙虾不太一样。那只龙虾色彩更加绚丽，须子更硬挺。而水箱里的龙虾们呢，个个蠢头蠢脑，颜色单调。也许它是龙虾王。

突然，从角落里蹿出一个黑黝黝的小男孩儿，轻轻撞了他一下，朝水箱深处跑去。那个男孩儿拿起挂在墙上的网子，站在一个板凳儿上，开始熟练地为客人捞鲍鱼。也许是老板的儿子，他这样想。同时，一阵风吹来，带着咸腥味儿。他才发现，不远处有一个很大的电扇，正在对他咆哮。他为了躲避这股腥风，走进饭馆。

他本不想来吃龙虾的，尽管这座滨海城市最有名的就是龙虾。但他更愿意去跟姑娘小伙儿们玩桌游，而不是陪着快退休的老同事品尝海鲜——遥哥坐在他对面，边翻看菜单，边煞有介事地询问服务员菜品情况。这个肮脏的小饭馆，装修简陋，地板肮脏，桌椅破损，两个嵌在墙里的电扇吱呀乱响，天花板上的灯泡忽明忽暗，空气中全是海鲜的腥臭味儿。刚才，他极不情愿地跟着遥哥走街串巷好久，差点被晒晕，却寻来这么个饭馆，这实在让他难以忍受。待在宾馆里不是好选择，这座城市于他来讲很陌生，他不愿单独行动，而公司里的年轻人们又不愿带他们玩。他想起那个叫丽丽的姑娘做出一副委屈的样子，羞答答地对他说："陈哥，实在不好意思，我们的车坐不下了……"他本想说：没关系，我再打一辆车过去。可他马上就看到其他年轻人做出不情愿的样子，使劲对丽丽挤眉弄眼。他突然感到很悲伤。

哪儿来的这么多年轻人呢？就像突然冒出来的小嫩芽。一瞬间，他们填满了每个角落。他们是 95 后，而他知道，不消几年，00 后就要登场了。他们这家公司流动量大，不知不觉间，老员工只剩下他与遥哥两人。年轻的面孔霸占了这里，他甚至分不清那些年轻人的长相。当然，他记得丽丽，因为那姑娘有些姿色，还有个姑娘小雯，身材不错……想到这里，他突然抬头，遥哥沧桑的脸映入眼帘，剧烈的反差让他发晕。这时，服务员点完菜离开了，老板得意地从后厨走出来。

"可费了好大劲儿！这家伙，真不老实，死到临头还钳我一口，你们看！"老板伸出一只手指，上面爬着一道鲜红的裂口。老板用餐巾纸抹去血迹，圆脸上浮出笑意。

"活跃好！比蔫头耷脑的强，说明我没看错虾！"遥哥吊着嗓子说。

"对！对！我跟你说，龙虾就得这么吃。它极度害怕，就会分泌一种物质，使肌肉更加紧致。这样的龙虾吃起来，肉质甘甜，入嘴弹滑，简直是人间美味！"

这家饭馆的生意不景气，现在正是晚饭时间，有一桌已经吃完结账，店里只剩吃鲍鱼的一家三口和他们了。老板见没人，干脆拉过一把椅子，与遥哥聊起天来。他不愿加入，只能低头玩手机。这时，酒菜上来了：两扎啤酒，一盘葱爆蛤蜊，一盘辣炒蛏子，一盘土豆丝。他才觉得肚饿，于是盛了碗饭，狼吞虎咽地吃起来。"小陈，慢点吃，一会儿还有龙虾呢。"遥哥说。"我对龙虾不感兴趣。"他甩出这句话，继续闷头吃饭。没想到，老板夸张地大笑几声，说道："不可能，

不可能，我还没听说有人对龙虾不感兴趣！"

"那要让您失望了。"他喝了一口啤酒，"比起龙虾，我更喜欢醋熘土豆丝。"

遥哥和老板同时做出难以置信的表情，好像他在反驳一个众人皆知的真理。他觉得很可笑，于是放下筷子，继续说道："而且，我还知道一群对龙虾不感兴趣的人——我们的同事！你看，咱们这次团建，他们天天玩桌游，天天吃外卖，对海鲜啊、龙虾啊丝毫不感兴趣。"

他承认，这话是诚心说给遥哥听的，其中有赌气的成分。有那么一会儿，三人陷入尴尬，他瞟了眼沉思的遥哥与落寞的老板，有点心软，想转移一下话题，不去谈龙虾，而是说些有趣的事。没想到，他还没开口，便听到老板不屑地哼了一声，笃定地说："我想你的同事们不是对龙虾没兴趣，只是没尝过龙虾的好。而且也许，他们根本闹不清龙虾和小龙虾的区别。他们一定很年轻，没有经验。"

老板话音刚落，遥哥放声大笑起来，他也顺势赔笑了几声，气氛缓和了许多。显见，话题朝一个他无法控制的危险境地发展过去了，他决心谨慎一些，少说话为妙。而且说实在的，这里的啤酒醇厚，他已经微醺了，急需一些饭菜来醒酒。于是，他开始更加专心地闷头扒饭，与此同时，老板开始大谈特谈起烹煮龙虾的方法来。只见这位先前有些腼腆的老板，一旦涉及专业领域，便兴奋得满脸通红。只消遥哥半支烟的功夫，老板就把烹饪方式列举了个遍：清蒸、红烧、蒜蓉、麻辣、川香、孜然……还有一些新奇的做法，比如酒酿、刺身……"先把龙虾劈成两半!"老板抬起胳膊,猛地挥下,仿佛隐形的龙虾已在他臂下身亡,"这要极其新鲜的才好,不用煮,直接蘸酱油吃,还有芥末。"老板讲得意犹未尽,似乎已经在意识中吃下整整一条龙虾刺身。"生吃?"遥哥两眼放光。"当然,生劈,生吃,吃到一半,腿儿还在乱踹呢。"老板那意犹未尽又信心十足的样子仿佛在讲什么饕餮真理。听到这里,遥哥猛呷一口啤酒,好像要把分泌出来的唾液都咽回去……两人就这样,一来一往,探讨着吃龙虾的心得。而他,早已吃完一碗饭,心理阴暗地看着他们表演,感到毛骨悚然。他从没听过如此残忍的烹饪方法。如果说之前,他对吃龙虾这事毫不在意,那么现在,他开始觉得恐惧了。

"不会太残忍吗……"他小声提问。

这句话像一颗威力十足的烟幕弹,立刻引起了遥哥和老板的关注。这两个人,从假想的盛宴中脱身出来,换上讳莫如深的表情,看着他,仿佛在看一只掉进地缝里无力挣扎的虫子。

遥哥说:"小陈啊,你这话说得就不对了。怎么能说残忍呢?弱肉强食,这不是残忍,只是规则。"说完,遥哥想了一会儿,又加了几句,"况且,你现在坐在这里,等着吃龙虾,按你的逻辑来说,你自己也很残忍咯?"

"不不……"他连忙摆手,生怕被遥哥带进圈套,"这完全不一样。刺身是生吃,也就是说,要把活生生的肉塞到嘴里,让牙齿成为刑具,把其碾碎,这怎么看都是极其残忍的。而吃蒸好的龙虾肉,就不一样了,起码自己没有充当刽子手嘛……”

遥哥丝毫不理会他的无力辩解，冷笑了一声，说道："不管是生吃还是熟吃，结果都一样，都是把别的动物的肉吃进肚里！你说的那些不过是无聊的自我安慰罢了。你到这里，选了一只龙虾，不管它是活生生被撕碎，还是活生生被蒸熟，它的死亡都是你带来的。也就是说，你是这只龙虾死亡的终极原因。所以，龙虾到底怎么死的重要吗？死亡都是一样的。是自己充当刽子手，还是火充当刽子手，或者刀充当刽子手，对于龙虾来讲都一样。因为最终，它们都会死掉。况且，被蒸熟也并不是那么舒服的事。想象一下吧，你躺在一个巨大的蒸锅里，随着水烧开，你的全身都将被滚烫的蒸汽逐渐烤透，那将是什么感觉？当然，你不会经历这种痛苦，也就无权发言。更何况你不仅不痛苦，还相当快乐呢！所以，闭紧你的嘴，好好等着吃龙虾肉吧。实际上，不仅龙虾如此，任何动物都一样。猪、牛、羊、鸡、鱼、猫、狗、驴、马、蚂蚱、蚕蛹、蝙蝠、蛇……只要你愿意，它们不多时就会变成盘中餐。那么你是吃鸡肉，还是吃蝙蝠肉，从本质来讲有什么区别呢？所以不要抱怨了，乖乖等着吃龙虾肉，或者别的什么肉吧。因为你总得吃点东西，不然就饿死了。"

说完这段长篇大论，累得够呛的遥哥大喘着气，咽下半扎啤酒。老板看在眼里，立刻为遥哥接满酒，遥哥趁势又喝了一大口，才心满意足地笑了。这场演讲惊得他哑口无言。没想到，平常吊儿郎当的遥哥竟然有如此奇特缜密的思考。他突然觉得遥哥并非简单人物，因为这段讲话中虽然充斥着冷酷和残忍，却蕴含着一个十分朴实的真理：人必须得吃点什么，不然就会饿死。

他在深思，遥哥则因口渴不断喝酒，老板收起笑脸，换上冷漠的表情。店里充斥着老式电扇发出的吱呀声，间或有一声孩子的叫喊——吃鲍鱼的那桌有个小男孩，大约三四岁，男孩似乎对鲍鱼的肉体感到恐惧，当他不小心看到桌上那盘清蒸鲍鱼时，便会捂眼尖叫。在沉郁的气氛中，他听到了后厨传来呲呲的声音。那是雪白的蒸汽冲向天花板发出的声音，是一阵阵隐约的哀鸣。在他的脑海中，大幕徐徐拉开，白烟四起，红色的海怪躺在舞台中央，正被巨型刀叉操纵、切割。脑海中的图景是现实的一种延伸。实际上，大幕是一道肮脏的帘子，水草是无数的厨余垃圾，海底有烂菜和腐肉，舞台也不过是一只破旧的蒸锅。

这时，叮的一声响，出菜口打开，出于好奇，他与遥哥立即回头看去。只见那里烟雾缭绕，像一个故弄玄虚的仙境，龙虾隐匿其中，久久不愿显露真身。这时，老板站起来，边朝出菜口走去，边留下一句话："龙虾肉到底好不好吃，尝尝就知道了。"

2

这一切像一段慢动作的影片——老板端着盘子越走越近，盘子上那团红色的东西也越来越显眼。等盘上桌，他才真正看清了，那只龙虾是以什么样的姿态趴在盘子上的：龙虾腰腹部的硬壳已被剥去，只剩下洁白的肉。当然，这是蒸熟的肉，像一团云朵。而且，这段肉从中间被一切为二了。雪白的肉像毯子一样平铺在盘子里，给人以舒适安稳的感觉。龙虾的头、尾、钳子都保持原来的形状，只是颜色略有变化：多亏蒸锅，它们已由死气沉沉的锈棕色变成活力四射的水红色了。那颗看似凶猛的硬壳脑袋配上鲜艳的水红色更显神姿，难以想象这只龙虾在蒸锅里度过了怎样的时光。它被端上来的时候，呈现出一种美好安详的状态，仿佛它的终极目标就是为了达到这种状态。

说来奇怪，他只记得龙虾肉在他嘴里绽放出一种奇特的感觉，但肉质到底是细腻还是粗糙，是香甜还是酸涩，是软硬薄厚……他全忘了。他只记得：老板殷勤地为他调姜醋汁儿，并告诫他龙虾肉性寒，多吃姜为好；遥哥贪婪地抓过龙虾头，说："看吧，精华全在这儿呢。"——龙虾头被掰开，乱七八糟的内脏裹着黄色膏体露出；吃鲍鱼的夫妻被香味吸引，跑到他们桌旁围观，而小男孩仍旧捂眼尖叫……

除此之外，他还记得一些别的事情。那晚他们吃完龙虾回宾馆，遥哥早早睡下，他却无法入睡。他觉得在海鲜饭馆发生的一切都有些怪，但又说不上具体哪里怪。本来平平无奇的一顿晚饭，却数度给他留下震撼的印象，令他在深夜辗转反侧，越来越清醒。其实还有些别的原因，隔壁丽丽与小雯的房间一直乱哄哄的，笑闹声从隔音不佳的墙壁穿透过来。他不停翻身，眼睛越发干涩，愤懑的感觉在腹部胀满。有一段时间，他甚至蹑手蹑脚走下床，把耳朵贴到墙上，试图弄

清丽丽的房间里有多少人。侦查良久，他有了结论——如果
没猜错的话，除了他和遥哥，其他同事都在丽丽房间里打牌。
这些年轻人！甚至都不假装邀请他们一下，甚至都不在乎愉
悦的声音是否会困扰到他们，就那样肆无忌惮，几男几女，
深夜共处一室，这简直不像话！他在心里骂了几句，重又躺
回床上。

　　入睡没那么简单，他的脑子里有些杂七杂八的念头，多
与晚饭那只龙虾有关。这时他才惊异地发觉：他竟忘了龙虾
肉是什么滋味了！他怀着恐惧仔细回想，却无法唤回遗失的
味觉记忆。到底是香软可口，还是厚实弹牙呢——遥哥鼾声
震天，给他的回忆造成极大困扰。他屏息凝神，想尽力把思
维放在龙虾那洁白紧致的肉上。这种白色菊花瓣似的肉到底
是什么味道呢——"对尖儿！谁要！"偏偏这时，隔壁穿来雄
厚的男声，打断了他的思路。他气得跳下床，对着薄薄的墙
壁狠命一捶，想给不知好歹的年轻人以严重警告。没想到，
他自认为威力极强的一捶（他的手都捶得生疼），根本没影响
到那些年轻人，他们依旧欢声笑语，任凭那咚的一声巨响消
失在虚空中。只有遥哥配合地将鼾声暂停几秒，翻个身，继
续打鼾。

　　他愤怒地躺在床上，眼前飘过一些阴沉的黑色碎块。为
了把碎块赶走，他泄愤般闭上眼睛，却意外看到一幅令他兴
奋的画面：他摇摇晃晃地站起身，在黑暗中准确无误走到门
口，打开房门，转身，走到隔壁门前，举起手臂，猛敲房门。
这次的捶击带来了不错的效果，欢笑声戛然而止，空旷的楼

道像一座巨大的坟场，急促的呼吸声从四面八方传来。门打开，他看见年轻的同事们坐在床上，齐刷刷看向他。"陈哥，有事吗……"小雯低声问，话语里有指责的味道。他怒气冲冲走进屋里，环视一圈，默默数道：一个、两个、三个……是的，七个人全在，一个不落。他越发气愤，步步逼近丽丽。坐在丽丽身旁的两位男士似乎怕惹祸上身，识趣地躲到不知哪个角落去了。可怜的丽丽，此时吓得脸色苍白，牙齿打战，使劲摇着头对他祈求。可是他不愿妥协。他抓住丽丽的一只胳膊，像剥洋葱似的把丽丽的衣服剥掉，再把这姑娘往上一甩，让雪白的肉体横躺在洁白的床单上。他觉得这种白色很眼熟，伸手摸去。这一摸不得了，熟悉的手感让他吓了一跳。这种白色菊花瓣儿似的肉绝对熟悉。可这颜色熟悉，触感熟悉，口感到底是什么样的呢？他突然觉得天旋地转，眼睁睁看着雪白的肉体变成一团白烟。他刚要伸手去抓，却在这时醒来了。

浓稠的黑暗向他压来，现实像铅一样灌满全身，他觉得无比沉重。有什么地方不对劲，是夜太过寂静了。没有遥哥的鼾声，没有隔壁的吵闹，一切仿佛遥远的梦。他如坠迷雾，手胡乱在床上划拉一下。这分明是张双人床，不是旅馆里那窄小的单人床。窗户也不对，旅馆的房间有一个正方形的小窗子，而这里——借由隐约的月光他判断出——有两扇落地窗。这样看来，整个房间的面积都不对了。气息更不对，没有酸腐味儿，却有种淡淡的香味儿。看来，这里不是旅馆，他也早已离开了那座海边城市。

他伸出一只手，摸到一团柔软的毛发，然后是一阵轻轻的呻吟声。他下意识缩回手，犹豫了一会儿，把手搭在对方的肩膀上，属于女人甜美的香气向他袭来。原来如此，他此刻正躺在自己的床上，身边是女朋友。当他弄清一切之后，放心地睡去了。

第二天早上，新鲜的阳光照进来，屋中的一切在光亮中原形毕露。昨夜那种厚重的安全感消失不见，他又有些垂头丧气了。

女友此时坐在他对面，正漫不经心地往面包片上抹果酱。从起床到现在，他们一句话未说。他吸溜了一口粥，咬了口油条，努力不去看女友的脸。

"龙虾好吃吗？"女友突然问道。

他吓了一跳，直勾勾地看着女友，不知说什么好。昨晚到家已经十点多了，由于旅途劳顿，他甚至没太整行李，对女友的询问也表现得很不耐烦，只想早点睡觉。他没有跟她交流旅行的细节，更不可能说吃龙虾的事儿。

"我在问你啊，龙虾好吃吗？"女友不依不饶。

他被问得有些恼怒，狠咬了口油条，说道："大早上说这些干吗？再说了，你怎么知道我就一定会吃龙虾？"说完，他有些心虚，事实是他并不记得龙虾是什么味道了。

"奇怪！"女友冷笑一声，"去海边城市旅游，不吃龙虾吃什么？"

幸好，最后一口油条吃完了，他像一只灰溜溜的老鼠蹿进卧室，迅速换了衣服。床铺没叠，床单上还留着身体在上面辗转碾压产生的皱褶。他鬼使神差把手放在床单上，果然，温度还没完全消散。马上，他觉得厌恶，拿起背包走出卧室。女友还在餐桌旁细嚼慢咽那片面包。他快速换上鞋，想要溜之大吉。只可惜，女友用语言拦住了他的去路。

"陈，这个房子月底就到期了，这事你没忘吧？"

他怎么会忘呢？这段时间，这个话题就像隐藏在空气中的幽灵，总在不经意间探出头，每回都把他吓得半死。他当然知道，逃避不是办法。可他还需要一点时间，把一切都梳理好，再给女友满意的答案。

女友见他不说话，认为他理亏，竟有些神气活现起来了。她继续说道："我就是想提醒你一下，这个房子不能再租了。如果你没有买房的打算，咱俩就算了。"

老生常谈！他握着门把手，身体逐渐僵化。尽管是夏天，他却觉得仿佛站在一片冰天雪地之间，自尊心被层层剥落，无名的愤怒冉冉而升。

只听女友叹了口气，无奈地说："陈，我也不想这样，可是我们都不小了，我耗不起了。你看，房子的租金是我出，生活费我也出了大半，你作为一个男人，总不能老让我养着吧……"

没等女友说完，他便赶紧旋转门把手，准备逃出门去。因为太过紧张，导致他关门声音巨大，连他自己都吓了一跳。她一定认为我在赌气，他忧郁地想。可是没办法，我没有时间和精力去哄她了。他迅速走下楼。

　　女友到底是何时变成这样的呢？她还不到三十五岁，却成了一个经常怒目圆睁、总以不屑眼神瞟人的中年妇女。他们在一起十年，从最开始的亲密无间，到现在的无话可说，其中缘由令他摸不着头脑。她现在言语刻薄，神情冷漠，晚上能在沙发上保持一个姿势坐四小时之久，满嘴都是：房子、租金、钱、菜价……他早对这样的女友厌倦了，却凭借某种习惯日复一日忍受着女友的责骂和考验。他觉得时间变成一根带火的锁链，把他们越捆越紧。而曾经那些日子呢，他们享受着美丽的爱情，天真地以为未来会一片光明……他突然发现，竟然忘了那时女友的模样……

　　他趴在工位上，失落地追寻以前的时光碎片。可当他回想起女友每次不留情面的指责时，愤恨的感觉又在心中沸腾。他不认为自己有错，或者说不愿承认。其实他偶尔会想——比如现在，在他被绝望与愤怒支配的时候——或许该做一番改变。调整一下工作态度，努力多开发几个项目，拼命工作几年，也许他的收入会增加不少。再或许，干脆换一份工作，找一个赏识自己的公司（尽管连他自己都无法发现自己的闪光点），或者去创业吧！尽管失败的例子数不胜数，但成功的案例也还是有的。也许这样，女友对他的态度能好一点，他们会结婚，生活就能稳定下来……

　　他尽情沉浸在白日梦中，直到被一只手拍醒，只见遥哥站在旁边一脸坏笑地望着他。

　　"怎么这么失魂落魄的，还想着吃龙虾哪？"

也许是早上吃得太多太快，当他听到"龙虾"二字时，胃一收紧，差点吐出来。

"醒醒，醒醒，赶紧工作了。"遥哥使劲摇了摇他的肩膀，想让他清醒些。他伸了个懒腰，如梦初醒般看了看公司里的景象。这个周一的上午，一切如故，年轻的姑娘们几乎都不在工位坐着，她们去接水，去打印，去开会，去楼道里打电话，她们是一只只不安分的蝴蝶，在这个不大的公司里翻飞。而小伙子们呢，也做出极其忙碌的样子，在电脑前聚精会神地敲打键盘。他看见年轻人如此忙碌，下意识也想找点事情做。可是马上他便发觉：他根本没什么紧要的工作可做，领导似乎很久没给他安排重要的工作了。

"行了，别发呆了，张总让你去他办公室一趟。"遥哥丢下这句话，转身离开了。他只好挪着不情愿的步子，躲开蜜蜂一样四处乱窜的同事，来到走廊尽头，站在总经理办公室门前，深吸一口气，推门走进去。

张总脸颊瘦削，皮肤黢黑，眼睛总是瞪得圆大，像是受了什么惊吓。这是一位不苟言笑的经理，从不与下属交流工作以外的事，从未在任何场合透露自己的私生活，总一副拒人千里之外的样子。他甚至从没见张总笑过。当然，有这样老板的好处是：如果不愿意花心思讨老板的欢心，也可以将就在这里过日子。长久以来，他与张总维持着井水不犯河水的状态——他们偶尔在走廊相遇，总是匆匆避开对方的眼神，就像根本不愿承认对方的存在一样。所以现在，当他发现张总正满含期待地望着自己时，不免有些惊讶，尤其是他的旁边还站着丽丽。当然，与丽丽并排站着这件事本身就有点尴尬，这源于昨晚荒唐的梦。他边懊悔，边忍不住回忆昨夜春梦的细节，他甚至闻到丽丽身上有股迷人的香味，这让他有些神魂颠倒，乃至于没听明白张总想说什么。

"喂！小陈，你有没有听见我在说什么？"当他反应过来时，张总已经很不耐烦了，拍着桌子大声说道。

"抱歉，张总……"他自知理亏，小声道歉，"您刚才说……刘总的飞机早上到了……"他只听到这里，便开始神游了。他下意识往旁边瞟了一眼，丽丽一副严肃冷酷的样子，看起来并不准备帮他解围。

"刘总现在已经在酒店休息了。中午一起吃饭，你和丽丽，跟我去。"张总简明扼要地说完，便开始整理桌上的文件，不再看他。

丽丽整理了一下衣服，做出欲走的样子，却被他一声严厉的询问吓得止住了脚步。"张总，您确定叫我去？！"他是这样问的，伴着惊诧的语气和神情。他从没跟张总去应酬过。也许因为他个性羞赧，又其貌不扬，张总觉得他上不了台面。遥哥因善于喝酒，还曾帮忙应付过爱喝酒的客户，更不要说小雯和丽丽这样的年轻姑娘，她们是张总饭局上的常客。而他，一次都没有跟张总应酬过。他甚至一度很失落。

张总没有被他突如其来的质问吓到，而是缓慢地从文件堆中抬起头，匪夷所思地看了他一会儿。

"我是说……张总，您确定叫我和丽丽陪刘总吃饭吗？我不会喝酒啊……"他有些羞愧。

"对啊，有问题吗?"张总问。

"没……没问题……"他的声音越来越小，而旁边的丽丽已经厌倦了，推门走了出去。

## 3

"听说你和遥哥去吃龙虾了，龙虾好吃吗?"在张总的车上，丽丽没话找话说。

他听见这话，有些恼怒。正因为他们不愿带他去玩桌游，他才不得不跟遥哥去吃龙虾。而这次经历对他来讲并不美好，甚至有些恐怖。"嗯……不错，我觉得，挺好吃……"又因为他实在忘了龙虾的味道，只能这样敷衍。

没想到，丽丽的问题引起了张总的兴趣，平时沉默寡言的张总突然侃侃而谈起来："说起龙虾，我认为，最好吃的是波龙，肉质细滑，含有极高蛋白，是营养又美味的食物。烹饪龙虾的门槛是很高的，因为运输以及处理龙虾的方法要十分专业，以防它死亡。龙虾死了，肉不仅不好吃了，还可能有毒呢。吃龙虾，一定要吃那只最新鲜、最美貌的龙虾。一只断腿或断须的龙虾不但不好看，食用起来也很危险，因为这很有可能是处理不当导致的。这种处理不当的龙虾会产生高度紧张感，不仅肉质不好，还很有可能产生毒素，让食客生病甚至死亡。所以，吃龙虾是很有讲究的，这世界上真正懂吃龙虾的人少之又少……"

张总滔滔不绝地发表观点，丽丽在旁不停附和，而他却忍不住胡思乱想起来。这里有一个漏洞，张总认为处于平和状态的龙虾最好吃，饭馆老板却认为刺激龙虾会让其产生恐惧感，从而使口感更加独特美妙。这两个人，谁对谁错，一时很难说清……他痛苦地闭上眼，让饭馆老板那张圆脸和张总的瘦脸轮番在脑海中盘旋。然后他发现，这是两个行家里手的对决，很难分胜负。况且此刻，汹涌的感觉再次在他胃里作怪，让他无法专心思考这个问题。也许是早上的油条不新鲜，也许是司机开车不太稳，他感觉胃里有个螺旋桨，正把胃液和食物残渣搅浑在一起，这种感觉让他苦不堪言。就在他挣扎着想摇开车窗获得一些新鲜空气时，车子突然停了下来，他一眼就看到了刘总。

刘总挺着肚子站在一栋建筑门口，身边站了十来个年轻人。毫无疑问，这些年轻人是刘总的跟班，有着几乎一样的笑容。

"张总，好久不见！别来无恙？知道我爱吃羊肉，特地约在这里，劳你费心啦！"刘总冲过来，热情地与他们每个人握手。他才发现，刘总身后的建筑有些不同寻常。表面看起来，它与一般的豪华饭店无异，只是牌匾上写着：喜洋洋大耳羊饲养体验基地。而在建筑前面的小广场上，竟圈出了一块地方，养了两只羊。这是两只棕色的羊，体型像小马驹，有着蒲扇形状的耳朵和弯弯的角。此时，这两只温顺的羊正跪在地上悠闲地吃草呢。

一位穿着旗袍的婀娜女子走出来，向各位欠了一下身，笑着说道："各位领导好，我是今天为你们服务的导游，欢迎来到喜洋洋大耳羊饲养体验基地，请各位随我来。"说完，女人打开门，扭着腰走进去了。刘总见还有这等节目，心花怒放，与张总谦让了几番，一同走进门去，他和丽丽紧随其后，后面跟着浩浩荡荡的刘总的随行部队。

这是一个浩大的展览厅，中间有一块空地，站着几只大耳羊的雕塑。他们跟随导游来到第一个展区：大耳羊的历史与饲养状况。他抬头看去，只见墙上挂着大耳羊的照片和文字介绍，同时，导游柔和的声音缓缓飘来，让他觉得身处云端。这里有股腥味儿，不知从何而来，如此强烈，令他头昏脑涨。他看看四周，想从别人脸上找寻异样的表情，最终发现或许只有他自己能闻到这股味儿，或者说这腥味儿只存在于他的脑海。霎时间，在腥味儿的作用下，在他的眼中，人群变成乌云，刘总则是打头最黑亮的那朵。他随乌云缓慢前行，发现刘总这朵领头云一直在偷看导游的屁股。他觉得很恶心，却禁不住诱惑，与刘总一同观赏导游曼妙的臀部……突然，有人狠狠拍了他一下，他惊愕地转过头，发现丽丽正气恼地盯着他。他连忙收回放肆的目光，紧紧跟上张总，准备进入下一环节。介绍完大耳羊的概况，他们来到一个大屏幕面前，那里正放着一段温馨的录像：十来只大耳羊在草地上，有的轻快奔跑，有的低头吃草，有几只羊依偎在一起，像是在低语，有两只体型稍小的羊在打闹……镜头一转，在干草堆上，一只成年大耳羊跪卧着，身边簇拥着五只小羊。小羊们低着头，使劲朝成年羊的腹部拱着，显见，这只成年羊正在给它的孩子们喂奶……他觉得这些画面十分温馨，身上流淌着一股暖意，不觉露出微笑……突然，镜头一转，出现了几个穿着白大褂的中年男子，他们站在羊圈外，用一种可以说得上慈爱的眼神看着圈里的几只羊。其中，一个戴着眼镜、显见是领导的男子伸出手，试图抚摸一只大耳羊的后背……

"我们采用科学的饲养方法，适当利用饲料添加剂，每年打两次预防针，定期除虫，保证大耳羊的健康……"导游娓娓道来，其他人都认真倾听。他突然觉得茫然，仿佛自己正是圈里那只被抚摸的羊。

然后，他突然发神经了，四处寻找丽丽的身影。这姑娘没有跟在张总身边，而张总就像粘住了刘总一样，刘总的目光又像粘住了导游一样。然而，丽丽不在这里，不在刘总、张总、导游的身边。她失职了！他突然回头，发现丽丽隐匿在刘总的跟班中间，正和一个高个男孩儿谈笑。丽丽白净的小脸儿上浮现出少女的羞涩，这让他想起刚谈恋爱时的女友。他没好气地穿进跟班中间，拉着丽丽，快步走向张总，想用粗暴的行为告诉丽丽：这才是你该待的地方！丽丽做出一副莫名其妙的表情，小声说了句"神经病"。这话刺激到了他，让一些本不该出现的词句蹦了出来："我根本不想去吃龙虾，是因为你们不带我去玩儿桌游，我才不得不跟遥哥去吃龙虾，说到底，这是你们的错！"说完这话，连他自己都觉得惊讶，更不消说丽丽。"天啊！"丽丽突然失声尖叫，眼神越过他，投向远处。

"大耳羊肉质鲜美，营养丰富，是壮阳的佳品。其中，羊肝、羊肺、羊奶、羊骨、羊血，都是非常优质的食材以及药材。"导游的声音温柔甜美，仿佛在诉说一个睡前故事。

随之而来的是一个十分可怕的画面：墙上挂着介绍羊肝、羊肺、羊奶等的照片与文字。照片十分具体，毫不掩饰，就那样真实地展现了大耳羊肝脏的模样。那是一些血肉模糊的器官，是从死去不久的，或者正在死去的大耳羊体内掏出来的，血液鲜红，形状鼓胀，一看就是新鲜的，是几乎还在跳动的器官。当然，煮熟的肝脏图片也赫赫在目，那已是一盘盘菜了：肝脏变成铅灰色，躺在盘子上、肉汤里，旁边放着蒜泥蘸料，周围有羊棒骨、烤羊肉、羊酸奶作为陪伴。肝脏已经失去生气，变成一块铁，让人难以想象在几个小时前，它们还满怀热血，从湿淋淋的肉体里被拿出，就像一块硕大的红宝石。当然，即便新鲜肝脏的形象十分动人，它也拥有着某种可怕的暗示。一片空旷的恐惧像波浪一样向他袭来，他的体内仿佛有什么东西呼之欲出。

显见，这种感觉归他独有，其他人依旧淡定地听着导游的讲解，平静地看着那些血腥的照片。在他们之间，最游刃有余的是刘总。刘总的跟班们也许是淡漠，是习以为常，但刘总绝对可用亢奋两字来形容了。那两只嵌在胖脸里的小眼睛放射着贪婪的光芒，盯着那颗血汪汪的肺，边咂着嘴，边小声嘟囔："好啊，真新鲜，羊杂好吃啊，我们一会儿能吃到吧？""当然刘总，一会儿就有新鲜的羊杂奉上，是现宰的大耳羊呢。"导游殷勤地回答。然后他发现，他有点搞不懂丽丽了。这姑娘刚才还一副惊恐的样子，此刻却换上一张与刘总相似的兴奋面孔。

"羊血，具有大量蛋白质，有去血化瘀之功效。常用于外伤出血、跌打损伤、产后出血等，有古书记载：生饮止诸血，解诸毒。熟食但止血，患肠风痔血者宜之……"

这是最后一张照片了，一锅鲜羊血，平整光洁，像一面红色的镜子。不得不说，这张照片有种诡异而华丽的美感，像是那种在欧洲吸血鬼电影里才会出现的绝美画面。而他看了这些颇为直白的血腥照片，听了许多导游耐心而详细的解说词，早已麻木了。乃至于最后一个场景出现在他眼前时，他竟没有太惊讶，反而觉得顺理成章。只见导游讲完羊血，将人们带到一个透明橱窗前站定。这时候，他觉得导游有了一种变化。之前，她是个殷勤备至、柔情似水的女人，而现在，她竟有了层神秘的色彩，那是一种亦正亦邪的魔幻光芒。

"大家请看，这是我们的顶级宰羊师傅，张师傅。而这，就是早上还活蹦乱跳，现在已成为新鲜食材的第1325号大耳羊!"导游哗地举起一只胳膊，伸向玻璃橱窗，露出胜利的微笑。

为了看这最后一场好戏，人们纷纷踮起脚尖，向前拥挤。一时间，人头攒动，摩肩接踵，人们像是看到米粒的蚂蚁，争相奔向自以为的终点。他被人群挤得重心不稳，差点跌倒，只得向后趔趄了几步，逃离人群，到达空地，才把身体放稳。他还在想，哪儿来的这么多人呢？仿佛只是一瞬间，许多隐藏人物就被羊肉的腥膻味吸引，从角落里蹿出来似的。只见他前面一片黑压压的人墙，像一排浓稠的波浪，阻住了他的视线。幸好他长得高，才能在偶尔的间隙中瞥见橱窗里的内容：一大块红白相间的肉在黑色的人群中若隐若现。原来，这是一块巨大的羊肋排，来自一只体型庞大的大耳羊！而所谓的张师傅呢，便是那个站在肉旁，把刀在磨刀石上刮得噌噌响的中年男人。这时，不知道导游说了句什么，人群疏散开了。人们向别处走去，叽叽喳喳的议论声不绝于耳。他松了口气，跟着队伍前进。路过橱窗时，他真切地看到了那块修长庞大的肋排，像是一件精雕细琢的粉红色的工艺品。张师傅停止磨刀，贪婪地看着他走近，再目送他走远，那表情就像垂涎一块上好的肉。

"小陈啊，听说你们前几天去外地团建啦，龙虾好吃不？"刘总突然在饭桌上说出这么句话，他听得一愣，汹涌的呕吐欲随之而来。

刚才，他们随导游七拐八拐进入一个包间，其中放着圆形的巨大餐桌。刘总气定神闲地坐上主位，张总坐在一侧，导游则坐在另一侧。然后，他同丽丽、跟班们一起坐下，觉得耳边嗡嗡直响，红白交映的画面不时蹿到他眼前。他听不清大家聊了什么，似乎过了很长时间，凉菜上齐了，热菜也上了几道，突兀的话语就这么从刘总嘴里冒了出来。

"去海边城市当然要吃龙虾，不是吗？"刘总继续追问。

可是他说不出话来。他有一个可怕的预想：只要一张嘴，就会吐出来。况且他实在忘了龙虾的味道，为什么每个人都要问他龙虾的味道？他瘪起嘴，酱紫着脸，甚至不自觉皱起眉头。然后——等他终于反应过来了——他抬起头，看到张总正狠狠地瞪着他。他连忙羞愧地低下头。

　　幸好，门在这时被推开，手捧托盘的服务员救了他。只见托盘上放着一个巨大的白色陶瓷罐子，服务员站得笔直，像士兵一样，神情严肃，目视前方。导游连忙起身，飘到服务员身旁，声情并茂地说道："各位领导，各位老师，久等了！这便是由第1325号大耳羊棒骨熬制的新鲜羊汤，请大家观看！"导游呼啦一下掀开罐子，白色蒸汽直冲天花板，导游与服务员的脸瞬时隐匿在烟雾缭绕中。

　　刘总放声大笑，眼睛开心地眯成一条缝，脸上的横肉挤在一起。他觉得此时的刘总像一只蛤蟆，正贪婪地望着唾手可得的蝇虫。不幸的是，他正巧坐在上菜口，于是刘总的目光追随着导游，绕了个圈，落在他的附近，这让他有种"刘总正在贪婪地望着自己"的错觉。有了这种不好的幻觉，接下来的事情就麻烦多了。不一会儿，陶瓷罐稳稳地坐在了他的手边，他甚至感到热气正烧烤他的手臂。服务员恭恭敬敬站在一侧，导游则开始一碗碗地盛汤。这时，所有人都看向他这边，导致他不得不尴尬地看向导游。更尴尬的是，导游的屁股只离他几厘米远，他十分想把椅子往旁边挪挪，却动弹不得。他只得把目光往里移了移，放在导游摆弄汤勺的灵巧的手上。这一看不得了，他才发现，那是一个比女人的臀部还有震慑力的画面：在几乎散尽的淡薄白烟中，雪白色的湖泊露出真容，那是一汪闪着油花儿的宁静水面，几根骨头棒子若隐若现……

"刘总，快喝汤吧，不然汤凉了。"等他反应过来，导游已捧着一碗汤回到刘总身边了。他觉得刘总的脸很像那汪闪着油花儿的被搅乱的湖面。然后，呕吐欲再度到来，这次极为强烈，他不得不用纸巾掩住口鼻。

一定是闻久了过于油腻的羊汤，才导致他呕吐欲旺盛。可是现在，旁边空了的陶瓷罐里不再飘出羊膻味儿，眼前却出现了比之更油腻的画面：刘总用手掌托住碗，把拇指插进汤里，夸张地吸溜了一大口。油花儿留在刘总嘴边，他并不擦，还顺道用沾了汤水的拇指捏了导游的脸。在混乱的场景中，导游扭捏了一番，顺势坐得离刘总更近了。其他人就像没看见这出好戏一样，吸溜汤的声音此起彼伏，每人的嘴唇上都留下油亮的印记，零碎的羊肉、羊皮、羊油游荡在人们口中。那股腥臭味儿又出现了，比之前更为强烈，人们却毫不在意，还以为那是羊汤的香甜气息。

他不得不用纸巾死掩着口鼻。他甚至不能看面前的羊汤，或者一切与油与肉相关的东西。只要看一眼，他就会吐出来。

然而，命运就像诚心跟他作对一样。就在他憋得万分辛苦，盘算着是否要到厕所呕吐一番时，门再次被推开，还是那个士兵一样的服务员，端着一个比刚才大两倍的银色托盘，严肃地走进来。只听满屋喝彩，人们睁着闪亮的眼睛，纷纷看向他的后方。他看见张总枯瘦的脸上竟有了丝光彩，丽丽也比平时更为妩媚动人。他还发现，刘总的跟班们长得都不赖，他们年轻，漂亮，就像他的年轻同事们一样。

出于好奇，他转过身来，看见了银色托盘中盛放的巨物，那是一只焦糖色的烤羊腿。肉质最丰厚的大腿处被划了三道口子，整个羊腿涂满了烧烤酱、孜然、辣椒粉。那只腿如此巨大，即便它已经被迫与躯体分离，也呈现出不可一世的傲人姿态。

渐渐地，他看傻了，纸巾从口与手之间坠落下来，烤焦的第1325号大耳羊腿腐败的气息直冲鼻腔，还没等他反应过来，胃就率先接受了大脑的信号，早上吃的油条与粥混作一团，裹上酸气，顺着食管直达喉头，经过口腔，落到地上。他持续不断地呕吐，甚至无法顾及周围发生了什么。

等他终于停止了呕吐，虚弱地直起身子，首先就看见了刘总厌恶的眼神。四周一片寂静，他慌了，连忙看向张总，祈求张总的帮助。只是，当他看见张总的脸时，他便知道他已无法依靠张总了，因为张总看起来比他还要可怜。那是一张多么绝望的脸啊！就像是待被宰杀的羔羊。也许第1325号大耳羊在临死之前就是这样一副表情。

## 4

他不知道女友在不在家——她不用坐班，工作时间随机——但为了保险起见，他还是不嫌重地提着东西在楼下转了几圈。几次路过家所在的那栋楼，他朝上看去，只见窗户紧闭，窗帘束在两侧，窗前没有人影闪现。他仔细看了又看，看不出个名堂，于是把目光落到荫凉处的石椅上。天气实在太热了，树荫的清凉吸引着他，让他不自觉地向那边走去。可是马上，几双诡异的目光竖起屏障，将他挡住——那是乘凉的大爷大妈正好奇地盯着他呢。他只得转身离开，灰溜溜逃进楼道，把东西放在地上，想暂且休息一下。

楼道里的阴凉让他冷静了许多，他认真回忆起刚才的情景来：他在众目睽睽之下呕吐之后，刘总愤怒地拂袖而去，张总当场把他开除了。他甚至没来得及向各位道歉，甚至没有对丽丽道别，便慌忙逃回公司。他在工位上悄悄收拾东西，想神不知鬼不觉地赶紧离开。其实他不必如此小心，因为根本没人注意他，就算他诚心弄出动静来，恐怕也没人对他感兴趣。于是，他就在这喧闹的办公图景中，可怜巴巴地收清了桌面，其间只有遥哥向他投来疑惑的目光，可是他并不愿跟遥哥交谈，他甚至有些惧怕遥哥。就这样，他提着两个大袋子，像一位远行的旅人，恋恋不舍地看了眼空荡荡的工位，离开了……

他在楼道里点上支烟，吸了起来。在烟雾缭绕中，他有了思路：被开除已是定局，他无法在短时间内改变失业的命运。所以，女友在不在家，于他来讲区别不大。因为他不想撒谎，或者说他没精力去撒谎。况且，他只是现在没工作而已，不代表以后他不会找到更好的工作。他现在买不起房子，不代表以后就一定买不起……他破罐破摔般想清了这些事，觉得在楼道里多待无益，还是上去为好，况且他已经十分疲惫饥饿了。

他怀着破釜沉舟的心态迈进家里，迎接他的是空荡荡的客厅。出于一种本能，他轻轻地把袋子放在门口，踮起脚尖，像一只偷腥的猫儿向卧室走去。马上，他就觉得自己很滑稽。因为他怀着蹑手蹑脚吓女友一跳的古怪想法，可女友显见不在家。当他刚想松一口气时，却突然发现，事情并不简单。这个发现吓了他一跳，因为他分明听到了一些轻微的响动。他驻足聆听了半晌，确定这声响来自卧室。有贼！当这个念头出现时，他吓得魂飞魄散。长这么大，他还没经历过如此惊险的事。就在他试图迈开发抖的腿，想去厨房找件武器时，一个声音让他平静下来。

"陈?"这是女友的声音。

听到这个令人安心的声音，他长舒一口气，差点瘫倒在地。可是不对——他又机警起来——女友在卧室里干什么呢？卧室开着门，里面黑乎乎的，到底有什么鬼？他又紧张起来，担心女友正和歹徒共处一室。可是刚才女友的声音里完全没有恐惧的感觉。相反，她的声音听起来很愉悦，仿佛刚经历了一件美好的事。

"陈，我知道是你。刚才你开门进来，我们听见了。"女友愉悦的声音再次飘来。

他慢慢挪向卧室门口，探过头，心里还在思索女友说的"我们"是什么意思。他看见女友穿一件白色长款衬衫站在门口不远处，隐约的光亮盖在她身上，让他能基本看清她的样子。他觉得今天的女友有些不同寻常，那样子很慵懒，可更多的是性感。她下身什么也没穿，两条光洁的美腿显得很突兀。他似乎很久没见过这双腿了。平时在家，女友总是穿着宽松的睡衣，把身材隐没在布料里。即便偶尔做爱，他们也关着灯。今天到底是怎么了，让女友有如此兴致，做出这种随意中带着致命吸引的装扮？虽说他心里怀着不祥的预感，但是好奇占了上风。他不顾女友严厉的眼神，上前几步，探着身子，使劲往里看。他隐约看见一团黑影蜷缩在床上，像一块黑色的岩石。这时，女友淡定地从他身边走过，对他说："来吧，陈，我们到客厅里聊。"

他有些失落，跟着女友走到客厅，两人坐在沙发上。他才发现，女友不仅穿了真丝衬衫，展现着难得一见的美腿，竟还化了妆。那张白扑扑的脸蛋上涂着腮红，这让他觉得很奇怪，甚至有一个恐怖的疑惑：这似乎不是他的女朋友，这间房子也不是他们同居的住所。他在这种懵懂的情绪中，神游般把目光从女友的嘴唇，移到女友的大腿，再到脚，再移回嘴唇。那张涂着粉色口红的嘴唇一张一合，从里面发出声音：

"陈，卧室里是我同事，小李。不过他现在没穿衣服，先不介绍你们认识了，以后有机会吧。"

然后是很长一段时间的沉默。他把双肘支在大腿上，佝着背，像一只把脑袋插进悔恨空气中的鸵鸟。而女友呢——他的余光告诉他——正悠闲地端详自己新涂的红指甲呢。不知怎么，越静默，他越感到一种难以自持的愧疚，仿佛被抓奸在床的是他自己。可事实上，情况恰恰相反：他先是被恶毒地炒了鱿鱼，又莫名其妙被戴了绿帽子，他可谓是名副其实的受害者。然而，这种想法不但没能让他好受些，反而加剧了他的愧疚。

这时，女友打破沉默："恕我直言，这事儿有点傻。"

近年来，他头一次感到与女友如此有共鸣。不过，这并不能说明他与女友突然有了久违的默契，只是因为这件事匪夷所思到所有人都不得不有共鸣的地步。他，一位刚被开除的倒霉鬼，落魄地回到家中，恰巧看到一个陌生男子躺在他的床上，意欲取代他的位置！当然，匪夷所思的不是有这样一个男子想要取代他的位置，而是这事儿正巧被他看见了，这种巧合简直让他咋舌。就在他心怀感动，想要说些什么附和女友的时候，一件可怕的事情发生了，只见女友突然把头转向门口，直勾勾地看着那两个大袋子。

他弓起身子，屁股微微离开沙发，做着冲过去把袋子销毁的打算。显然，失业这件事比撞见女友出轨还要让他难堪。幸好，女友皱着眉头看了会儿袋子，便把目光移回到他脸上，有些烦躁地说：

"我是说，你这么多年还攒不到房子的首付这件事，确实有点傻。"

听女友这么说，他舒了口气。

"陈，我等了你很久，真是等累了。"女友的声音听起来很疲惫，"说实话，我都不知道是否还爱你。"

瞬间，一种无法抑制的悲伤击垮了他，他缩着身子，低着头，恨不得钻进沙发与地板之间的空隙里。这是一段难挨的沉默时光，他不敢抬头看女友的脸，因为他十分害怕那张脸上挂着泪痕。果真如此的话，他会顷刻间心软，马上把女友搂在怀里的。当然，这一切也许只是他的幻想，因为女友其实是个挺无情的人。尤其在这种情况下（卧室里还有一个人呢），女友果真哭了的话，那真有点滑稽了——抱着侥幸心理，他朝女友看去，发现女友正盯着茶几上一个粉色的小铃铛看，那是五年前，他们一起去泰国玩时买的。五年过去了，铃铛坐在客厅的茶几上，没经历风吹雨打，却显得如此衰老与颓丧。

"陈，我们分手吧。"女友的声音突然出现，把他从对铃铛的追思中拽了出来。

这个结局终于来到了，他早知会如此，却仍然控制不住地难过。更让他绝望的是，女友竟真的低下头，缩着肩，颤抖双腿，像一株蔫儿了的植物那样抽泣起来。他慌了神，一种久违的柔情蜜意涌上心头。他多想握住女友的肩，就这样把她拥入怀里，轻轻抚摸她的头发，柔声对她说：好了宝宝，我在呢……就像很久之前那样，他们争吵是因为太相爱。也许他能找回从前的感觉，也许应该拽拽女友的衣角，然后女友就会像只小壁虎一样爬过来，蜷缩在他怀里。他们会难舍难分，忘掉刚才的蠢话，让一切回到最初，他甚至忘了卧室里那个瘟神一般的存在……

显见，他想忘了卧室里那块礁石，女友却忘不了。马上，女友便从悲伤的情绪中解脱出来，换上不屑的表情，说道："反正，房子马上要到期了，手是必须分的，除非你买房，但我想你没这个能力。"

这盆冷水浇得他透心凉，使他立刻抛弃了对女友那恍惚而美好的怜悯与爱。

　　然而，女友仍不满意。她机敏地环视一周，迅速把目光定格在门口，像发现新大陆一般兴奋地扬起眉毛，胸有成竹地说："看！我没说错吧，你确实没这个能力，因为你恐怕已经被开除啦！"

　　他听到女友一针见血的判断，吓得魂不附体，只想一走了之。其实，他只要冷静一些，便可以随便找个借口把女友糊弄过去。他可以说公司正在装修，或者说这些办公用品是老板给的福利，或者干脆说这是一个离职的同事留下的东西。总之，理由多种多样，足以让他安心度过这段倒霉期。可是，现在的情况有些复杂，女友不仅毫不留情指出了他的现状，还拉来另一个人一同来嘲弄他。当然，即便他骗过女友，也是毫无意义的，因为他确实是失业了，工作不会因为他编了巧妙的谎话就自动回到他身边。而且马上，他就发现这一系列的思量于他来讲都没意义了，因为那个男人刚才还在卧室里，扮演一块黑色礁石，现在突然衣冠楚楚地站在他面前了。

　　男人穿了件笔挺的衬衫，一条深灰色西裤，一双油光锃亮的皮鞋。这是一个白净的男人，戴一副黑框眼镜，有些拘谨羞涩。他看起来比女友小很多，也许是女友带的实习生。现在，女友跷着腿，双臂搭在沙发扶手上，一副不可一世的样子，而那个男人则站在一旁，垂着手，就像女友的随从。他坐在他们面前，有种被审判的感觉。突然，男人走过来，坐在他身旁，温柔地说：

　　"陈先生，久闻大名，叫我小李就行。"

"你好……"他有些心虚，不知如何接话。

女友见状，马上说道："既然已经见面了，那就好好介绍一下吧。小李是我们公司新聘的设计师。陈……是我的……前男友，现在没有工作。"女友沉默了两秒钟，又嘟囔了一句，"我说得对吗，陈?"

他哑口无言，只听小李继续说道："陈先生，我知道您之前在一家咨询公司工作，那是份苦差事，您坚持了这么多年，值得敬佩。但对于您辞职的决定，我表示理解，人嘛，总该为自己活一回。"

这时，他发现了一个契机。他可以顺着小李的话说下去：工作是他主动放弃的，因为毫无前途，因为他想为自己和女友的将来好好规划一下。当然，不是说他辞职就一定能满足女友的要求，但起码要表明观点，这是宣示主权的一种方式。因为这个男人像块豆腐一样横在他与女友中间，毫不费力便抢走了属于他的一切，他感到难以忍受。尤其是刚才，女友未征得他同意就把他称为前男友，这是对他极大的不尊重。好不容易，他那被压抑得几乎无影无踪的怒火有了爆发的苗头。在经历了今天一系列闹剧之后，他头一次感到愤怒难耐，这让他亢奋。因为他发现，很多年都未曾有过这么刺激的愤怒感觉了。他甚至想了无数种狠毒的话语，想把面前二人好好痛骂一顿。只是不知怎么的，那些词盘桓在嘴里，就是吐不出来……

"对，我们支持你的决定，但也请你支持我们的。"女友无视他气得发紫的脸，继续说。

"如果有任何需要，都可以找我们，我们会尽可能帮助您。"小李双手交叉，像一个正在推销无用商品的真诚的业务员。

然后，女友马上说道："当然，我们会尽所能帮助你，但是现在，我们也有个忙需要你的帮助——"

接下来是小李说："那就是，请尽快从我们的房子里搬出去。"

然后女友说道："我知道这对你来说很难，但也请你体谅一下我们。"

小李又说道："实在抱歉陈先生，我们必须这么做，请您谅解。"

…………

他觉得天旋地转，肮脏的词语在他口中旋转了一会儿，又被他咽下去了。他突然发觉，自己永远不是这两人的对手。这个发现让他十分绝望，让他好像掉进一个永不见底的洞穴，与他相伴的只有永不停歇的失重感觉。他不得不与黑暗结伴，永远迷失在这场没有结局的浩劫中。

之后到底发生了什么？女友见他不说话，不耐烦地站起身，晃着洁白的双腿，开始为他收拾行李，而小李则一直坐在他身边，把一只手悬在半空，又落下，然后又悬起，最终也没有放在他的肩上。小李非常想安慰他——这他知道——小李恨不得将他的头按在自己胸前，搂着他痛哭一场。可他最后的自尊告诉他，坚决不能如小李的愿。当然，他也不会如女友的愿。他不会把这个屋子里属于他的东西带走，一件都不会。尽管这里他的东西少得可怜，可是他要把它们留在这儿。他要让它们永远停留在女友的生活中，如一块肮脏的痕迹。他要面带微笑地走出这里，仿佛打了一场胜仗。

但很快，他便泄气了，这源于一条微信，是他母亲发的：

陈，你爸住院了，情况紧急，速回。

他按掉手机，转过身子，看着那个粉色的小铃铛发呆。

5

他斜靠在座位上，看着灰蒙蒙的景色在车窗外急速后退。偶尔，列车驶进一条隧道，骇人的漆黑笼罩住所有，车厢内嘈杂的声音却更为强烈，好像这些喧哗声是从黑暗吸收养分的。因为黑暗无处不在，混乱的声音也永远不会结束——这让他十分烦躁。

他蜷缩在座椅上，闭上眼睛，决定好好想想自己是怎么沦落到这步田地的。刚毕业时，他凭借不错的学历与惊人的运气，即刻得到一家大企业的实习机会，并顺利留了下来。他工作了两年，生活平静而幸福。可他禁不起旁人的怂恿，跳槽到了这家小公司——也许是这步走错了，如果他继续留在大公司，或许早已是高管。可也不尽然，因为他刚来这家公司时也风光过好一阵：那时他颇受重用，是当时总经理的心腹，还有一个如花似玉又能干的女朋友，生活可谓人人艳羡……他确实要比同龄人幸运很多，那么转折出现在哪里呢？也许是赏识他的总经理离职，来了扑克脸张经理……可也不对，张经理是来了，但也没刁难他，他还是过了一段好日子的……那么到底是从什么时候起，他开始被年轻同事排挤，女友也开始对他提各种要求的呢……

他觉得生活是在不知不觉中对他张开阴险缺口的，等他反应过来时，那个缺口已变成巨大的火山口，正冒出一些危险又恐怖的不明烟雾。这一切到底是怎么变成这样的呢？仿佛随着岁月流逝，华丽的表象逐渐褪去，骇人的骨骼露了出来。也许这里一直有一个关节，这是个善于伪装自己的机关，充满诡辩似的寓意。生活是一环套一环的，没有之前的细小堆积，就不会有如今的惊天巨变。

当然，他是存着一丝侥幸心理的。如果人生是一场游戏的话，那么一定是存在通关攻略的，只是他愚蠢，没找到罢了。或许宇宙的皱褶中藏着一个秘密，是可以让他结束一切混乱的解药，他只需领悟其核心，就能把生活重新推回顺风顺水的轨道。当然，他现在不知如何应对也许是因为没时间思考。比如现在，他哪有精力去想这个精准的人生真理呢？他可怜的老父亲正在医院等着他。

他下了火车，奋力在人群中穿梭，只想快点赶到医院。他确信，现在的自己一定像个怪物。他昨晚找了间宾馆凑合了一晚，凌晨便前往高铁站，坐了一天高铁，蓬头垢面，没心思吃饭，样子一定沧桑得吓人。现在，他这只红眼睛怪物正莽撞地冲向医院楼道尽头，准备冲进妈妈的怀里呢。

"陈啊，你可算来了，我等了你好久啊……"他的妈妈晃着身子哭喊着。

他连忙抱住妈妈，安慰她，想让她止住哭泣。等他和她都稍微安定下来，他一回头，发现这个角落里还真坐了不少人。那是他老家的亲戚们，全都灰头土脸地坐在椅子上，用茫然的目光注视着他们。他赶紧把妈妈拉得远了些，想让那些目光的威力尽可能小一点。他甚至觉得那些亲戚像是饿了好几天的老虎，只要时机成熟，他们便会向他扑来。

"陈，你爸爸太可怜了，抢救半天，差点没救过来……"说起这些话，妈妈又哭了起来，他连忙劝慰。

"还好，你回来了，你爸也好多了……"妈妈边流泪，边用手温柔地摩挲着他的脸，这让他有些尴尬。为了不让妈妈察觉他现在过得很不好，他连忙转移话题，问道："妈，爸到底是什么病啊？"

"跟你说过了，食物中毒，不让他瞎吃海鲜，他非得吃……你说他这人，怎么就管不住自己的嘴呢？上次你王阿姨拿来一箱李子，他也是这样……"

善良的母亲打开了话匣子，把幽怨的话语一股脑倒在他身上。他倒不是烦恼妈妈抱怨，相反，这些无关痛痒的家长里短让他觉得温馨，让他巴不得竖着耳朵多听一会儿。可是现在不比平常，他的父亲还躺在病床上。况且，妈妈虽然大致透露了事情的来龙去脉，却没有说一些关键性的问题，比如说：父亲的病症具体严重到什么程度？之后怎么恢复？能不能恢复到原来？这些都亟待解决……于是，他鼓足勇气，像个不孝子一样粗鲁地打断母亲的话。其实他想把这句话问得轻柔一些，可不知怎的，话一出口就成了严厉的质问：

"妈！你别说那些没用的了，医生到底是怎么说的啊?!"

也许是没见过儿子这么暴躁，可怜的妈妈吓了一跳，她的嘴唇颤动着，眼睛里泛着泪花，反复在儿子脸上搜索，试图找到曾经的温顺和软弱。可是——不知是不是儿子在大城市生活得太辛苦了——曾经的温柔气质在儿子身上荡然无存，取而代之的是麻木与冷漠。她不知不觉看呆了，反复思考着一个问题：儿子是怎么变成这副模样的呢？而他呢，自知突如其来的怒气吓坏了母亲，心里正懊悔不堪。而他越懊恼，眉头就皱得越紧。于是在旁人看来，这个不孝的男人无故发火，吓坏了母亲不说，样子还越来越狰狞，甚至马上就可能对年迈的母亲动手了。他甚至听到了从亲戚们那里传来的轻蔑的啧啧声，犹如腐朽的木门反复开关时发出的声音。幸好，一个沙哑的声音救了他：

"小陈……是你吗……快进来……"

声音从病房里传出，瞬间把凝滞的空气打破。他感到轻松了许多，快步走进病房。

他看到父亲躺在角落的病床上，吃力地朝他伸出一只手。他一阵心酸，走到父亲身旁，眼泪差点掉下来。

父亲花白的头发蓬乱，脸庞瘦削了许多，长短不同的沟壑刻在眼角、脸颊、下颌处，使这张脸看起来像一块风干的土地。父亲颤巍巍地举起一只插着针管的手，试图抓住他的衣角。可是父亲实在太虚弱，太劳累了，在尝试了几番后，最终作罢，老实地把手重新放回被子里。他觉得父亲老了许多，老得几乎成了一个干瘪的核桃，他不知这种衰老是源于生病，还是父亲早已悄无声息地变老了。他已经三年没回家了。三年的时间让一个风骨犹存的中年男人，变成了风烛残年的老人，这是多么可怕的事。现在，父亲穿着雪白的病号服，身上盖着雪白的被子，显得异常单薄与可怜，好像下一秒就要变成一副骷髅了。……总之，这一切让他觉得有些滑稽，仿佛这场景他在哪里见过。

"陈啊，你爸岁数大了，哪儿经得起这么折腾啊……"母亲不知何时站到了他的身后，抓着他的手臂，抽抽搭搭地说："昨天洗了几次胃，受了半天折磨，今天可算好点了。可是你说，这会不会落下病根啊……"

他怔怔地盯着父亲的输液瓶，努力阻挡着波涛汹涌的感觉从喉咙溢出。与此同时，母亲开始了新一轮的抱怨，父亲则眼眶发红，可怜巴巴地望着他。可是他没精力关注这些，因为他吃惊地发现，病房逐渐变成了另一副模样：

一张张苍白的病床变成了一个个雪白的托盘，床单则成了装盘用的花底纸。吊瓶仿佛在输送美味的调料，生命体征监测器其实是在监测温度。托盘（病床）上的内容丰富多彩，一个老女人侧身躺着，支起一条腿，仿佛一只独脚蟹，正跟她说话的女儿却像一只饱满的海兔子。而独脚蟹的邻居，那个年轻男子，根本就是一条壮硕的鱿鱼，此刻正在床上（托盘上）张牙舞爪地玩手机。而他的邻居则是小巧的海虹，正站在窗边，展示着少女优雅的身姿。对面，还有蚝和螺蛳，也都躺在属于自己的托盘上，悠闲地吐着泡。总之，这里根本是一场豪华的、没有偏见的海鲜大会。无论是年幼的海虹，还是衰老的蚝，都不得不待在托盘里，做着独属于自己的营生。

那么，他的父亲是什么呢？

…………

他疑惑地回过头来看父亲，想弄清父亲是什么生物。当他看见那幅场景时，不详的电流从脚底传到头顶，一颗颗汗珠从他脸颊两侧流淌下来，洇湿了脖颈。他瞪大眼睛，捂住嘴，差点叫出来。那场面太过震撼，让他不得不转过头，把目光放在"小海虹"身上略作休息。可他的心脏却如疾速行走的士兵部队，正一跳一跳地顶撞胸腔，试图冲出骨肉，跳到地板上起舞呢。

母亲看出了他的异样，把脑袋凑到他肩旁，诧异地问："陈，你这是怎么了？"而母亲越是想看见他的脸，他就越恐惧，越闪躲。直到母亲围着他就像圆规一样转了个半圈，他终于累了，放弃了挣扎，站在原地不言不语。母亲则看到了他比医院床单还要惨白的脸。

"哎呀，陈啊，你这是怎么了？是不是不舒服啊？快跟妈说说。要不要去看医生啊？你要是再病了，妈可怎么办才好啊……"

一时间，嘈杂的声音充斥了病房。母亲不停地唠叨，父亲也加重了哼哼唧唧的声音，那些亲戚不知何时一拥而至，围在他身边，窃窃私语；病人家属们抱着看热闹的轻松心态，纷纷起身，指指点点；他甚至听到了隐约的歌声，好像是从海虹壳敞开的缝隙里传出的……他被这些可怕的声音围绕着，越来越无法控制。因为在他的听觉世界中，这些声音越来越混乱，越来越模糊，直到最后，它们全变成了统一的呲呲声。这持续不断的呲呲声于他来讲十分熟悉，可他却一时想不起在哪儿听过。

"陈啊……你快回去休息吧……坐了那么久的火车，身体都要垮了呀……"

他仿佛沉到海底，沉重的水压使他从现实中脱离出来，来到脑海中的幻影世界。在那里，一只长得像人的龙虾横躺在床上，通体水红色，身上插满管子，被劈成两半。旁边是如影随形的白烟，伴随着永恒的呲呲声。然后他突然想起来了，呲呲声是蒸汽的声音，他在滨海城市的小饭馆里听到过。

"陈啊，你快回家休息吧，不用担心，有我们呢。"

各种各样的声音撕破幻影，冲到他身边。那些声音变成无数只手，拉扯着他，拽着他。他被这些手带着走，路过独脚蟹和蚝，路过鱿鱼与海虹，路过螺蛳和海兔子，来到病房门口。突然——就像捅破了装满水的气球那样——现实世界中的一切开始具象。他才发现，那些手并不是声音组成的，而是些真正有血有肉的手。那些手属于他的亲戚们。此刻，两个男亲戚正一左一右架着他，试图把他扛出病房。那些女亲戚则紧紧簇拥着他，生怕他腿软摔倒。他就这样，麻木地被这些人引领到他们想让他去的地方。

然后——犹如挨了当头一棒——他突然清醒过来了。他挺直腰杆，稍一用力，挣脱开了亲戚们，掉转头，三步并作

两步朝父亲的病床走去。他心里有一股怒火，因为他突然看
到了这个枷锁，这是个无法逃脱的传承与延续，这些纹理早
已把他焊死在里面了，而他却像傻子一样，抱着侥幸的心态，
做着某天可以突破一切的美梦。

他颤抖着，紧贴父亲的病床，俯下身子，小声埋怨道：

"爸爸，您怎么能这样呢……我还以为您跟别人不一样
呢……"

一切停止了，所有幻象化作空气，静默充斥了整个病房。
亲戚们变成了林立的礁石，围着那个雪白的舞台。烟雾缭缭
升起……

孩子们

1

　　在蜗牛的甲壳上，她看见了海浪。褐色的皱褶是陷入低谷的海水，它们躲避太阳，就像蜻蜓躲避雨。海面上漂着珍珠，那是甲壳的斑点，或是晶莹的阳光。如果让思维沿着螺旋线条持续盘旋，那么很快就来到了海底。那里是深蓝色的，像深不见底的眼眸。圆弧连接着某个秘密，秘密是有形状的，是一条最奇特的斑纹。她眯起眼睛，不明白到底是秘密像种子那样涨破了肚子，开出藤蔓似的斑纹，还是斑纹分了叉，滋养着秘密……有一瞬间，世界向她张开了口……

　　她背着书包走下楼，看见周南坐在小区的石椅上，夸张地把两条腿分得很开，弯着腰，让胸脯尽可能贴着椅面，一只手在地上拨弄着什么。她环视四周，看见几个晨练的阿姨正站在不远处的健身园里，边心不在焉地压腿，边往他们这边看。她不愿让周南变成被人观赏的猴，于是快步走过去，拉着周南的胳膊说：

"你在这儿干什么？还不快去上学？"

周南慢慢抬起身子，回过头看着她，白净的脸上有种令人无法直视的灿烂。她熟悉周南这个样子，每当他看到心爱的东西时，就会呈现出这副蠢模样。他会使着劲，把眼睛眯成缝，再皱起鼻子，然后用力把嘴角咧开，发出"呵——呵——"的声音。他此刻的脸，就像是白瓷盘子上放了几个失败的黏土作品。而他本人则像一只天真无邪的哈巴狗。秋天的空气格外爽朗，金色的叶子与阳光在他们身上投射出代表希望的颜色，她看着周南，心里的花瓣纷纷坠落。

"你快来看啊，是珍珠。蜗牛身上有珍珠，还有海！"周南指着地，兴奋地对她叫喊。一滴鼻涕淌在周南的人中上，可他却毫不在意，甚至没用手擦一下。

她俯下身，朝周南指的方向看去。那里有一只蜗牛，一只挺漂亮的、有着乳白色壳子的蜗牛。她懵懂地看着。突然，刮起一阵秋风，远处传来树叶掉落的声音。太阳与蓝色的天空越来越远，她的周围充斥着静谧的气息。于是她看见了，周南说得没错，那确实不只是一只蜗牛，而是一片海。但也许，她的眼睛没那么明亮，看不清事物的本质。那也许是海浪，也许是山峰，或是有着麦田怪圈的田野，或是一处连神都懒得光顾的废弃的宫殿。

周南的世界令她眼花缭乱，不觉忘了时间。她觉得头有些疼，昨晚背的数学公式像士兵那样站立着，护卫她的大脑，遮住她的眼睛。于是，她再也看不到任何东西了，地上不过是一只普通的蜗牛。

　　家到学校需要步行二十分钟。尽管她明知快迟到了，却把步子放得很慢，她在等周南。周南就在她左前方五米远的地方低着头，缓慢地向前挪着步子。他在观察一些微小的东西，比如一片残缺的叶子，或一块小巧的石头。他观察得很仔细，时不时停下脚步，蹲下身子，把什么东西从地上捡起来放进口袋，再继续行走。现在七点半，早自习早已开始，班长正站在讲台上领读课文，老师一般不会这么早走进教室。还有时间，她边自我安慰，边麻木地看着喧嚣的街景：无数车辆在马路上排队、拥堵，它们有各种颜色，黑色、红色、绿色、黄色……然而马路是灰色的，天空是一种城市特有的灰蓝色，骑着自行车、电动车的人们穿着各式各样的衣服，像是轿车的缩小版，以一种奇妙的糖豆似的姿态在辅路上排队、拥堵。她看不见人们脸上的色彩，也听不见人们的声音，这个世界只有高昂的喇叭声以及车轱辘剐蹭地面发出的刺啦声。有一瞬间，眼前的景象变了一番模样。被机械、浓烟、玻璃统治的王国突然变成了积木的世界，模糊的边界消失了，取而代之的是明亮的色彩和干脆的线条。当然，这只是一瞬间的事。很快，真实世界再度回到她眼前，完好无损。她恍惚地向右看去，发现周南不见了。她吓了一跳，连忙加快脚步，可是便道上的拥堵程度不亚于马路。她躲闪着逆行的人，跌跌撞撞向前跑。终于，她在林荫道入口处看见了周南。彼时，周南正站在一棵巨大的槐树下，仰着头，不知是在看天，还是在看浓密的树冠。她对周南说："快走吧，要迟到了。"周南如梦初醒般回过头，哦了一声，随她向学校走去。

他们的学校是市里最好的中学。栽满槐树与银杏树的道路把世界分隔为两部分，喧闹的城市之音在这里止步，幽静的道路仿佛过滤带，连接着宁静的校园。夏天，巨大的绿色天幕散发出肃穆的磁场，秋天，绿色变成黄色，阳光完成了属于它自己的净化仪式。再过一段时间，干枯的枝杈便会代替树荫，变成沉默的守护者。

林荫道上只有她和周南两人。周南很安静，她则担心着第一节的化学课。眼看快到学校，突然，一阵急促的脚步声从后方传来。她警觉地回过头，看见四个学生笑嘻嘻朝他们奔来。打头的是一个短发女生，极为消瘦，有一张精致而犀利的脸，穿着校服上衣和一条肥大的黑裤子。除了他们的脚步声与笑声，还有一串叮叮当当的清脆声音，那是女生裤子上系的铁链和各种装饰品。另外三个都是男生，全没穿校服，其中一个留着盖着眼睛的头帘，挑染出几缕绿色。这个绿色头发的男生紧贴着短发女生，像是她忠实的跟班。她看见他们向这边跑来，心里早有了不好的预感。女生看起来想讨好她，对她眨了眨眼睛，并且咧嘴笑了，但她却觉得女生在嘲笑她。她决定不理睬，加快了脚步。

就在她与周南快要到校门口时，突然感到身边有阵疾风闪过。她的身子摇晃了一下，黄色的树影像彩带那样在她眼前快速盘旋。她听见一个尖锐的声音：

"智障！"

然后是一片不怀好意的大笑。马上又窜出几个参差不齐
的音符：

"弱智儿童！"

"神经病，又瞎琢磨什么呢？"

"学校不适合你，快回家玩儿去吧！"

…………

等眼前的世界稳定了，她第一反应是寻找周南。还好，
周南稳稳地站在她身边，正盯着学校大门上的牌匾发呆。他
似乎没有受那些声音的影响。不知是声音根本进不了他的耳
朵，还是他刻意把声音屏蔽了。她舒了口气，既而又向身后
看去——那里早已没人了。那些孩子，像是驰骋在风中的小
马，一溜烟便消失在远方。她皱起了眉，望着那些模糊的身
影隐匿在教学楼的拐角处，传来一阵后知后觉的脚步声。她
又看向周南，觉得周南的表情起了微小的变化，那是一抹明
亮与阴暗交融的色彩。她有些疑惑：也许声音通通流进了周
南的耳朵，进入他的心里，只不过他把这些声音都转换成了
其他东西呢？

周南打破了沉静，小心翼翼地问："小言，他们刚才说了
什么？"

她再看周南的脸，觉得那些微妙的色彩消失了，或许它
们根本未曾出现过。周南还是那个周南，一个纯洁到没有想
法、没有反应的孩子。此刻，周南正坦然地望着她，真诚地
等待她的回答，仿佛他真的听不懂他们在说什么。

"没说什么，不要放在心上。"她只能这样回答。

离上课还差五分钟时，她走进一班的门。在这之前，她刻意在楼道里停留了一会儿，看着周南晃晃悠悠朝楼道尽头走去，拐进最后一间教室——她放下心来，走进自己的教室，不顾化学老师诧异的眼神，走到自己的座位上坐好。她所在的班级是重点班，全是些苦读书的成绩好的学生，他们都很乖巧、安静，喜欢沉浸在自己的世界里，互相之间的交往也是浅尝辄止。现在，化学课正式开始，教室里出现此起彼伏的翻页声，像是风吹树叶的声音，那些她早已烂熟于心的公式钻进眼睛，把她带领到数字的世界。与此同时，老师开始在黑板上书写化学公式，并用一种激昂的声音解说——于她来讲，一切都开启了。这里仿佛一个车间，各种声音交相呼应：粉笔在黑板上碾过的沙沙声；化学老师频率过高的说话声；同学们翻书写字发出的细碎而好听的声音；同桌用保暖瓶往杯子里倒水的声音……这些声音都很单调，虽然有的声部很高，但是并不嘈杂。于是，她还是感觉到了寂静。因为除了这些必须有的声音外别无它音。他们班在高一时就学完了整个高中的内容，接下来是不断地复习、演练，以便应对高考。她看着这些再熟悉不过的化学符号，有些烦躁，于是悄悄转过头，偷瞄身边的同学——他们全是一副异常认真的样子，在看书或者看黑板。她突然想起周南曾说：

"你看同学们圆圆的脑袋，像不像一棵棵向日葵？"

清澈的阳光穿透玻璃照射进来，覆盖在同学们身上，深浅不一。有些光很刺眼，有的光却黯淡柔和。她怀疑那些过于耀眼的光是因为恰巧遇上金黄的树叶，两种金色碰撞，所以形成了出乎意料的强烈光色。在老师停顿的间隙，偶尔的宁静时刻，她听到从操场传来一种嗡嗡声。这声音非常小，不仔细聆听是无法察觉的。嗡嗡声时断时续，刺激她的耳膜，让她的眼皮发沉。这是第一堂课，不能睡着，要保持清醒，她不断告诫自己。事实上她确实没有睡着，并且仍在努力听讲、做笔记。她没有陷入睡眠，只是让意识悄悄破碎成很多快。那些活泼的意识飞跃到墙壁上，跳到讲台旁，缠绕在化学老师不停活动的小拇指上，停留在某个好看的铅笔盒周围……忽然，她来到一片向日葵田地，辽阔而明亮。她知道自己没有睡着，却不知怎么来到了梦境。向日葵扬着娇嫩的头，金灿灿连成一片，与遥远的太阳相接……她在似是而非的梦里觉得很幸福，突然又听老师说道："氨基酸是组成蛋白质的基本单位，一切生命活动都离不开蛋白质……"她看见象征生命的氨基酸悄然走远，有一株向日葵抬起头，吓了她一跳。那株向日葵不同寻常，它的花瓣是黑色的，花盘是紫色的。她觉得很新奇，又有些恐惧。就在她犹豫是否在走近那株花儿时，下课铃响了。

老师离开后，安静的气氛仍持续了一分钟，随后才试探性地响起几簇低语——多数同学仍在安静地看书，或趴在桌上休息，只有少数的几组女生聚在一起谈话，间或发出克制的笑声。她把双臂围成圆形，头枕在左臂上，看着教室门口发呆——那里不时飘过几个焦急的身影，那是别班的男生要去操场练习投篮。看了一会儿，她闭上眼睛，用手捂住耳朵。她不想被楼道里乱哄哄的声音影响。在那里，叫喊声与大笑声交错着，间或夹杂着嘲弄似的口哨声，像此起彼伏的海浪。她挺直身子，心里再次出现不好的预感。

果然不出她所料，楼道里正上演一出好戏。只见周南蹲在地上，两条弯曲的腿展向两侧，两只胳膊并拢，直直地杵在地上。他保持这个姿势片刻，脑袋上下晃动了一会儿，仿佛在测算距离。突然，他挺直身子，集中发力，先是双手离地，然后带动双腿，像一截弹簧那样飞了起来。他画了一个小小的弧线，便又安稳地蹲在地上了，继续晃动脑袋，测算着下一段距离……周南持续这个动作，蹦了四下，前进了不到四米，然后像一只小狗那样蹲坐起来，好奇地打量四周。在他蹦跳的时候，不怀好意的笑骂声不绝于耳。这些声音来自站在楼道两侧看好戏的学生们，有十来个，似乎都是六班七班的学生。他们靠着墙壁，抱着胳膊，冷漠地观看，肆无忌惮地大笑，甚至有几个淘气的男孩子跃跃欲试地想要绊周南一跤。

"低能儿！"早上她在校门口遇到的绿头发男生突然站出来，冲着周南大喝一声，伸出一条腿，狠狠地踹了下去，可周南是一只灵巧的青蛙，蹦跳着躲开了男生的脚。

周围又是一阵哄笑，男生觉得很没面子，悻悻地后退了几步，回到短发女生身旁。她才发现，早上遇到的那四人组正站在角落里，阴暗地欣赏着周南的表演。男生的失手似乎激怒了短发女生，她沉下脸，刀子一样的目光追随着周南。

现在，人群中只有这个女生是沉默的，像是晃动的五彩色块中唯一的黑色。别人都在笑，在骂，吊儿郎当无所事事，只有短发女生安静地站着，用一种难以置信的耐心盯着地上活蹦乱跳的周南。她站在楼道的另一侧观看这出闹剧，心提到了嗓子。她甚至下意识向前走了几步，可是当她反应过来时，一切都晚了——

首先是一个尖锐的女声："癞蛤蟆！"然后，周南倒在地上，像一个被撞翻的柜子，一动不动。女生的腿还悬在半空中，过了一会儿才收回。女生的动作相当快，而旁人的笑骂声又有惯性，导致这一系列动作完成了几秒后，众人才苏醒般收起笑声，怔怔地看着躺在地上的周南。周南的样子有些可怜，他像一块抹布一样平铺在地上，仿佛没有骨肉。可是没人去扶他，学生们甚至开始慢慢退回教室，看起来不愿与这事沾上一点干系。就在周南挣扎着想起身时，一个人影快速移到他身边。然后，周南像是吊炉烤鸭那样被揪了起来，只听那个高亢的女声叫着："说！你是不是癞蛤蟆！"周南被揪着衣领，憋得难受，咿咿呀呀地呻吟着，女声仍不罢休，"承认你自己是癞蛤蟆，我就放了你！快说啊！"

她再也受不了了，快步向那边走去。她想赶在短发女生给周南一巴掌之前制止这一切，因为她已经看到了女生缓慢抬起的手臂——在她的视觉里，时间过得异常缓慢，她想要奔跑，可是却看到自己正像慢动作那样缓缓前进。她抬起又落下的腿好像和短发女生上升又下坠的手臂保持着同一频率，实际上，女生的手掌始终没落下来，而她也似乎永远跨不出这个圆圈。在某个瞬间，周南努力挣脱开女生的手，回过头看向她，她突然醒悟了，原来是这样啊，周南把这里想象成了一片池塘，他是青蛙，别人是鱼，是芦苇，是云。这本来是一片美好的田园风光，只可惜，上课铃打响，一切都结束了。

年级主任出现在楼道里时，周南与短发女生一个坐在地上，一个拽着对方的胳膊，仍保持着尴尬的姿势。看热闹的学生们一看大事不好，一溜烟全不见了。主任拍了两下手，响亮的回声在楼道里荡漾，绿头发男生与短发女生对了下眼色，女生立刻远离周南，跟着男生一起快步撤回教室。她长舒了一口气，只觉身子瘫软，腿脚没有力气。主任本来是朝周南走去的，突然转过头，严肃地对她说："魏小言，你赶快回去上课！"最后一刹那，她看见周南懵懂地看着朝他走去的年级主任。周南的表情里有些恐惧，仿佛那才是他真正的敌人。确实，年级主任那个黑黢黢的、威风凛凛的背影，怎么看都不像是学生们的救世主。

2

周南是同楼周叔叔和李阿姨的儿子，智力有些低，但还没到智障的地步。小时候——爸爸还在的时候——她总能看见一个白白净净的傻男孩儿在小区里玩石头。说是玩儿，其实只是盯着石头看，不时用手拨弄一下，然后继续看。那是些极为普通的碎石块，在路边的花圃里，在杨树下，在楼群的角落里。没人会在意这些东西，尽管人们与它们已经一起生活了很久了，但是没人会把精力放在这里。可是周南在意。他日复一日地观察、欣赏，仿佛这些石块里有无穷尽的乾坤。她曾经问过爸爸：那个长得很白的小男孩儿在看什么呢？爸爸则耐心地回答她："在看世界呀。如果你有一双善于发现的眼睛，那么在任何东西里都能看到整个世界呢。"那时她小，完全相信了爸爸的话，她甚至觉得周南这种行为有一种无与伦比的光彩。后来，她在小区里看见周南，便会悄悄站在周南身后，试着用周南的方式去观察那些石头，却看不出任何端倪。再后来，周南发展到不止观看石头，而是看任何细微的、不起眼的东西：一棵快要枯死的树上的纹理；一朵恰巧停留在头顶上空形状奇特的云；一些遗留在垃圾桶旁边的玻璃碴子……周南就像不受时间侵扰一样，一成不变地观察、欣赏。仿佛他处于时间之外，永不停歇的河流经过他，却无法把他卷入其中。后来上了初中，周南被父母关在屋子里，被迫认真学习，竟与她考上了同一所重点高中。有很长一段时间，她忘记了周南的样子。再见周南时，发现他已成了一个挺拔的小男人了。

她在林荫道上看见了周南。那时天空已经昏暗了，路灯还没亮起来。她因为做值日，比同学们走得晚，走出教学楼时，操场上只零星走着几个刻苦读书忘了时间的学生。她加快脚步，超过一个瘦得像竹竿的男生，走向校门，想摆脱被监视、被囚禁的感觉。她走出沙漏一样的操场，来到幽暗的林荫道，仿佛闯入一个秘密。这里的学生更加少了，只有前面两三个隐约的身影，不过他们很快就隐没在灰黑色的尽头，仿佛从未出现过。她有些害怕，于是步子迈得更快了。就在这时，她听到一阵响动，从密林深处传来。本应该飞奔起来，离开这个不祥之地，走进热闹的街道，可是她偏偏停下来，好奇地看向右侧的树林。这个时候，她的内心反倒平静下来，恐惧的感觉不见了，树木结成忧郁的磁场，吸引着她，让她眼前起了迷雾。她看见周南从树林里走出来。

周南就像什么都没发生一样，咧着嘴对她笑笑，然后缓缓朝前面走去。可她知道事情并不简单。如以前的许多次那样，周南从树林里走出来，想装作什么都没发生，身上的标记却出卖了他。这时，路灯亮了，她看见这次的标记在周南的左耳下方。那块疤痕并不很大，却因为新鲜，在橙色灯光的照耀下颇为醒目。混沌的道路仿佛没有尽头，她被一根绳索牵着，突然想到第一次看到周南从树林里走出来时，她疑惑地问周南去那里干吗，周南打着哈欠说："在那里做了个梦，和树仙子玩了会儿。"那时她懵懂地想到小区里那些碎石块，竟相信了周南的话……

她突然向前迈了一大步，攥住周南的胳膊，严声问道："你就不知道反抗吗?!"

周南被她吓了一跳，慌忙停下脚步，转过身子望着她。他们就这样停了一会儿，互相看着彼此。其间，有一个学生迈着轻巧的步子鬼魂一样飘了过去，甚至没有因为好奇而看他们一眼。

"之前是膝盖，是腿，是手，然后是胳膊，上次是脖子，这次到耳朵了，再这样下去你就破相了知道吗？"她抑制不住涌动的情绪，声音颤抖。

周南好像没有听明白她在说什么，睁着大眼睛，张着嘴，无措地望着她。过了一会儿，周南似乎看累了，垂下眼来。这时，她看到一种复杂的情绪蔓延在周南的脸上。一瞬间，她觉得很惊讶，因为那是一种与周南的性格年龄极其不符的神态。那是饱经风霜的沧桑老态，是看透世事的超然模样，那是一个比寂静还要深邃的辽阔境界，在被称为"智障"的周南脸上一闪而过。她确信她捕捉到了，虽然曾经的无数次，她都怀疑有一个与众不同的神秘生灵附着在周南身上，但是她从未掌握证据。可是这次，在那奇妙的一刹那，宇宙在周南身上施加了魔力，让她看到了一个不同于任何世间规则的状态，像是无知无觉境地的一盏孤寂明灯。

她感到很失落，拉住周南的手，缓慢地向林荫道的出口走去。起初，她感到周南的手在她手里震动了一下，但很快便软了下来。于是，周南像一个氢气球那样，飘飘忽忽跟着她向前走。她还是不甘心，继续说着："周南，你要学会反抗。打架有时并不是件不好的事，而是正义的行为。他们打你，你要学会打回去啊……"

很快，他们便走到路口，喧闹的城市之音试探性地在他们周围跳动，她逐渐听不到自己的说话声了。

好像长久居住于海中，水阻隔了真实的声音，给现实罩上了纯净魔幻的色彩，杜绝了所有肮脏与混乱。可是当她终于从水中逃出，浮于水面时，却像卸下了沉重的负担，感到一种从头到脚彻底的放松。她大口呼吸着空气，让刺耳的声音萦绕在她左右。鸣笛声代替水湮没了她，她却觉得无比畅快。她放开了周南的手，看着路边热闹的店铺与形形色色的路人，心里却掂量着一句话，那是他们刚走进街道时，周南说的一句话。她没太听清楚，因为夜晚的城市太喧嚣了，她只能隐约猜测。

周南说的似乎是："他们不会停止的。"

那晚她做了一个梦。周南从墨绿的树林中钻出来，带来一道金光。顿时，叶子纷纷褪色，光芒仿佛带着牙齿，咬噬树木粗糙的本质，只剩下金线钩织的轮廓。周南沉浸在散乱的金线组成的图案中，呈现出一种她从未见过的模样——还是那样的周南，一双含水的大眼睛，周正的脸庞，苍白的皮肤，却有什么东西永远地变了。周南跨越千丝万缕，走到她面前，对她笑了笑。她才发现，周南是真的长大了。当周南握住她的手时，她仿佛听见周南在说：事情是这样发展的，一切都会这样，不要着急，我知道接下来会发生什么。

接下来会发生什么呢？她在梦里焦急地琢磨。他们高考，毕业，上大学，再毕业……然后呢？

她与周南潜入水中。纷繁的泡沫在她身边荡漾，她想要抓住一根似有若无的线，却发现那是一束光。她看到自己的长裙与长发混在一起，像水草一样缠住自己的手腕。她挣扎了一番，毫无用处。然后她看见周南在她身上轻轻一点，那些束缚就全部消失了。一切都是蓝色的。蓝色的薄膜覆盖在她蓝色的眼睛上，让她看不清水中的世界。似乎有一座宫殿，不过更像是坟墓。还有一片欢声笑语，好像天堂遥远而冷漠的呼唤。不知怎么的，她摇了摇头，觉得一个柔软的触感在嘴唇上停留了一会儿。她使劲眨着眼睛，这才看清周南漂浮在她面前，带着那副胸有成竹的表情，把脸与她的脸贴得很近。她吓了一跳，惊呼一声，却从嘴里飞出许多蝴蝶。她捂住嘴巴，周南的吻却如诅咒的烙印，从她的嘴唇向旁边不停扩散。

吻像疯长的影子，覆盖了整个房间，然后她醒了，觉得自己虽然意识已经清醒，身体却仍滞留在梦里。清晨的阳光代替梦的阴影慢慢罩住她的全身，屋里静悄悄的，母亲也许去买早点了。她揉揉眼睛，看了下时间——六点。"妈——"她叫了一声，在没得到答复后，安下心来。她把身体舒展、放松，渴望重回梦里。在梦里，吻的余温还在。她把手指放在嘴上，然后放在锁骨上，像水草一样往下走，触摸着柔软的皮肤……突然，哐啷一声响，窸窸窣窣的声音传来。她一下子跳下床，走出房间，看见母亲弓着身子，左手拿着一袋子油条，右手正费劲地脱鞋。

她赶紧上前，想接过母亲手里的油条，却被母亲一声呵斥："快去洗漱，别过来添乱！"

她走进洗手间，开始刷牙洗脸。清凉的水拍在脸上，让她有一瞬间的晃神：好像又回到了那个温润的梦里。为了遏制出其不意的幻想，她匆忙收拾好自己，走了出来，看见母亲已经把早饭摆放好了。她坐到桌边，舀了点小米粥，拿起一根油条，听妈妈说："唉，刚才碰到你李阿姨出来买早点，人看起来很憔悴，真是可怜……"

"李阿姨怎么了？"她咬着油条问。

"还能怎么了，摊上个弱智儿子，能不愁吗？"母亲说，并继续唉声叹气。

她把油条放在桌上，两只手搭在膝盖上，低下头，轻声说："妈，周南不是弱智……"

"对，对，妈说错了……"母亲赶紧纠正，"南南是好孩子，就是没把心用在正道儿上……不像我们小言，成绩这么好，从来没让妈担心过……"这时候，母亲瞟了她一眼，似乎有点心虚，"说实话啊，我早就跟你李阿姨说过，把南南送到特殊学校去，在那儿不会受排挤，能安心学习……"

"妈，周南不是弱智！"她着急了，用手拍了一下桌子，发出沉闷的声响。母亲被她吓了一跳，怔怔地看了她一会儿，随即流露出为难的神色。她看着母亲低眉顺眼的样子，心逐渐软成水。她想说点什么，为自己辩解，或者安慰一下母亲。年轻的叛逆却堵住了她的嘴，让她只能拿起勺子，安静地喝粥。

母亲端详了她一会儿，好像她是一个十分陌生的人。然后，母亲转过头，不再看她，而是看向窗外逐渐明亮的天。这时候，母亲说道："你李阿姨不听我的，坚决要让周南考市重点。这下考是考上了，刚上一年多就要转学……"

母亲也许还说了些什么，可是她没心思听了。她猛地灌下剩余的粥，呛得直咳嗽，顾不得擦嘴，便冲回房间里换衣服。然后，她火急火燎地走出房门，在母亲疑惑的目光中，穿上鞋，背好书包，含混地说了声"妈，我走了"，推门走了出去。她在小区里快走了一圈，果然没有碰到周南——今天有点早，通常只有在她极少见的起晚的情况下才会在小区看到周南。她没有逗留，走出小区，走进喧嚣中。还是那幅沉默的嘈杂图景，什么都没改变。她今天走得很急，心里来来回回只是一个念头。念头有很多枝杈，持续消失，反复生长，直到把这个念头簇拥得无比茁壮。她走进林荫道，看见一些白色的身影在金黄色中晃来晃去。她加入这些早起去学校里晨读的学生们的队列，走进学校，听到琅琅读书声，美妙得好像天使的声音。读书声不断加强，在校园里掀起浪潮。她走进教室，发现一多半同学已经来了，他们同样也在读书，清脆的齐读声像修剪得很好的树丛。她坐下来，拿出课本，试图把自己突兀的声音埋藏进强大的声音集合里。她生硬地读着，始终不得要领。就这样，在反复的试探与失败中，她轻飘飘来到葵花田，看见广袤的金色天幕。向日葵在向她招手，读书声是完美的背景音，优美的公式、图形、符号包围着她，她却在这些神谕般的字符中寻找周南的身影。

3

她一连几天没见到周南。日子过得平稳而沉闷。她按部就班上下课、早晚自习，穿梭在宁谧的林荫路与浮躁的街道。她甚至有一种错觉：好像这就是她生活的全部。同学们的轻声细语，粉笔在黑板上摩擦的机械声音，篮球砸在篮筐上清脆而寂寥的声音……一切都是白色的，声音也是。可是有一个阴影藏在她心里。这些天，她有意寻找周南，可是周南就像在玩捉迷藏似的，连影子都不见了。她不知道这算好事还是坏事。也许事情结束了，孩子们一年多的恶作剧进入尾声，从此校园里不再有污点。但也许，事情正像她妈妈说的那样。

那天她放学走出校门，在林荫道上碰到了李阿姨。李阿姨看起来有些局促，不停地左顾右盼，倒着碎步，慌忙向校门走来。李阿姨没看见她，直愣愣地与她擦肩而过，她犹豫了一下，还是回头叫住了李阿姨。李阿姨看见她，松了一口气，因紧张而耸起的肩膀软下来，轻声对她说道："是小言啊，阿姨还想着能不能碰到你呢。我来找你们年级主任赵老师……聊点事……"说到这里，李阿姨有点尴尬，仿佛在盘算是否要对她再多说一点。她安静地看着李阿姨，并不接话。也许是她的平静打动了李阿姨，李阿姨决定再多说一点："我来谈……谈谈南南的事。"

"周南真要转学吗？"她的语气没有任何波澜。

"还不知道，不过今天就知道了……"李阿姨刚开始还支支吾吾的，突然，就像下了决心一样，似乎觉得事已至此，无法改变了，声音也洪亮了许多，"不过八成是要转学了，赵老师的意思已经很明确了，况且赵老师还会帮忙推荐其他的学校。有赵老师的关照，南南顺利读完高三应该不成问题……"

"为什么？"她镇定地打断李阿姨的话，语气依旧平静。

　　李阿姨愣了一下，露出疑惑的表情，马上，疑惑变成了慌乱，李阿姨眼睛里的光散了。她没有想到，只是一句诘问就能让李阿姨溃不成军，周南一家最近承受了多大的压力呢？但是她决定不放弃，重复了一遍刚才的问题："周南为什么一定要转学？"

　　让她没想到的是，李阿姨直白地回答了她："赵老师说了，周南转学对谁都好。不是这所学校容不下南南，是南南适合有更广阔的空间……而且说实话，南南成绩不好，总考倒数第一，学习进度根本跟不上你们。况且，他总是那样……在家里，在学校……也不避人，就那么……"李阿姨在寻找措辞，"是……表演……对……南南总是喜欢表演。这样给同学带来的影响确实不好……所以，让南南转学，也许是最好的选择……"

　　事情变得有些复杂。她原以为退学是周家私自做的决定，没想到还牵扯上了学校。李阿姨这边是劝服不了的，这时候去找周南也没用，那个傻孩子根本不把学校与规则放在心上。那么她能找谁呢？或许她能跟妈妈聊聊，可妈妈也是一块石头。她们根本就是赴汤蹈火的飞蛾，不会听她说的任何一句话。因为她们把她当孩子。那么她这个孩子应该去找老师。可赵老师是一个严厉而阴郁的女人，她不懂赵老师是怎么想的。这里有一个玄机，是她无法勘破的。也许她可以去问张老师，这位英语老师是一个亲切的美丽女人。可是她突然看到，昏暗中浮现出张老师的脸，那张脸在夜色的照映下有些阴森。她觉得，或许一牵扯到周南的事，老师们就会联合在一起的，张老师也不例外。

她匆匆忙忙冲进家里，把妈妈吓了一跳。桌上摆了两道菜两碗饭，红烧鸡腿和香菇油菜，冒着热气。她摘下书包，洗了手坐下，心不在焉地吃着，敷衍地回答着妈妈提出的关于学校的问题。她心里在想那个玄机，可是她隐隐觉得这件事有一个巨大含混的背景，它的发展将超越所有人的想象，包括看似掌控一切的赵老师。

她想不出所以然，这要比化学、生物、物理难多了——她咬着笔，紧盯着纸上的物理公式，试图在奇形怪状的符号中看出端倪。这是家里最寂静的时刻。她关闭房门，在房间里写作业复习。妈妈为了不打搅她，做任何事手脚都放得很轻。实际上，她只是很偶尔能听到轻微的声响，那是妈妈起身倒水或锁门。大多数时候，家里静得像坟墓。妈妈似乎坐在某个地方一动不动，在发呆，或者看看手机，要不就是绣一会儿十字绣。妈妈以前爱看电视，现在为了怕影响她连电视都不看了。妈妈以前爱和爸爸一起看电视，他们会斗嘴，对着电视里的人品头论足。但是那样热闹的场景再也不会出现了，现在只有钟表滴答的孤独声响，或者从窗外小区里隐隐传来的遥远的说笑声。

符号与数字在她眼中模糊了，她使劲眨眨眼，它们又调皮地清晰起来，当她一不留神，它们又消失不见了，只剩一些毛玻璃一样的图影。她干脆放下笔，打开抽屉，拿出一个木刻的小东西。这时候，弯曲的像弓起的毛毛虫一样的符号、圆润的锋利的字母、奇形怪状的图腾一下子涌入眼帘。她觉得有一片水横亘在她眼前，伸手去摸，只觉一种冰凉的湿润。她于是低下头，专注地看着手里的玩意儿。那是一个偶像，是爸爸送给她的。也许爸爸也不知道这到底是什么，只是含混地说了一嘴："地摊上的小玩意儿，觉得好玩，就给你买了。"它有男人的身子，却有一个奇怪的头，有点像鸟。这颗圆滚滚的木头脑袋上有一双惊悚的大眼睛，眼球是两个不规整的圆形，两个轻微的凹陷代表鼻子，下面是一张尖尖的鸟嘴，向下勾着，一副威严难缠的样子。它没有头发，有一个圆圆的肚子和两条短粗的腿。这是一个中年男人的身型，接在神秘的头颅下面。它的胳膊腿外沿因反复被她抚摸而有些褪色。它在这里多久了呢？爸爸走了多久，它就躺在抽屉里多久了……突然，符号与数字向她发起攻击，它们游弋在她周围，如水如雾，轻巧活泼，一片永恒的蓝色缎带一样飘逸起来，神圣的气息扑面而来……它到底是什么呢？多少年来，她一直思考这个问题。可是无论课本还是互联网都没给她答案。它不是佛，不是菩萨，那安详的样子也不像鬼怪，那它到底是什么呢？

夜里，她躺在冰凉的夜色中，看着数字与符号飘然远去。温度逐渐消失，热闹的情景不复存在，她却觉得无比安全舒适。她突然想到，也许那木刻的偶像是一种神。这世界那么大，一定有很多神。

课间休息的时候，她透过窗子看见周南在操场上"表演"。

　　校园里来了几只不怕人的喜鹊，趾高气扬地停在树枝上，或者突然猛地俯冲过学生的头顶，引起女生一阵尖叫。周南喜欢这几只喜鹊，当他消失了几天，又出现在她面前时，第一句话就是："小言，你看到了吗？喜鹊来了，来找我玩了。"

　　于是，周南开始利用课间休息的时间在操场上"表演"。比如现在，他站在教学楼外围的绿化带旁，探着身子，使劲伸着脖子，只为了能离树更近些，离喜鹊更近些，以便更好地模仿那些高傲的鸟儿。这是些厉害的鸟儿，拥有笔挺庄重的羽毛和狂热严厉的姿态，说实话，周南模仿得不像。他只会揪着脖子，尽量灵活地转动，或者张开手臂，假装那是喜鹊坚毅的翅膀。可是他少了那股劲儿，使得他整个人软绵绵的，更像一只受伤的麻雀。毫不意外，周南投入的"表演"惹来一阵持续的、此起彼伏的笑声。笑声来自学生们。她不知道有多少学生在观看。转过头，发现同学们都在做自己的事，只有几个好奇的学生抬头看窗外，但马上又低下头了。不过她的班级都是成绩好的学生，不爱凑热闹，可是别的班就不一样了。她托着腮，把脑袋靠在玻璃上，眯着眼睛，故意不看周南，而是去看远处的篮球场，那儿有几个男生在打篮球。男生们卖力地投篮运球，仿佛周南根本不存在。这时，周南的"表演"毫无征兆地进入高潮，只见他转过身子，面向广阔的操场，张大双臂，还真以为自己是洁白的船帆，而操场是辽远的大海。周南就这样，一鼓作气，像一架英勇的滑翔机，模仿着他心目中的喜鹊，或者说他自认为已经变成喜鹊，朝操场中央飞奔而去。

"下去啵——"

"智障——"

"癞蛤蟆——"

笑声中夹杂着谩骂，让她的心情越发烦躁，她甚至听到自己的班级里也传来浅浅的笑声，一个阴郁的想法在心里升腾。到底要不要去提醒周南呢？告诉他，停止这种"表演"，不要再模仿青蛙、喜鹊，或是兔子了，没人愿意看这种幼稚的把戏。因为不管模仿得多么惟妙惟肖，他也只能是一个人。她从来没跟周南说过这些，不知道这些话会对周南产生什么影响。如果周南听进了她的话，收敛了行为，一切会不会好一些呢……

她这样胡思乱想着，突然觉得光亮耀眼。从模糊过渡到清晰，她缓缓抬起头，看见周南站在她眼前。她欠了欠身子，有点紧张，生怕周南做出异常的举动。不过周南似乎"表演"累了，他不再沉迷于扮演喜鹊，而是彬彬有礼地站在那里，像一个绅士。

忽然，周南咧开嘴笑了，鼻子上皱起细细的褶，眼睛眯成两条细线，像一株饱满的麦子穗。周南说："小言，中午有时间吗？我想给你看样东西。"

周南带着她缓缓走出校门。秋日正午的阳光很足，烘在她身上暖融融的。她被阳光烤着，有种迷醉的感觉。午休时间，学生们多趴在桌上睡觉，或研究下午的功课，有些男生在操场上打篮球，很少有人到林荫道上散步。她跟着周南，慢悠悠地向前走。她甚至觉得周南只是想同他散散步。远处，一男一女两个学生面对面站着，说话，女生笑得很好看，不时用拳头捶一下男生的肩。她看得脸热，于是低下头。两个学生看见他们走近，很警觉，犹豫了一下，快步朝学校走去，林荫道上只剩下她与周南两人了。一阵秋风刮起，树叶哗哗作响，碎发胡乱铺盖在她脸上，她伸手去捋，却看见周南停下来，回头对她笑了笑，然后走进树林里。她疑惑地看着笔直的树干组成的迷宫，摇摆的树叶像是成片的风铃，还有周南逐渐缩小的背影，突然想起，这是那个入口。很多次，周南从这里走出来，身上带着不同的伤口。就是这里，好像齿轮突然吻合，周南越来越小。她赶忙尾随周南走了进去。

她没想到，在树林的深处还有一个休憩场所。其实也不算深，只是树木太过茂密，完全把这里遮挡住了，显得深邃。这里有一块小小的空地，嵌着一个石桌和两把石椅，桌椅上盖着厚厚的落叶和灰尘，远处是连绵的树木和黝黑的尽头。没人打扫这里，石桌椅像是尘封的笔记本，悄悄记录着发生的故事。她闭上眼睛，想象着脚下的土地被一遍遍碾压、夯实，睁开眼，看见一些枯黄的树叶沉浸在泥土里，几乎与土混为一体。她的心抽了一下，在安详的树林中慢慢体会罪恶的感觉。这时，周南缓缓卸下书包，放在石桌上，树叶发出轻微的抗议声。她看见周南打开书包，从里面掏出一个记事本，攥在手里，似乎犹豫了一下，然后送到她面前，轻轻地说："小言，这个给你。"

她有些疑惑，因为周南从来没有送过她东西。周南看似对每个人都很和善，但实际上不让任何人进入自己的世界。周南的五彩斑斓的世界都是她幻想出来的，无从考证。但也许这个本子里有关于周南真实的一切。

她想接过本子，却听到后面有一阵微弱的声响。她马上警觉起来，回头看去，几个影子梦幻般一闪而过，落叶延迟似的窸窸窣窣空响了一阵。她转回头，看见周南脸上露出惊恐的神色，双手背后，弓着身子，好像想逃进树影中去似的。"癞蛤蟆，原来你在这儿啊。"尖锐的女声响起。短发女生和绿头发的男生不知从哪儿冒出来，现在已经出现在她的眼前——周南的身边了。

"知道自己来老地方等我们了，挺有自觉性的啊。"女生抱着胳膊，挑衅地挑起一边眉毛，轻笑着说道。男生则在一旁兴奋得直搓手。周南看起来很紧张，他不断小心翼翼地后退，她从没见周南这么紧张过。这有些可疑。突然，她看到周南背着的双手死死捏着那个本子，手指因为紧张不断颤抖着，她萌生了跑过去夺过本子、飞奔回学校的念头。她在计算角度和时间，就当这是一道几何题，也许公式与尺子能给她带来答案。她突然觉得有些泄气了，因为短发女生看起来根本不吃她好学生的这一套。那个女生看起来是多么耀眼，修长的双腿，洁白的皮肤，俏丽的小脸，凌厉的目光，像是一道活泼的彩虹。女生突然转过头看向她，俏皮地对她飞了个眼，用同样轻佻的语气笑着说道："白天鹅，这里没你的事，你最好离开。回学校去好好读你的书吧，记得不要告诉老师哦。"

一道光闪过,她有些沉迷于女生生动的话语中了。等她反应过来,看见分散的纸张落了满地,笔记本的蓝色封面委屈地叉开铺在地上。周南大叫了一声,张牙舞爪地冲向散架的本子,却被短发女生伸出的脚绊倒,面朝下摔倒在软泥与烂叶中,男生站在女生的身边,拿着"战利品",骄傲地笑弯了腰。也许在刚才她计算时间角度时,男生也在计算,并且他比她要果断,所以他成功了。他像个小孩子那样顽皮地撕掉周南的本子,并且炫耀似的拿出几页,举在眼前,清了清喉咙,准备大读特读一番。那些纸上写满了字,短发女生也有些好奇,想知道这个他们冠名的"智障"究竟会写些什么,她要求男生读得大声一些。男生得到了鼓励,就像得到了恩宠的小丑,神气活现地晃了晃头,刚张开嘴,准备读第一个字。所有人都没想到,那第一个字永远消失在男生的嘴里,没人会知道"智障"周南到底写了什么。因为那个时候,周南彻底变成了一只愤怒的喜鹊,嗖地一下跃了起来,把男生扑倒在地。

事情进展得迅速且突然,很快,周南和男生便紧紧抱在一起,在土地上翻滚开来。他们结合成一个球,滚得很快,却不时被树木拦住——某人的头或某人的腿别住一棵英挺的杨树,但是很快,他们稍一扭头,或稍一抬腿,便跨越了障碍,滚向远处。他们厮打得难舍难分,嘴里发出"嘶——啊——呀——"的呻吟声。不知谁叫得更惨一些,因为他们打得旗鼓相当,一时难分高低。一会儿,周南扼住男生的脖子,扬起一只手,想朝男生的眼眶揍去;一会儿,男生拧着周南的胳膊，把周南的脑袋使劲往土里挤，顺便踩住周南的脚……他们不停变换着姿势，沿着一条完全没有章法的路线滚来滚去，并不时撞在树上，就像给树挠痒痒一样，令那些看热闹似的树木发出欢快的沙沙声。他们扭打了一会儿，完全没有停歇的意思，两人都保持着高涨的情绪。其间，她不停叫喊："别打啦——住手——周南——"可是她无能为力。她几次想要接近他们，试图把他们撕扯开，都被短发女生拦住了。短发女生一直没说话，甚至没太多动作，而是冷眼旁观，仿佛一尊清寂的雕塑。女生没有表露出任何多余的感情，就像在地上扭打的是两个与她无关的人，就像她看到的只是屏幕中的一个场景。就在周南与男生组成的球不受控制地滚向大道时，她拉住女生的手，颤抖着说："求求你，让他们停止吧……再打下去会出事的，那个人……不是你的男朋友吗？"

只听哗啦一声响，仿佛什么东西落了地，溅出一圈轻呼声，周南和男生不见了，只剩下一众蛊惑人心的杨树。她撇下女生，跑出杨树林，来到林荫道上。眼前的场景令她头晕目眩，差点跌倒。周南与男生没有停，仍在地上扭打着，只不过显见两人都失了力气，动作幅度弱下来了。可怕的不是两人脸上明显的伤痕，也不是秋日正午明亮的阳光将一切都原原本本呈现了出来，而是那些不知何时聚集过来的围观的人群，他们为周南与男生圈出了一个舞台。

他们轻声细语，指指点点，满脸鄙夷与冷漠，仿佛在评说一件远古事件。他们穿着洁净的校服，梳着整齐的头发，皮肤细嫩，手腕纤瘦。他们有的病恹恹的，像一株羞涩的树苗；有的高大苗壮，像是营养过剩的玉米棒子。她觉得他们组成了透明的人墙，把周南、绿头发男生、她、慢悠悠走出来的短发女生围得死死的。于是，她同他们三个一起，被迫走上审判的舞台，无处遁形。可是他们是柔和的，是温暾的泡沫，只是这泡沫在强光的照射下是这么耀眼。它们映射出了现实。现实就是：周南和男生停止打架了，他们一个瘫在地上，气喘吁吁；一个挣扎着站起来，却脚步踉跄。他们脸上都挂着伤，校服脏兮兮的，不知是谁的鞋落在远处，林荫道上尘土飞扬。

学生们见好戏结束，逐渐散去了。赛场上只剩下周南与男生两个人疲惫却虎视眈眈地看着对方，仿佛两只衰老的秃鹰。短发女生吹了个有气无力的口哨，插着兜，溜达着朝校门走去。预备铃打响了，校园里传来欢腾的声音。一时间，林荫道上只剩下他们三人。静谧发出心不在焉的嗡嗡声，好像在谴责她刚才没有尽到裁判的职责。

她突然想到，这也许是周南第一次打架。


4


短发女生叫杨妮，是学校有名的不良少女，老师们一定认为，她的存在是这个重点中学的阴影。这里一切都是白色的，可这个女生是暧昧不明的灰色。

她知道女生的名字，也曾耳闻过关于女生的一些背景和经历。据说杨妮的父母都是商界知名人士，十分忙碌强势。她住在五环外一栋别墅里，最常见到的人是保姆和厨师。这是非常老套的桥段，富豪夫妇的叛逆女儿，拥有花不完的零花钱与数不尽的孤独时光，她也有一些男朋友，无聊时与这些男生打打游戏，调戏调戏弱小的低年级同学，可是她仍旧觉得没意思，于是渴望更大的刺激。时间飞逝，她上了高中。第一天，她就发现了这个不同寻常的同学，难掩兴奋，觉得这么多年来人生第一次有了目标。除此之外，她的感情生活也稳定了下来——叫李竹的绿头发男生忠实地追求了她半年，终于感动了她，从此她不再换男朋友了。于是，周南成了她与李竹两人的目标，当然，她还有很多来来去去、像流水一样无情的跟班，那些人凭着新鲜劲儿跟随了她一阵，但很快就失去兴趣了，于是新的人补上。她的追随者换了一波又一波，作为目标的周南却是恒定的。也许她在周南身上得到一种前所未有的快感，也许周南使她完整，也许她正在探寻一种弱肉强食的原始本能……可她毕竟还是个孩子。

她听过很多关于杨妮的传闻。有人说杨妮的母亲拥有十辆豪车，父亲则拥有一个卫星；有人说杨妮的父亲因税务问题逃到香港，母亲和公司的财务总监好上了；有人说杨妮的父亲马上要从澳大利亚回来了，因为一家娱乐公司看上了杨妮，要签杨妮当演员……杨妮是一个丰沛饱满的话题，在瘦小的女生中间流转。可她的班级里不会流转这样的话题，她的同学们只对元素周期表和物质守恒定律感兴趣。她也不是爱凑热闹的人。她关注杨妮完全是因为周南。真奇怪，她心里为周南感到愤怒与委屈，却无法讨厌杨妮。因为杨妮是一个漂亮的、浑身散发鲜活的青春气息的女生。杨妮的肢体灵活，表情烂漫，眼神却很冷漠。杨妮这样的女生对她来讲过于神秘了。

在梦里，周南对她说："那个本子里是一个小说，我写的小说，只想让你看，可它却被破坏了。"

"你会写小说？"她惊奇地问。

"或许不是小说。"周南说。

"那是什么？"她被搞糊涂了。

"是一些画。"周南的脸越来越模糊。

"或是一些音符，一个关于月亮的定律，一件透明的衣裳，一簇被创造出来的花儿……"周南的声音也逐渐听不清了。

就在她努力寻找，努力辩听周南消失在浓雾中的声音时，上课铃打响，她醒了。

窸窸窣窣的声音渐渐停止，物理老师拿着书本走了进来。她连忙打起精神，从书包里掏出昨天的物理作业，看着老师在讲台上站定，把课本翻开放在讲桌上，推了推眼镜，用嘹亮的声音说道："我们先来讲一下昨天留的作业。同学们把书翻到第132页，选择第五题，如图所示，斜面体 P 放在水平面上，物体 Q 放在斜面上，Q 受到一个水平推力 F……"她的精力集中得很快，瞬间就把关于周南的梦抛到脑海，专心沉浸在力学的海洋了。可是她的思绪虽然经由老师的引导已全情进入了物理的世界，却难免不会分出一些枝杈：摩擦力，静摩擦力，这有一种毛茸茸的感觉，好像发育不良的松枝——思维浅尝辄止，马上回归正道，只听老师继续说道："关于速度和加速度之间的关系是——"——这道题很简单，没人会答错，似乎有个歌手唱过一首歌，那个歌手叫什么来着——容易的题目一笔带过，老师继续进入下一题："若万有引力常量为 G，下面哪组数据可计算地球的质量——"物理真神奇，她想，可是我只了解物理的千分之一，大量的未解之谜隐藏在奇点中。是谁说过的来着，宇宙审判原则，好像是近期一位科学家提出的设想，而这个设想遭到很多同行的攻击，原因是它有哲学意味——她是在一本科学杂志上看到的，并且记得随手把杂志塞进了课桌里。那份杂志还在吗？她不自觉地把手伸进课桌摸索，不合时宜的好奇令她手的动作焦急且琐碎。突然，她觉得摸到了一些颗粒状的东西，有些疑惑，随即攥住一张与课桌里柔软的书本格格不入的硬纸壳。她把纸拉了出来，稍稍低了头，看见这是一张牛皮纸样的东西，一些深棕色的颗粒物粘在纸上，还有几处奇怪的黏液。这时，老师仍在尽情地讲着："一物体从某一高度自由落下——"

刺啦一声响，椅子被歪歪扭扭地挤到过道，书本撒落一地，她站着，惊恐地睁大眼睛，捂着嘴巴，发不出任何声音。应该尖叫的，可是寂静捏住了她的喉咙，让她在静默中发抖。寂静来自四面八方。老师拿着粉笔的手悬在半空，错愕地望着她；她的同桌弓着身子，迈出一条腿，做出起跑的姿势，可最终也静止于这个姿势；同学们齐刷刷地望着她，不声不响，一切都被按了暂停键。她则望着地上那张纸，不知是该

把那恶劣的东西收起来，还是任由它躺在那里淌着罪恶的
印记。

那是一张硬牛皮纸，涂满棕色的不明物体与透明的黏液。
当然，触目惊心的不止这些，还有上面的几个大字：

不要跟智障玩！

她面无表情地站着，美丽的英语老师匆匆瞟了她一眼，
小跑着出了门，办公室里只剩下她和赵老师两人。赵老师安
静地坐在办公桌前，端详手里一份打印出来的文件，就像她
不存在一样。她发现赵老师头顶的头发已经白了。雪白与棕
褐色发散开来，潜入黑色里，像是开在黑夜里的一朵花。她
闭上眼睛，觉得办公室里的宁谧气氛似乎与教室里的很不相
同，这里有种沉重的东西。突然，她听见赵老师说：

"魏小言，你这次月考年级二十一名，以前都是年级前十
的，到底出了什么问题？"

她睁开眼睛，发现文件安安静静躺在办公桌一角，赵老
师转向她这边，跷着腿，用一种审视的目光盯着她。

这是她第一次与这个严厉的女人单独在一起，有些发慌，
于是低下头来，沉默不语，手指暗暗攥着衣角。只听赵老师
提高了声音，继续说道："魏小言，在我印象中，你一直是个
安静的乖孩子，怎么还跟杨妮扯上干系了？"

她赶忙抬起头，迎接赵老师轻蔑的眼光。空气中仿佛有
无数根细小的针，四处游走着，不断刺着她裸露的皮肤，让
她几乎起了逃跑的念头。可是赵老师的目光像是黏稠的网，

紧紧锁住她的身体，让她的心虽然奇痒无比，身子却如一块石头。灵魂与躯体的极端不吻合带给她一种极端不适的感觉。她张开嘴，蠕动着嘴唇，想说些什么。比如，解释一下，她也不知道那张纸什么时候出现在她的课桌里的，更不知道杨妮这样做是什么目的。实际上，她与杨妮几乎没有交谈过，更谈不上有什么关系。这些话应该说出来的，可是语言到了空气中便消融了。于是，她只能像一个沉默寡言的叛逆学生一样，一动未动，接受赵老师的教诲："魏小言，我不管你和杨妮是什么关系，或者有什么过节，这事儿必须结束。你自己处理好，把成绩提上来，不要拖重点班的后腿。你不要忘了，你是重点班的学生，是要考北大清华的！我知道，你跟周南是发小，你们关系好，可是现在都高二了，马上高三，你们能不能先放放……"

也许是"周南"二字刺激到了她的神经，让她使劲从赵老师浓密的语句中突破出来，像幼鸟那样轻轻叫了声："周南没有……"

赵老师的话语被挡在空中，纷纷坠落。而赵老师本人则动了动身子，安详地把两手搭在大腿上，歪着头，仿佛看好戏一般，狡黠地说道："哦？你说周南没有什么？"

好长一段时间她没有说话，赵老师却十分有耐心，静静地等着她，像是老练的猎人在等待心爱的猎物。

"赵老师……周南没有错，那件事，是他们太过分了……"在能压死人的静默中，赵老师如鱼得水，她却弯着腰，不受控制地说出了这些话。她的声音也许还没有秒针转动的声音大，却也被赵老师机敏地捕捉到了。

啪的一声，赵老师拍了下手，好像在认可学生终于找到了难题的关键点。"他没有错，那你说，是谁的错?"

如水的静默再次向她压来，就像阳光压向麦穗。她听到沉默的背景布上，有一些轻微的布料摩擦的响动，她猜想赵老师正从容地调整坐姿，可是她不敢抬头看，她的眼中只有自己那双洁白的球鞋。

"周南整天在学校里学喜鹊，学熊猫，学癞蛤蟆，让同学们没心思上课，自己也回回考倒数第一。那个杨妮，惯性旷课，打架，抽烟，早恋，你说说，不是他们的错，难道是我的错?!"

赵老师的话语如滚落下山的岩石，在她耳边隆隆作响。她眼中的白色球鞋逐渐模糊，变成月亮的光晕。海喧嚣起来，坟墓纷纷塌落，天使扇着翅膀在她周围激烈争吵，与此同时，一些话在她嘴里孕育，越胀越大，几乎失控。那是一些在她心里徘徊很久的话。也许从一开始，当第一个拳头落在周南身上时，她就想问这句话了。阴差阳错，或者是人为原因，这句话没有被任何人问出，碰巧在她嘴里成形，呼之欲出。于是她颤抖着声音，说出那句话：

"赵老师，您为什么不管管呢?……"

赵老师愣住了，直勾勾地看着她，万万没想到她会说出这样一句话。

"赵老师，杨妮他们欺负周南不是一天两天了，您为什么不好好管管呢?"

　　由于一道莫名火焰的支撑，她又补充了一句，这次的声音更为响亮，直愣愣灌进赵老师的耳朵。

　　果不其然，赵老师被她激怒了：

　　"你让我管？我哪有那么多时间，管了你们又管他们?！我不要备课，不要教课，不要批作业，不要管学校这摊事儿吗？你说得轻松，让我管！这个重点中学，就是让这几颗老鼠屎破坏掉了！现在你也来质问我，你先管管你自己，把成绩提上来行不行?！……"

　　赵老师发怒时，她觉得周围的一切都在震动，就像一场海啸。可她不愿再低着头了。相反，赵老师怒气越高，她的恐惧反而被冲淡了。赵老师自知失态，有一瞬间的慌乱——她的动作碎起来，飞快地捋着头发，眼神乱飘——但很快，赵老师便恢复了平时沉稳严肃的样子，甚至还多出一些肤浅的愧疚与柔和。

　　"小言，你就别管这些事了。你跟他们不同，你是要考北大清华的。他们是渣滓，懂吗？在学校是差生，以后在社会就是混子……懂吗？你没有必要把精力放在不相干的人身上。"

　　温柔下来的赵老师有种强烈的不协调感，但是更快，这种温柔也被冲破了，一种持久的肃穆重新笼罩在赵老师身上，使她又变回了那个人，一个不苟言笑的年级主任。于是她知道了，一切都是假的，是表演，并且是与周南所热衷的"表演"完全不同的一种表演。

　　"好了，魏小言，你回去上课吧，记住我今天对你说的话。"赵老师的语气有些疲惫，但是连这点疲惫也很快就无影无踪了，只剩下一些没有情感的尾音。

赵老师转过身子，继续看起那份文件来，不再理她。这时，门开了，英语老师走进来，带来一阵轻快活泼的气息。她看见英语老师扬着笑脸走到赵老师身边，与赵老师一同研究起那份文件来。她静悄悄地转过身，准备无声无息地走开，却听见赵老师冷漠地丢来一句：

"魏小言，我已经给你妈妈打过电话了，你回去好好跟她解释吧。"

她主动要求替同学做晚值日，在空无一人的教室里耐心地扫地、拖地、摆齐桌椅。她做得比平时认真，时间拖得也长，等她走出教室时，恰巧遇到下班的赵老师。她尴尬地停下脚步，对赵老师鞠了一躬。没想到赵老师打量了她一番，留给她一张被余晖笼罩的冷酷的脸，一言不发地走了。她磨蹭着，慢慢数着步子，挨到校门口。傍晚的林荫道让她害怕，个别晚归的学生像是白色的幽灵，悄无声息地路过她，像是一团不厌其烦的鬼火。她加快了脚步，闯入喧嚣的街道，感觉好多了。于是，她仍旧磨蹭着，一步步朝家的方向挨过去。有很多匆忙的男女，穿着各色衣服，正面她，背朝她，组成了彩色的人墙，在黑暗中闪闪发光。她觉得这些人都比她高，比她壮实，心里升起一种奇怪的向往。她想，周南会把这些人比喻成什么呢？俗世里漂浮的一艘艘船，带着夜的水汽，在灯火下赶着自己的路——她也要赶自己的路。走到小区门口，刚好晚上八点。她知道这会是一个难熬的夜晚。

走进家门，她若无其事地脱鞋，放书包，换衣服，并用余光看到了桌上病恹恹的饭菜与沙发上阴郁的母亲。她深吸一口气，走出房间，坐到饭桌旁，大口吃起冰冷的饭菜来。她吃得太急太慌，没注意到母亲是何时坐到她旁边的。先是几句轻飘飘的问话，但是很快就碎在沉默的空气中了。然后，温柔的女声逐渐变得激昂，像是柔美的乐曲突然挺进高潮。母亲开始质问、痛诉、怀疑、斥责，激昂的提问与声泪俱下的诉说不绝于耳，都是那些她听了无数遍的话题。关于父亲的离开，关于母女二人艰难的日子，无人照拂，遭人白眼。关于多年的辛酸，关于她傲人的成绩……北大清华，世界五百强，月薪过万，结婚生子……母亲早已为她规划好了人生，而在之前，她也认定了自己就是要这种光明的日子。可是今天，她突然觉得迷茫了。仿佛哪里出错了。或许关于未来，她太欠考虑。也许她根本不知道未来是什么。她突然觉得自己除了母亲的热望什么都没有，这令她心如刀绞。她吃掉最后一口冷饭，噎得直打嗝，鼻涕眼泪全都下来了。母亲看她难受的样子，傻了眼，不再说话，她趁机逃进自己的房间，锁上了门。

一切静悄悄的，她躺在床上，无法控制地想母亲正在干什么。没有说话声，没有响动，只有秒针固执的走动声。她的脑海中出现母亲窝在沙发角绣十字绣的模样。可是母亲现在不可能绣十字绣，或许母亲同她一样，躺在床上，望着天花板发呆。她猛地坐起身，因为母亲因心悸而晕倒的景象突然闪现在她眼前。可是马上，她劝服自己安下心来，母亲身体很好，不会出那样的事。然后便是后悔，不知是为了刚才对母亲的态度，还是为了成绩，或是为了其他的事。这时，她听见客厅传来谨慎的声响——似乎是母亲蹑手蹑脚地去厨房接水喝。她安下心来，起身坐到书桌旁，开始写作业。

书桌的抽屉里传来隐隐的热度，那是她的一个念想。当化学、物理、数学公式在她脑海中穿梭时，一个种子也在她心中埋下。这事必须结束。她记得赵老师这样说。然后，火热的感觉越来越严重，她几乎无法靠近书桌。一切似乎被烧着了。一切似乎漂浮起来。她拉开抽屉，拿起那个偶像，放在胸口，想着爸爸的脸，想着爸爸送她这个礼物时的表情、动作。她突然体会到一种从未有过的陌生的痛苦，这是老练的痛，是经年累月的。她惊奇地看着偶像，怀疑它已将母亲的痛苦传递给了自己。于是她明白了，这事必须要结束。为了能义无反顾地走上那条母亲心仪的光明大道，她必须得做点什么。她紧紧抱着偶像，趴伏在书桌上，做了一个关于宇宙审判的梦。

5

梦里，她与魔鬼订了契约。

魔鬼从黑色的水中捞出一颗鲜红的心，换走她的双手，手腕的横截面长出藤蔓，像蛇那样穿梭，搅动大面积的雾气。她不过是失去了手，却像是失去了目光，或者说是沉重的雾罩住了她的眼睛。没有颜色，红裙子消失了，只剩下一道不知通向何处的天梯。

现实中，杨妮手一挥，把石椅上的落叶赶走，毫无顾忌地坐上去，跷起腿，耐心地看着她。

她们相约午休时在树林里的秘密场所见面。她到的时候，看见杨妮背对着她，站在一棵树旁，尖细的手指趴伏在树干上，一副落寞的样子，好像在思考什么。见她来了，杨妮立刻恢复玩世不恭的样子，神采奕奕地驱赶树叶，落座，然后便是长时间的、难熬的沉默。她不说话是因为紧张，尽管是她主动约杨妮见面的。眼前这个女孩子有着令她难以置信的生命活力。杨妮坐着，一动不动，却让她体会到一种运动之美。好像杨妮身边的空气都不安分起来。杨妮短短的头发在悄悄跳跃着，脸庞也闪烁着不稳定的光。

终于，杨妮开口了，用的是一种清脆的、慢悠悠的声音，好像她说这话不是为了缓解尴尬，而是为了好玩："听说周南要转学了啊，就在下个学期。"

尽管她早已经知道这件事了，可是听见事实从杨妮嘴里说出来，她还是有些不甘心。也许这是最好的结局，让周南远离这里，去一个也许没有"杨妮"的地方。这时，杨妮见她不说话，继续逗乐似的说道："唉，真可惜啊，我会想念周南的。"

杨妮小幅度地晃着脑袋，细碎的短发随之舞动，像是一朵好看的花。她还看见有一些阳光从树叶的缝隙中漏了下来，形成细窄的光束，有一束落在杨妮的鼻尖，让小巧的鼻头变成透明的，使杨妮像一只调皮的猫。"为什么……"她小声说道，然后看见杨妮跷起的那只脚摆了三下，"为什么老要欺负周南，周南从没得罪过你们吧……"她把目光抬起来，与杨妮的目光碰撞在一起。也许是金色的阳光与树叶映衬的缘故，杨妮的眼睛好像是浅棕色的。身材单薄的杨妮身处繁复的金黄色中，像是古老油画上的一个水滴。

"哈！"杨妮轻巧地叫了一声，唱歌似的说道，"没劲，没劲，真没劲。周南当然没得罪过我们，如果他真得罪了，我们就不会这么欺负他玩儿了。"

杨妮站了起来，拍了拍裤子上的土，然后开始围着石桌椅悠闲地走圈。杨妮踩在落叶上，不断发出哗哗的响动，像是很多本书正被撕碎，她被这声音搅得心神不宁。

"我很喜欢周南啊，所以才欺负他玩儿，不喜欢的人我根本不会搭理哦。"杨妮突然站定，对她妩媚一笑，随后又开始哗哗地走圈。

"能不能放过周南……"她的声音很小，甚至有些被哗哗的声音掩盖掉了，却有种不可抗拒的气势。

"咦？"杨妮似乎被那种气势吸引住了，停了几秒钟，然后呼啦一下跳到她面前，顽皮地歪着头，"奇怪诶，你让我放过周南什么，周南马上就要转学了啊……"

"起码这几个月，放过他吧！反正你们以后也不会再见面了……"她有些激动，不自觉地上前了几步，杨妮反倒被吓得退后了。有一瞬间，她甚至觉得杨妮单薄得像一片树叶，马上就要随风飘走了。

"不会再见面了……"杨妮低下头，喃喃地说，"一年多了，为什么周南一直不理我们呢……"

一阵秋风起，吹飘了短发，露出杨妮坚毅好看的下颌线。一些树叶随着风嗡嗡起舞，围着杨妮转了几圈，各自散去。她觉得杨妮身上出现了一种冰冷的东西，心开始没来由地疼起来。她说不上这是什么感觉，她想也许是孤独。

问题少女杨妮也会孤独，这是她没想到的。但是很快，杨妮便击碎了她不成形的幻想。杨妮突然抬起头，抱住胳膊，身上冰冷的感觉消失了，取而代之的是狡黠的火。"一年多了，我们打他，他从来不还手……"杨妮低下头，把脸探向她，"你知不知道，打架不还手，这也是一种不尊重呢？周南那种假清高，假怜悯，那种好像自己是神一样甘愿受苦的态度，真的很让我讨厌！"

杨妮燃烧起来了，似乎周南确实以某种不为人知的方式触怒了她。现在，杨妮一屁股坐回石椅上，胸脯上下起伏，很生气的样子。惹问题少女杨妮生气不是件好事，可是她管不了那么多了，她决定背水一战。

"你到底想怎么样？"她压低了嗓音，用一种质问的口气说道。

显见，杨妮被她突如其来的勇气吓了一跳。但很快，杨妮便觉得这是个千载难逢的好机会，整个人都兴奋起来。

"哟，白天鹅也会生气啊，你们这种好学生，不是不屑于跟我们差生交涉的嘛！"

"对了！周南也是这样的。他明明成绩那么差，却像好学生那样不问世事，假装纯洁，真的很让人恶心。"

杨妮昂起头，像被风吹动的柳条那样摆动着身子，唱歌一样的声调在密林中回响。"还有啊，忘了告诉你。"杨妮突然停止摆动，"周南打了我男朋友，有骨气！不过，就因为这个，我是不会放过他的，即便他转学也不会。"

这个时刻终于来了。她知道会引来这种结局。必须要付出什么，以交换还算过得去的结果。世界是以交换组成的。她颤抖着声音说："你想要什么……到底要我怎么样，你才能放过周南……"

好长一段时间，杨妮不说话，就那样看着她。她甚至产生了错觉：并不是在现实生活中的，而是在一幅画中。如果周南会画画的话，她就是在周南的画中。只不过这幅画太过生动，有了声音。你听，树叶温柔的低语声，阳光热情的诉说声，远处有鸟叫，有歌声，这是天堂里的一口井，在周南的画中，在她的梦里。

她不禁闭上眼睛，享受油彩的芬芳与梦的传奇。她听到一个声音娓娓道来，那是一个少女的声音，像唱歌一样，对她提出了不可抗拒的要求：

"下一次月考马上来了，如果你替我们作弊，如果以后每次考试，你都帮我们作弊，我们就永远地放过周南。"

她的生活表面结了冰，光滑的镜面给人以安详的错觉，可是谁也不知道下面是否波涛汹涌。她便是这样的感觉，好像周围的一切柔软得像云，她却走在钢丝上。

　　她不知道是不是因为与魔鬼缔结了契约，所以惩罚从现在就开始了。

　　一切如故，她上课，在同学们柔软的气息中倾听数字与词语的奥妙，在金色的秋光中昏昏欲睡，又被尖利的上课铃叫醒。她与同班同学保持着淡薄的交往，她与他们交换学习心得，向他们请教难懂的物理题，偶尔与他们谈论今天的天气与最近的新闻。他们的谈笑消失于老师的脚步声中，成为宁谧的空气中悠长的回响。然后，她继续埋着头，看书，研究作业题，听老师讲解一些非常难的理科综合题。她有时觉得老师不断翕动的嘴唇像是催眠的道具，从深邃的洞穴里倾泻出的是使人头晕的咒语。学校始终是白色的。尽管秋天的金黄已逐渐远去，冬日的灰棕开始登场。可她觉得这里全是白色的。白茫茫的一片。白色的烟尘覆盖了所有，清洗了所有。罪恶似乎被滚滚白水冲走了，圣洁的光辉笼罩在这里。

　　没有人再找过她麻烦。不再有威胁信，也不再有人约她到树林里恳谈了。杨妮和李竹在学校里碰到她，自觉地装作不认识她的样子。赵老师看到这样的情景，估计很满意，于是也再没找她谈过话了。日子就这样平静地过去。母亲仍然小心翼翼的，生怕触到她的神经，从而使她考试失利，一蹶不振……她觉得母亲活得太小心了，每个夜晚都是这样，母亲不敢说话，不敢有大幅度的动作，不敢看电视，像个幽灵一样悄悄存在于某个角落，好像稍微一个响动就能影响女儿的学习心情。她看在眼里，心里滋生出飘忽不定的恨。她只能努力学习，再努力一些。当然，那件事谁都不能说，她要默默解决完，尽可能快地回归到正常而平庸的道路上。只需干这一次，或者干完这个学期，慢慢地，她会说服杨妮，或者摆脱他们。总之周南转学了，不在他们视线范围内，就一切都好说。

这段时间，她有意识地躲开周南。周南照旧进行着他的"表演"，他就像春天里的蒲公英种子，无处不在。教室、楼道、操场、食堂……周南的影子烙在每个地方。他学猫，学狗，学小马驹，学乌龟，学蜥蜴，学熊猫……他的脸上仍是那种天真无邪的表情，仿佛打架事件根本没进入他的心里。同学们早对周南习以为常，只是在周南偶尔表演得特别精彩时，他们对他报以友好的嘲笑。杨妮和李竹没再找过周南麻烦，从这点看来，这姑娘十分守信——这让她感到安心。没了杨妮的打扰，周南更肆无忌惮了。一种前所未有的喜悦之光笼罩在他脸上，使他看起来像个心满意足的瓷娃娃。有时，她在楼道里碰到周南，便快速躲开，但是那种感觉仍旧强烈到无法忽视——周南有了深层次的变化，这使得他更接近她梦里的幻影，一个纯粹的、没有过去和未来的形象，就像一个光明无比的影子，这是全世界的影子。

有一次课间休息时，她看到周南在操场的一角，直直地站着，好像在凝视某个东西。然后，那个笔直的身体出现了微妙的变化，轻轻扭曲成波浪式的弧度，同时，周南举起双臂，紧贴耳朵，从最高点，慢慢下移，画了两个四分之一的圆，然后再缓缓举起，重新贴回耳朵。如此反复，直到上课铃打响，周南才如梦初醒般跺了跺脚，灰溜溜地朝教学楼走来。她看明白了，周南这次没有表演动物，这在某个意义上来讲是一种巨大的革新。可是没人在意，他们被蒙住了眼睛，就像太阳遮挡了星星。

她知道，周南是在扮演一株向日葵。

杨妮告诉她，只需在考试的时候偷偷把选择题的答案发送给她就行了，杨妮负责把答案群发给其他人。她感到有些不妥，但还是没有提出反对意见。

今天早上，她的书包里放着诺基亚手机与木雕偶像，怀着完全不一样的心情踏上相同的道路。一切如行云流水，可她知道有什么东西悄然改变了。她踏上林荫道，与同学们结伴，步入学校。考试给朴素的校园笼罩了一层神秘且严肃的色彩，同学们虽然并肩行走，却不太说话，好像生怕破坏这一种氛围。她熟练地走进考场，坐在属于自己的位置上。考场是按上一次月考的年级排名划分的，所以与她同考场的学生们仍然是那些人——她的同班同学。环境几乎没有变化，班级里仍然宁谧得像海。她把书包放在课桌里，掏出一个课本，翻开摊在桌子上看，却总被余光里的景象打扰——那里，同学们正陆续走进教室，坐在自己的座位上。她用右手在课本上做着笔记，左手悄悄摸进书包里，把手机缓慢地拿出来，塞到课桌的角落。她又觉得不妥，于是把手机往外边放了放。然后，她起身拿保温瓶接水，回到座位时刻意慢了些，缓缓在课桌旁兜了一圈，以期掌握监考老师的角度。其实她并不十分担心，因为给第一考场监考的工作从来都是最省心的——好学生哪里需要监督呢？如果她能碰上那个进了考场没十分钟就开始睡大觉的男老师就更好了——她收起课本，端坐着，心里坦然得像一片光明的田野。

铃声打响，教室里一阵骚动，但很快就安静下来。不一会儿，那位男老师拿着考卷，大摇大摆地走进来，她松了口气。这是神在帮助自己。这个念头一旦出现在脑海里，就很难抹去了，尤其是昨晚她还鬼使神差地把木雕偶像放进了书包。她看着男老师心不在焉地分发考卷，心里几乎有些雀跃了。当考卷分发完毕，呼啦呼啦的声音戛然而止，学生们迅速进入考试状态，教室里只剩笔头的沙沙声以及时钟的滴答声，这位男老师也懒洋洋地坐在讲台旁。她边飞快地审题，边冷静地偷瞄男老师——他已经进入昏昏欲睡的阶段了。

接下来的考试进行得很顺利，题目都很简单，她答得很快，越来越有把握。多亏这位万事不关心的男老师，她才能够在答完所有题后将手偷偷摸进课桌，把手机攥在手心，然后再缓慢地把胳膊抽出来。幸好校服的袖子够长，她可以用袖子做温床，让手机埋没进柔软的布料中，然后再用她灵巧的手指摸索着、把选项字母输进去。她忍耐着，克制着，不让自己做出左顾右盼的紧张姿态，这无疑会招来怀疑。幸好，同学们答题十分认真，监考老师又在十分认真地做梦，一切有如神助，她在很短的时间内便神不知鬼不觉完成了这勾当。

上午考完了语文和数学，她不仅力争把每道题都答得完美，还完美地把答案发到了杨妮的手机上。中午吃完饭，她趴在桌子上发呆，并不时瞟一眼操场与蓝色的天——周南不在操场上，幸好，她可不希望这种时刻周南还会出现分她的心。她把头转过来，眯起眼睛，让同学们雪白的校服凝成一片白光，融化在她狭窄的视野里。这时，手机响了，她懒洋洋地拿出来，看到了杨妮的信息：干得漂亮白天鹅，下午也靠你了！她删除了信息，继续趴在桌子上，眯着眼睛，想象着上午被她输进手机里的答案变成一束光，穿越教室，在楼道里疾驰，飞入七班，四散成烟花，落在每位同学的身上。

幸运的是，下午监考的仍是那位男老师。第一节的英语考试本来就不难，她又拿手，所以答得格外快，答案传送得也就格外提前。第二节的理科综合有些难，尤其是物理。当她正跟物理的最后一道大题较劲，并且担心着没有时间给杨妮发答案时，赵老师突然出现在了教室门口。就像乌云与暴雨一样，赵老师的到来给被明媚秋光笼罩的教室蒙上了阴影，她甚至还没反应过来，赵老师就已经站在她的桌旁，定定地看着她了。

有段时间，她没有弄明白赵老师为什么站在她身边。她仍旧认真地在草稿纸上算着，跟物理大题较着劲，寻找那个遥远的答案。她甚至觉得赵老师只是个影子，虽然这个影子笼罩住了她，但终归只是影子，是没有实质的，所以影响不了她。但很快，那个影子发话了：

"魏小言，把你的手机交出来。"

赵老师的声音不大不小，刚好激起一圈涟漪，又不至于使无关的学生太过惊慌。而那声音里又确实有种毋庸置疑的神气，使得几个胆小的女生频频向这边张望，按捺不住地想知道到底发生了什么。而她呢，整个事件的主角，依然沉浸在物理神秘的世界里。她还在想，这个角度，这种磁力，用这套公式，会得出怎样的结果呢？她简直着了魔，在一个用黑色柱子组成的迷宫里任意遨游，寻觅神秘的变量与矢量。

"魏小言……"

一个声音乘着机械波由远及近，它突破光的围墙，进入黑暗的迷宫，浮动在她周围。声音的频率逐渐加强，水的阻碍退去，这样一来，她与声音之间就再没有阻隔物了。声音的力量如此强大，像一把剑，直刺她的耳膜。

"魏小言！我说把你的手机交出来！"

面前这个冰一样的女人不准备给她留任何情面，她甚至不能恐惧，只能强装清醒地望着这个女人。她看到这张瘦削的、干柴一样的脸上浮现出一丝神秘的笑意，于是知道一切都完了，她的梦破碎了。显见，赵老师在七考场发现了那几个作弊的学生，顺藤摸瓜找到了她。而由于她刚才不合时宜的沉迷，事情变得更糟。赵老师估计认为她是在诚心与自己作对，所以怒气更盛，迫不及待地想要把她的罪行昭告天下。这下好了，在赵老师高昂的声音中，所有学生放下手中的笔，纷纷转过头看着她。那些眼睛，像是一些没有感情的玻璃球，放射着没有温度的光线。她一辈子也忘不了那些眼睛，仿佛在这些朝夕相处了一年多的同学眼中，她突然变成了一条狗。

她不知道接下来的考试是怎么进行的，她的手仿佛不是自己的，思维也乱套了，答案一定惨不忍睹。考试结束，监考老师离开，班里逐渐活跃起来，同学们沟通着考试的内容，脸上浮着舒心的笑——这是难得的放松时光，她却像一个被孤立的人，冷冰冰地起身，走出教室。她觉得楼道里有许多双眼睛在盯着她，寻找着合适的时机向她射出毒刺。实际上，楼道里确实充溢着考试结束出来放松的学生，但他们都是流动的水，目光并不会在她身上停留。是幻想让她有了绝望的错觉，幻想还让她看到了周南——周南正微笑着朝她走来，身上仿佛发着光。在最后的幻觉中，周南来到她面前，牵起她的手，带她飞奔起来。他们将跑出学校，在大街上奔驰，然后跑出城市，飞奔到葵花田里……可是她眨了下眼睛，幻觉便消失了。

在赵老师的办公室里，她发现，美丽的英语张老师终于如她所想，坚定地与其他老师们一起，站到了她的对立面。她以前多么喜欢张老师啊，可现在，看着张老师嫌弃的样子，她竟没有伤心，反倒松了一口气。可笑的是，她也有了一些"战友"——在她的旁边，站着杨妮，李竹，还有五个她不认识的学生。而她站在这个队伍的首位，就好像她是他们的领导一样。

赵老师首先发动"攻击"。这个严肃冷酷的女人仿佛被复仇之火点燃了一般，浑身散发着漆黑沉重的气焰。今天的赵老师穿了一件黑色连衣裙，衬得脸庞更为肃穆，好像从幽暗的坟墓里跑出来的鬼魂。她感受到一种沉重的压迫感——好像赵老师吐出来的黑气把这里填满了，她逐渐看不清老师们的脸。这样一来，她倒有了种强烈的不真实感，仿佛这件事与她无关，她只是在看戏……这一切太匪夷所思了，她的意识正慢慢从身体里剥离。为了减弱这种游离感，她决定听听赵老师在说些什么。她认真捕捉赵老师的每个字，发现赵老师说来说去都是差不多的话：一个好学生，一个总考年级前十的优等生，一个家境不算好、本应该成为励志模范生的女孩子，竟与学校里最差的学生们联起手来作弊，这简直是助纣为虐，颠倒是非！在赵老师的话语中，惊讶占了主导。因为赵老师实在不知道，好学生魏小言为何放着光明大道不走，偏偏要去犯错误。赵老师也无法想象，在这所制度严明的重点高中，怎么会出现这起可怕的群体作弊事件……

当赵老师的语气稍微放缓，黑气逐渐散去，那些眼神便浮出水面了。眼神属于沉默的人们——站在赵老师身边的老师们。他们虽然静静地站在赵老师身边，不发表言论，却暗暗地组成了联盟。他们变成了沉默的铁墙，阻止人们逃出去。说实话，最开始她的注意力全在赵老师身上，并没关注其他老师。当她不巧发现了这堵"铁墙"时，一种恐惧感油然而生。那些眼神，并不是冷漠、鄙夷、不屑、无奈……没有这些色彩。她在他们的眼睛里只看到了：隔阂。仿佛她这辈子都再也无法走进老师们的心里了。她已被排除在外，接下来，这所学校里的一切，都将不对她开放了。她突然想到，这也许就是老师们看"差生"的眼神。

她走出老师办公室时，觉得两腿发软，只想找个地方好好歇会儿。可是不能回教室，此刻的教室于她来讲是最可怕的地方。实际上，整个校园都变成了战场，让她一刻不敢多留。可是不能走太远，赵老师已经通知了作弊学生们的家长，也就是说她的母亲很快就会到学校，她要在这里等母亲。到底去哪儿呢……她筋疲力尽地思索，同时茫然地四处张望。校园还是那样，干净，整洁，神圣，清静。多么洁白啊，操场，教学楼，晚秋的天，弱小的同学们……一切都是白色的。她从未觉得这白色如此可怕。她有一种感觉：肮脏只是被掩埋了，如果掀开白色的罩子，会看到鲜血淋漓。

她拖着疲惫的身躯在林荫道转悠，身边是来往的学生们。考试早已结束，学生们多已回家，所以这里的学生已经不多了。她渴望这些人全部走干净，给她一条空白的道路，好让她能稍微安心点。学生们的脚步声和谈笑声令她心烦，因为她仍然无法遏制那个幻想：很多双眼睛在盯着她，伺机向她发射毒刺。可是周南呢……她突然心里一惊，吓出一身冷汗……不在这里，周南早已回家了，他不在这条通往绞刑架的道路上——她四处观察了一番，没看到周南的身影，于是松了口气。但是马上她便发觉，幻想既是绝望的光芒，也是希望的影子。幻想是有两副面孔的，能让人同时处于冷酷的天堂与温暖的坟墓。因为她似乎看到了周南宽阔的肩膀，转瞬即逝，仿佛消融在阳光里。可是不对，那不可能是周南，因为她仔细勘察了，周南不在这里，不在即将走出树荫、即将迈入喧嚣街景的学生队伍中。可是那双明亮的眸子意味着什么呢？它们隐藏在她背后，想把她唤醒。可当她转身，却又看不到了。只剩一双双压抑的眼睛，一副副单薄的身躯，只剩树叶浮动在学生们漆黑的头发上，像是风铃飘在梦中。没有周南，没有幻影似的光彩，什么都没有了。

趁学生们不注意，她从入口拐进密林，然后像杨妮那样手一挥，把石椅上的落叶赶走，坐了下来。她发现，地上的落叶似乎比上一次来时更厚了，再抬头看，树冠似乎也比以前薄了点，有些地方甚至有了明显的空缺。看来，秋天很快就要过去了，严冬将会偷走所有的叶子，留下萧索的枝杈。这到底是为什么呢？她被最后的树荫笼罩着，被隔离在黄昏的天色之外，她甚至看不清自己的手，却觉得很安全。季节悄无声息地改变了，他们的学校却似乎永远不会变。

等她的心彻底平静下来了，她打开书包，拿出木刻的偶像。她捧着双手，让偶像躺在上面，眼睛却并不看它。她把眼睛闭起来了。实际上，由于天色渐暗，她根本看不清偶像的具体模样，所以干脆不看。失去眼睛吧，只剩双手。她开始抚摸偶像，仔细地、一处不落地摩挲，就像盲人抚摸自己心爱的玩具。

突然，她的手热了起来。她以为是自己摩挲得太过火，于是停下来。不对，这种热度非比寻常，不是炙热，没有不舒服的麻木感，只有一种温暖的、像是被一团发热海绵包裹的感觉。她在心里惊呼，与众不同的温度令她猝不及防。她无奈地喘着气，咬着牙，却没有勇气睁开眼睛。因为她怕自己的幻想成真，因为她怕自己的幻想不成真。幻想变成了真实的世界，她所猜测的绝对没有错：这个偶像自己在发热。它在她因软弱而紧闭的眼睑下，变成了一个发光体，唤醒她的记忆。于是，只是一瞬间，她仿佛看见了发生的一切：不苟言笑的赵老师仍在办公室批改作业；美丽的英语老师与门卫寒暄了一句，便向停车场走去；母亲焦急地整理蓬乱的头发，穿上外套出门；杨妮、李竹，与另外几位学生面面相觑；周南走进小区，却被晚霞吸引了注意，于是他停下来了，望着晚霞，脸上露出微笑……

她看见了，同时觉得一股暖流在身体里荡漾。暖流冲击着她的胃，她的喉咙，漫过鼻子，几乎要突破她的眼睛了。一幕幕正在发生，这是真实的，没人能改变。就像曾经发生的，那些伤痕、玩笑、痛斥、冷漠……也通通无法改变。她突然想到，也许这一切都是合理的，他们做的，只是他们必须做的事。那么她能做些什么呢？

她弓起身子，让胸脯紧贴大腿，而那个偶像也紧紧地被她的身体包裹住了。热度有增无减，她为了回应偶像传递给她的感情，用一种炽烈的、满怀感激的声音低声说道：

"神啊，救救孩子们吧。"

说完这句话，热度消失了，一切仿佛被冲散了，她终于能抬起身子，睁开眼睛了。她把偶像放回包里，仔细地拉上拉链，小心翼翼地走出密林——林荫道上几乎没什么学生了。她在道路上漫步，觉得心情很开阔，一切似乎都变得开朗起来。她看见了那道晚霞，橙粉相间的颜色，美丽得好像是天使的画作。这是周南眼中的晚霞，是无可比拟的风景。不过，也许不止如此。她祈祷了以后，很快，木雕偶像就以某种方式给了她答案，晚霞便是证明。因为她发现，学校竟不是白

色的了，第一次，在她的眼中，校园有了色彩，那是一种在
忧愁的深夜依然能大放光芒的色彩。

　　一切终于有了答案了，她放下心来，怀抱着希望，走进
校园……

锈湖

"如果有一天，痛苦围绕，空虚陪伴，就去找锈湖吧。那是一片奇异的湖，水是红色的，远看就像一团火。它会吞掉一切腐朽的记忆，了结心愿，让一切化为一，让一切不复存在。"

## 1

17：00

时钟不紧不慢地走着。

在城郊这片诡异的荒地上，在杂草、烂尾楼、臭水沟的中间，在这栋腐朽得像一口棺材的别墅前……她分明感受到，时间已融入那一股带着铁腥味儿的风中与她擦肩而过了，她竟碰到了那个代表毁灭与重生的抽象概念的触角。虽然只是一瞬的感受，但她无比确信，老旧的时间已离她远去，而新的时间也对她不友好，她是一个被时间遗弃的人。

这片废墟离市区二十公里，一座遗世独立的欧式别墅坐在里面，还有一个死气沉沉的湖，湖面上浮着一层淡淡的锈色。看着眼前诡异萧索的景象，困惑与无助袭上她的心头。到底为什么呢？周六的傍晚，她放弃了信手拈来的城市夜生活，不顾劳累和绝望，到这个奇怪的地方一探究竟。她柔软的羊皮鞋上满是泥垢，顺滑的鬓发上有层肮脏的水汽，迷离的眼神仿佛在发问：到底为何而来呢？只是因为那个含糊不清的邀请吗？

她把手放在古铜色圆形门把手上，闭上眼睛，轻轻扭了下手腕。咔嗒一声，某个东西断了，紧接着，一个广阔的平面在她思维里展开。为什么不敲门呢？当那扇厚重的门在手里缓缓移动的时候，她才想到这个问题。她睁开眼睛，一片深纵的昏暗空间填满了她的视线，一种熟悉的悔恨情绪爬上她的心头。

走进这里于她似乎是一件必须的事情，而她懦弱的内心此刻正被一些模糊的情绪蒙蔽着。无法获得自由，灵魂总是处于煎熬中。这个念头经常跳出来，恶魔一样骑在她肩上。她轻手轻脚走进别墅，污浊的空气像一张不怀好意的网，霎时间裹住她。恐惧、困惑、茫然——不得不说，还有一点情欲……她边盲目地分析着，边好奇地打量别墅里的摆设。我从没来过这栋别墅，不是我的，不是我朋友的。她迷茫地摇着头。在她即将被这栋别墅吞没之时，她看见了那座立钟。

让时间从她刚进入别墅的那一刻开始：她打开门，穿过门廊，余晖透过窗子照在她身上。她的左手边是一套红木桌椅，右手边立着一架钢琴。她不觉得这别墅有住过人的痕迹。这种痕迹是无法掩藏的，是一种不管隔得多久都能被捕获到的独特气息，类似廉价香水味儿。到底是谁与她开的玩笑，告诉她这里有一个聚会，让她势必前往呢？她脑海中浮现出一张男人的脸，她的心在不停抵抗：不是的！我不是因为这个原因来的！可她的身体却不听使唤。显见，她在不停寻找什么。下沉式的会客区摆了一套奶白色真皮沙发，同样，似乎是没人坐过的样子。沙发的正对面和右侧分别有一排窗户（每一排有四面窗子），藏蓝色窗帘安分地束在两侧。她站在沙发前，坐也不是站也不是。她要好好想一想，到底是谁邀请她来的呢？那一张英俊的脸又出现了，如一个幻觉似的泡沫。她使劲按压着心底隐隐的欣喜，走到沙发右侧的窗边，伸出双手。她觉得自己快烧着了，就像窗外那片奇异的湖泊。湖面上那点点的暗红色斑点到底是什么呢？那是锈湖吗？

　　当发现打不开窗户时，她有一丝慌张。她上下左右查看这几扇塑钢窗框的玻璃窗户，来回扳动执手，纹丝不动。她开始害怕了，使劲拉拽执手，并试图抠窗子中间的缝隙。她是一个出身高贵的女人，从没这么狼狈过。可是现在，她顾不得身上名贵的套装，也无所谓自己刚做的指甲了。她像一个疯妇，在别墅里跑来跑去。这里似乎有无数扇窗户，她上蹿下跳，甩掉了鞋子，弄乱了头发，却一扇窗户都打不开。这是一些永远无法打开的窗户，生锈的窗户，死窗户。她被关在了这样一个诡异的地方，而那个乐意与她玩游戏的人却迟迟不现身。那到底是谁呢？她在这一片混沌茫然、如羊水般的环境里，彻底忘了门的存在，屋里像是有淡淡的雾气，她逐渐看不清那些窗户了。

在沙发右侧那排窗户的尽头，一个幽暗的角落里，坐着一架立钟。滴答、滴答、滴答，声音像是一把锋利的刀，割开薄雾，使她清醒了许多。那些时间是怎么逝去的呢？回忆仿佛夹在指针里被带走了。她站在立钟面前，看着摆锤左摇右晃，好像她的灵魂也缠绕在那根金色的棍状物上，左摇右摆，一刻不得闲。她享受着这些毫无意义的时间，聆听着楼上那一串似有若无的脚步声。有人在那里，她想。

有人在下楼，用那种犹疑试探、略带点亢奋的步伐。她定定地站在立钟前，不愿回头，任凭脚步声带着极大的侵略性包裹住自己。她感到一片雄厚的阴影正侵蚀自己的后背，然后脚步声停止了。那人看见我了，要朝我走来了。她想着，怀着一种尘埃落定的心情。果然，鞋底接触大理石台阶的踏实沉静的声音消失了，取而代之的是一种踩在地毯上的软绵绵的声音。那个阴影越来越近，带着一种使人堕落的气息。她身体僵硬，心里却异常渴望与那气息亲近。一只手抚上了她的肩头，她感到一阵酥麻。突然，那手一用力，她便天旋地转了。在别墅的窗户通通紧闭的时候，她体内的窗户却敞开了，一切无原则的可能性纷纷流入。她心一软，躺倒在那人怀里。


昨晚，他唯唯诺诺地与父亲在书房谈完公司事宜，本来心情是灰蒙蒙的，可当他看到邮箱里那封邀请函时，心境豁然开朗了。

这又是一个什么样的小游戏呢？他掏出手机，找到那个在看信时就浮现在他心头的名字，思索了一会儿，没有拨去电话。那封邀请函上有一个他没见过的地址，似乎在城郊，时间是明天傍晚，没有落款。他躺在床上，身体沉沉的，一种侵占的快感在他血液里荡漾，父亲给予他的压迫感消失了一大半。半梦半醒之际，他看到一张女人的脸，于是万分确定了，这是一封关乎情欲的邀请函。我正被那个女人迫切需要着。尽管她喜怒无常，行踪不定，但在她被某个人或某件事压榨到极限的时候，总是第一个想到我。他舒展四肢，仔细咂摸这形似胜利的喜悦。在他轻狂的梦中，一切都闪着金光。

第二天，他很早就去了公司，坐在专属他的偌大办公室里，品味昨晚梦中金色的余韵。然后，来往他办公室的人多了，职工们带着一张张谨慎卑微的脸在他面前晃了又晃，把本来环绕在他四周的浪漫情绪冲散了。他却不觉得可惜，反而感到一种轻佻的骄傲。女人的暗示让人激动，可我现在必须工作。他这样想着，开始专心批复文件、应对员工。他工作时十分专注，效率极高，心思缜密，心肠又狠——这又是让他骄傲的事。他年纪轻轻，却手握派克笔，坐在这座城市最高的大厦的顶层，成日与股权、管理、董事会这样的字眼打交道。有时候，他觉得轻飘飘的，仿佛站在云端。"我父亲拥有这城市里的一栋高楼，我却把它改造成酒店，这真是一个绝妙的想法。"工作间隙，他转头看看右手边的落地窗，发出这样一声感叹。

时针指向十二点，外面有一阵轻微的骚动，他知道，员工要去吃午餐了，可他不愿吃。他整理好手头的文件，却也不愿离开。现在太早了，为什么时间像一个磨磨蹭蹭的小丑，喜欢做一些无聊的前戏呢？他把脚跷在办公桌上，听着外面的骚动声逐渐消失。也好，现在可以好好想一想。首先，是一张女人的脸，有一双狐狸似的细长眼睛，带着一种天生的媚态。然后，是一头柔顺的长鬈发，曾经缠绕在他的指尖，与他难舍难分。最后，是一副灵动柔美的身体，那身体即便在展现悲伤时仍然充满挑逗……他在脑海里仔细勾勒出一个女人的模样。是余悠，没错了，她喜欢玩这种忽明忽暗的小把戏，邀请函一定是她发的。可不知怎的，余悠那线条柔软的脸庞正悄悄隐退，变成一张古板懦弱的戴着眼镜的女人脸。是安吉吗？不会，安吉像是一只被精心圈养的金丝雀，不问世事，绝不会玩这种花样……他在心里细细盘算着。安吉真是一个适合做妻子的女人。头一次，他赞同了他那古怪又卓越的父亲的想法，心情一阵舒畅。太好了，安吉做妻子，余悠做情人，这简直是天赐的安排。他不知不觉扬起了嘴角，眼里射出一些模模糊糊的贪婪。他回头看看挂钟，一点半。他站起来，系好西装的扣子。时间又快得像一个踩风火轮的杂技演员，他想。

　　他叫司机开车，自己则坐在后座，本来他可以利用这段时间再好好幻想一下的，可是现在，他有些烦躁了。这源于司机那一串小心翼翼的唠叨话。此刻，正午金色的阳光肆无忌惮地洒在耸立的高楼上。他们像蜗牛一样磨蹭了半个小时，仍没有走出这片闹市区。他麻木地看着路人灰扑扑的、被命运折磨得筋疲力尽的面孔，心里毫无感觉。司机仍在无意义地唠叨，他看似真诚地回应着，心里则盘算着何时能离开闹市区、离开市区、到达城郊、走进那栋房子里（现在为止，他还不知道那是栋什么样的房子）。当他们终于冲破十字路口，把行人、商业中心、购物店、喧嚣、急躁通通抛在脑后时，他长舒一口气，心里泛起一种比爱情更纯粹质朴的情愫。

　　道路越来越开阔，楼房比赛似的争先恐后地向后退着，太阳似乎也被他们甩得远远的了。当寂静和萧条围绕他们时，车里的气氛似乎也没那么难熬了。司机仍在轻声说着一些无关痛痒的话，他也还在努力应和着。他知道，司机是个懦弱到别人都会替他感到羞愧的男人。他也知道，司机这么不厌其烦地絮叨只是不好意思张口要那二十万块钱。可他不愿接这个茬儿。他明知道这二十万对他来讲不算什么，却也许能救活司机老婆的命，可他不愿做这个好人。这一切与我有什么关系呢？他想，并看向窗外：成排的粗壮杨树；杨树后面的低矮树丛；远处隐隐约约的土路；只有在城郊才能看到的宽阔的蓝天……他想到一个名字：锈湖。他浑身一激灵。

　　为什么想到锈湖呢？他本来雀跃的心情下面埋了一根爆竹引线，膈得他难受。刚才，他不理会司机那热切的眼神，下了车，告知不用等他，便走了。现在，他走在一片空无人烟的荒地上，伴着缠脚的杂草，和着远处工地的轰鸣声，看着那渐渐柔软下来的太阳，试探地、又不乏兴奋地向前走着。他早看到了前面那孤零零的别墅，并确定那一定就是目的地。

　　他在那面布满雕花的大门前站定，努力使自己的呼吸恢复到最自然、最无所谓的状态。他看了看手表，下午三点整。现在，他觉得时间有点跟他开玩笑了。那每一秒钟到底是不是公正公平的呢？时间会不会像女人那样阴晴不定，按着自己的心性儿来，导致这一秒比较长、而那一秒比较短呢？他专注地盯着面前这扇门，试图多浪费一些调皮的时间，以致完全没有注意到别墅旁边那片闪着锈色光彩的湖泊。

到底为什么想到锈湖呢？他下意识攥握门把手，竟咔嗒一下把门打开了。他就那样走进了别墅，像一个幽灵。他用他那原本温柔机警、现在却茫然失措的目光看清了一切：餐桌、椅子、下沉式客厅、沙发、窗户、很多的窗户……空气中飘着一股发霉的酸味儿，是家具因太久没有人气儿的滋养、分泌出的那种象征孤独的油脂味道。没人，静悄悄的，于是他迈动步子时呱嗒呱嗒的声音、衣料摩擦的沙沙声，就很有些寂寥神秘的味道了。他在客厅里站了一会儿，觉得这里安静得吓人，仿佛连时间都停止了。他开始站不稳了，好像他的外壳正被这强有力的寂静剥去，好像他憋了太久、如今终于放松了，于是他的灵魂也就变成软塌塌一摊了。

时间正从我体内流走。他摇摇晃晃地上了楼梯。到底是余悠还是安吉，或是其他什么女人，已经不重要了。在这里，在时间之外的这栋别墅里，权力和名誉似乎也不重要了。二楼有四间卧室，他困极了，简直都没精力挑选一个。他走进一间卧室，一头栽倒在床上，闭上眼睛。

他是被一阵奇怪的声音吵醒的，来自楼下。有焦躁的脚步声，很碎；有咣当咣当的声音，听起来十分用力；还有女人的喘息声，这声音很熟悉，在很多个难眠的夜晚，在他被周围的一切哄骗得晕头转向时，在他被各种虚假的成功牵着鼻子走的时候，就是这样一种柔软却慌张的声音慰藉他，麻痹他。他坐直身子，扫视一圈。这是落日的颜色，橙黄色的阳光像是与墨汁融合了，洁白的家具也被蒙上了一层血红色的光彩。他轻轻掀开被子，下了床，楼下嘈杂的声音停止了。他慢慢挪到门口，沉沉地踩在楼梯上。直到下尽最后一级台阶，看到了她，他还在疑惑着：这个优美的背影到底是奖赏给他的猎物，还是惩罚他的器具呢？

他轻轻走过去，手抚上她的肩头，把脸埋在她柔滑的棕色鬈发中，使劲吸着脂粉与洗发水味儿混杂的香气。然后，那被莫名的悔恨冲淡的情欲又回来了，那巨大的欲望，像浸了水的海绵一样贴在他身上。他撩起她的头发，就像以前无数次那样，吻她的脖颈。在这充斥着绸缎和奶香的世界里，他的心上开出了很多紫罗兰，手也变成了带刺的藤蔓。"余悠……"他喃喃说道，"为什么不见我，为什么要跟我玩这个游戏，让我深陷情网，又调头离去。"他轻轻推了下她的身体，那灵活柔软的身体便顺从地转了过来。

当她感觉到他裹挟着那一大团危险的温柔气息向她靠近时，很有些不安。她任由他把自己调转过来，任由他的嘴唇压在她嘴上，眼睛却抗议般地睁着。他们接吻时，她把双手放在他的腰上，试图用一种温和的力量让他往左边稍错一点，这样，她就能用右眼的余光瞥到窗外那片锈色的湖泊了。然后，她的呼吸急促起来，手也开始乱动。她恨不得张大嘴巴，咬住他的半边脸。又恨不得把他的衣服立刻脱光，用指甲插进他的肉里。他们做爱时，她觉得身体要被撕裂了。

半个小时后，她柔软地躺在沙发上，嘴角荡漾着奇妙的笑意，脸颊红扑扑的。她想说一些甜言蜜语，或者直接冷淡地穿上衣服走人。可是她太困了，睡眠把迷人的香粉扑在她的眼帘上，黄昏的余韵更是有着催眠的作用。她在这片灰色地带里昏昏沉沉地打着瞌睡，一些迷惑性十足的碎片在她眼前飞来飞去……她看见自己小时候住的房子、母亲的坟墓、总是来家里做客的花枝招展的女人……她看见了自己好几任继母，带着那种她惧怕的笑容，把她送上去往加拿大的飞机……她还看见了两张熟悉的脸，她最好的朋友，现在也成了她不得不躲避的人……她在想：还有一张脸呢？她才想起那张脸此刻正在这栋别墅里……突然，光亮冲掉那些臆想，她睁开眼睛，看见他把客厅里的吊灯打开了。她起身看看窗外的景象，天色似乎刚刚暗下来，月亮还没有爬上去。看来她只睡了一会儿。

"杰？"她的语调像一首忧伤的歌谣，轻盈地飘在天花板上。

高杰转过身，戏谑地说道："你是怎么想的？找了这么个偏远的老别墅，是不是在城里玩腻了？"

她还没来得及抚平衣服的褶子，高杰已坐到她身边，握住了她的双手。她摇一摇头，说道："我不懂你在说什么，我收到了一个奇怪的邀请函，就来到了这里，我以为是你……

或者是……"她在困惑着，可是她与生俱来的娇美嗓音使她听起来像是在调情。

"奇怪，奇怪，奇怪……"他好玩似的来回重复这两个字，不停揉搓着她的手，满脸的鄙夷和不信任，"我也收到了一个邀请函，如果说你也收到了，那是谁发的呢？"高杰胜券在握式的嘲笑表情让她红了脸，浑身不舒服。慢慢的，不舒服变成了恨意，滋生在她的嘴角。"啊，你说，不会是安吉吧，不会是她发现了我们的事吧。你曾经是她最好的朋友，可是你们有多久没见了？我们从加拿大回来，你就再也没见过她吧？"她抬头看了高杰的脸：一如既往的笑容，温柔得要命的声音，却说着如此无耻的话。

她试图张开手掌，试了一遍又一遍，可是没用，她装模作样的抵抗反而引来他的表演欲。他皱起眉头，装出一副心疼的样子，把她的手捧起来，直对那双手吹气。不一会儿，他吹累了，装腔作势起来："你这只飘忽不定的小鸟儿，我们曾经多么要好啊。在加拿大，你、我、安吉、东，四个人，我们在那里学习、游玩，形影不离。可是忽然，大家四散而去。回国之后，我们就再也不聚在一起了。直到我和安吉订婚，你才突然出现。是不是我跟安吉的婚姻让你后悔，后悔没有早点争取我？可那不是我能决定的啊，我的心永远不会在那段腐朽的婚姻里。"

突然，她浑身瘫软，又变成那个水做的美人儿了。当她觉得抵抗无效时，就觉得一切都没意思了。事实便是如高杰所说，她由着体内与生俱来的淫荡因子作祟，神不知鬼不觉地攀上这样一段孽缘。是为了报复安吉吗？可她跟安吉又有什么仇呢？突然，她满脑子都是与安吉在一起的美好时光：那些美丽的花朵和闪亮的珠宝，悦耳的音乐和一张张沉闷的油画……她甚至想起与安吉第一次见高杰时的情景，她们互相交换着意味深长的眼神，希望一会儿能私下把这个男人好好嘲弄一番。那样的日子好像是存在于另一个世界的。

事情是从什么时候开始的呢？她似乎过了一段好日子，可那些日子现在看来也不过是一个个脆弱的美梦。她曾周旋于无数个男人之间，可那些挑逗总带着些飞蛾扑火的意味。有什么可在意的呢？除了酒、男人，还有那些奢靡的奉承和迪斯科球一样耀眼的情愫，一切都不重要。她感觉高杰的手不再攥得那么紧了，于是借着伸懒腰的当儿，借机甩掉了那双手。她站起来，走到窗边，指着那片湖轻佻地问道："你说，那湖有名字吗？"

真是奇怪的湖，明澈银白的月光照在上面，竟成了橘色。那片湖忽明忽暗，湖面上不时泛起一丝丝暗红的光影，像是湖里飘着很多生锈的钉子，或是水里掺了些血丝。

"什么湖啊，我没有看到。"那双手又悄悄爬上她的身体，在那上面颤巍巍地摸索着。

"窗外那片啊，你来时没看到吗？"她像蛇一样来回摆着身子，"杰……你快看一下，那是不是锈湖呢……"

"你在说什么啊，那只是一片普通的湖罢了。"

"我们在加拿大的时候，那个女孩子跟我们说过的。她当时多可爱啊，那么漂亮，那么的天真……"

"不要说她！"

高杰突然触电一般弹开了手，快步走过去，对右侧那一排能看见湖的窗子做了一番了结——他极其耐心、又极其神速地依次把那些窗帘拉上了。然后，他失控了，在屋子里乱转了一圈，跑到沙发边开始踢茶几腿。咣——咣——咣……一下一下、极有耐心地踢着，伴随着沉重的喘息。而当他在做着这个充满寓意的动作时，余悠却走神了，或者说吓傻了。我把这样一个人给弄失控了，她稀里糊涂地想着。到底是一种强大的像泰山一样的力量，还是一种绵软的像温水一样的力量击溃了他的面具呢？那些面具原本好好长在他的脸上。她看着高杰一下下踢着茶几，却不敢去阻拦。

"你别这样，我们从没想过要伤害别人啊……"她绝望地说着。眼前的男人像一个濒临气绝的狮子，绝望而愤恨地在与那个看不见的怪物战斗。"怪就怪我们想得太简单了，我们以为那只是个游戏，没想到是这样的结局……"她开始颤抖，雾蒙蒙的大眼睛不停地眨着。她知道自己有点过分了，可她住不了口，夜莺一般娇美动人的声音顺着窗缝飘进夜色里。她已听不到自己在说什么了。

"够了！不是我们的错！这一切都与我们无关！"他叫嚷着，沙哑的声音在别墅里回荡，像是山间孤鸟的啼声。

我像个神经病一样地发作了，这似乎是只有东才能做出来的事。高杰蹲下来，把头埋在两腿间，无助地自我检讨着。不是因为那件事，是因为这个女人，在她面前我总能暴露出卑劣疯狂的一面，可我明明不爱她。他感到一双柔软的手臂围住了他，香甜而冰冷的气息环绕着他，女人温热的嘴唇附上他的耳朵，一滴水落在他的耳廓上。在她哭的时候，他其实也哭了，两个人哭得默无声息，因为他们不愿意让对方知道自己在哭泣。就像他们不愿意承认他们的自私，也不愿承认他们热情谦和的外表下藏着的恶毒与冷漠。他们不愿想起锈湖，锈湖本身也不愿意被他们记起。他们就这样熬着，数着日子。他们在五光十色的生活中，茫然地等着那个结果。

## 2

时针指向 3，她推了推眼镜，叹了口气，注视着窗外午后的阳光。

她的卧室在二层，很安静，墙壁按照母亲希望的那样被刷成粉色。她屋里最多的东西是书，其次是唱片，然后是毛绒玩具，一切按照母亲希望的那样整齐摆放着。今天以后，她再也见不到这些被母亲注入热望、而她却恨入骨髓的东西了。她又叹了口气，推了推眼镜。

分针在表盘上慢吞吞地画了半个圆，她在这半小时里获得了一种遗世独立的感觉。她从没如此细致地体会过时间。以前，她觉得时间是上天的恩赐，现在，时间却像是怂恿她的祸水。时间真的会流逝吗？像水一样、持续不断地流向终点？她看了看表，分针又不情愿地往前画了一个扇形。她知道，不能再耽搁下去了，她必须现在就开始准备。

她拿出行李箱，打开，摊在地上。从衣帽间挑出 T 恤、牛仔裤、衬衫、棉服……她不知道该带什么，只觉得每个季节的衣服都应该带上点，因为她不知道会去炎热的海滨城市，还是去以冰雪闻名的东北。还要带些什么呢？一些必需品：洗面奶、充电器、吹风机、眼镜盒……她耐心地从各个地方找出这些东西，码放在行李箱中。不需要书，一本都不需要，还有音乐，我这辈子都不想再听音乐了。她心里起了股无名火，真想把书架上的书撕烂，或是把陪伴了她二十多年的小提琴摔坏。可是她没有。生活惯性让她做一切都静悄悄的，让她利用与生俱来的沉稳平和把一切不满都隐藏起来。

人为什么要给自己加上一层又一层厚重无意义的外壳呢？近两年，这个古怪的念头时常出现在她脑海，搅得她心神不宁。人本来是那么光鲜亮丽、有血有肉，为什么要给这一个个鲜活的肉体加上刻板的知识、道德、教养、规矩呢。为什么人们要读书、要听音乐、要挣钱、要有社会地位、要考虑血脉与亲情、要……这些事对人到底有什么益处呢？她确定，自己不是从小就有这种想法的，相反，小时候的她是个博学多才又逆来顺受的傻瓜。她求知若渴、言听计从，安分地享受着父母的财富地位。可是终有一天，这一切都坍塌了。

她心里想着一件事，可以说，这件事从昨晚开始就把她的心占满了：那封邀请函一定是他发来的。那个像柳絮一样填满她的心的男人；那个强迫她的灵魂踏上一段新旅程的穷小子；那个在她亲人面前是禁忌、于她却是美味毒药的名字……最重要的是，他给了她一颗果实，在她的身体内，吸饱了她的虚荣与罪恶，结结实实盘踞在她子宫里，而那位播种人却已无影无踪了。可是她毫不怀疑，她的爱人最终一定会带她离开的。你看，机会来了，那封邀请函没有落款，她却十分自觉地将这看作是一场热烈私奔的邀请。

时针指向4，她推了推眼镜。得快点儿了，一般来讲，父亲不会这么早回家，但也说不好。她盖上箱子，伸出两手，像指挥一样那么一划，拉链拉上了。她站起身，提起箱子掂了一掂，还好，不重，她一会儿要像偷奶酪的老鼠一样，把箱子悄无声息地搬下楼。她要躲过母亲，还要躲过家里的用人。她褪下家居服，换上一件红格子衬衫，一条牛仔裤。没有人知道，这件事的起因和经过都不会有人知道。明天，警察局会多一个搜寻任务，她的父母会平添几根白头发，她那绢人儿一样的未婚夫不得不去寻找新的婚姻，而她的朋友……哦，她仅有的两位朋友已经被她于三年前抛弃了。谁的生活会因她的失踪改变太多呢？她站直身子，把手搭在行李箱上，听着钟表单调无情的声响。她感到身边正流淌着一条闪亮的河流，而时间则被裹挟进那花枝乱颤的河水中，被挤变了形。终于，一股强烈冲击力把时间挤碎了，于是，时间就成了漂在河面上的一点点晶莹的碎片。

"我已经废了，不知不觉中，我成了一具腐烂的木偶。不管我怎么勇敢地去弥补，都无法救回我那颗已变成木头的心。所以，事情没有那么简单，那座大厦的倾塌不是因为那些无可救药的变故。这城市里的每一个人，或多或少都是推倒大厦的助力。"她的脸上淌过一滴没有感情的泪，然后，她拉起箱子，果断地走向门口。

一，二，三，四，五……他用右手的食指有节奏地敲击着方向盘……当他怀着耐心和一点悠然的小心思敲够五下时，车载电子时钟正好跳到 17：00。

他开着这辆橘黄色跑车在街区已经兜转了三个小时了。他看了无数遍那些粗壮高大的杨树，那些平整宽敞的、不断向前延伸的柏油路，还有那些密密麻麻的高楼大厦……当然，人是必不可少的。他们穿着各式各样的衣服，迈着几乎同样的步伐，做着几乎同样的表情，无数次从他车窗边掠过。他们有的因为好奇伸长脖子看看他，有的却只忧心自己的命运。他不在乎他们，实际上，他也不在乎这些街道，不在乎如示威的怪物一般的高楼，更不在乎那片被高楼遮挡的支离破碎的天。他甚至不在乎他要做什么，也不在乎他自己。可从另一角度来说，他又什么都在乎。他的右手有点疼，不用看，关节肯定还肿着。是我昨晚打那个女人太用力了，他傲慢地回忆着。我打她脸的同时，她的脸也在回击我的手。然后，他惊奇地发现，在他那可悲的记忆中，没有愤怒和激情，只有一股迷人的专属夜晚的香气。我确实打了她，我也确实深深地迷恋过她。在迷恋她的第三天，她的一句话激怒了我，我失控了，狠狠揍了她的脸，可我现在却忘了那到底是句什么话。他换了左手扶方向盘，深一脚浅一脚地踩油门。他有时长按喇叭，有时却端端正正停在已是绿灯的路口。当他欣赏着这个如垃圾场一样杂乱拥挤的街区时，心里却在后悔着这件事：应该把那句话记清楚的。

到底要去哪儿呢？这条街越来越拥堵了，几乎寸步难行。他摇下车窗，拿出烟叼在嘴里，轻轻咬着柔软的过滤嘴，漫不经心地掏出打火机。此刻的街道像是一幅毫无头绪的抽象画：红绿灯、人行道、斑马线已经丧失了原本的功能；人们像没头苍蝇一样乱窜；汽车们尽可能钻进任何一处可以接纳它们的空地……一切都是无用功——他点燃烟——准时到家能怎么样，一辈子困在这里又能怎样。他吐出一串长长的烟雾，心中的迷惑却丝毫没能随着烟飘到身体外面。他在这样一条鸣笛声震耳欲聋的街道上，安静地坐在车里，孤独地拼凑着思维的碎片，直至完全忘记了他出来的目的。到底要去哪儿？还有什么东西在吸引着我吗？突然，他的心没来由地抽搐了一下，一些过往的画面在他脑海里开了花。他赶忙猛吸一口烟，然后发现烟灰已经攒了很长了。他嫌恶地把烟拿到窗外，使劲一弹。没想到，那散乱的烟灰正好落在一位骑着电动车的中年男人身上，男人被激怒了，大骂道："没教养！"

没教养。这三个字像三根铁钉狠狠扎在他心上。按理说，他不是那种拥有过强自尊心的人，可"没教养"这三个字让他联想到另外三个字，那才是他心中早已腐烂的疤。私生子。有时，他会陷入一种绝望沉沦的状态，就像陷入沼泽。他的身体里有一团不断壮大的气体，正从胃部直逼喉头。浓烟一般的气体越来越强烈，烧得他浑身难受。"他们应该想到，在这里，每个人都是凶手，每人的手上都沾过莫名的鲜血。"这些乱糟糟的想法在他身体里横行，碰上那团蘑菇云一样的气体，引发了爆炸。他忍不住了，淡漠已从他身体中出走，他开始像个精神病人一样手舞足蹈，使劲用拳头砸着方向盘。

这是一个再普通不过的周五傍晚。人们都做着不出格的行为，车辆也在一个不出格的怪圈里拥堵着。一双双茫然的眼睛盯着灰蒙蒙的天空和晦暗的高楼，一只只无处安放的手做着一个个没有含义的动作。如果非要说这一天有什么不一样，也许是那一辆突然发疯的橘黄色跑车。原本，它安安静静停在车队中等着绿灯。突然，像犯了癫痫一样，它开始不住地颤抖，并发出一阵阵毫无秩序的尖叫。它有点可怜，好像一个突然明白了死亡含义的死刑犯。可马上，它安静下来，又回归到那个不出格的怪圈里了。

转眼间，他已开始行云流水地操控着方向盘、熟练地换着档位了。刚才，在他屈尊为过路人演出那场闹剧时，他们无不驻足，用一种极其惊讶又亢奋的目光注视着他。可就在刚刚，他厌倦了，决心不再哗众取宠，他们又像受到侮辱一样，红着脸羞愧地走开了。一切都无所谓，一切都不曾发生。他突然想起昨晚那封神秘的邀请函，那一个充满诱惑的地址。也许该去那里看看，也许该回家，也许该去找一个姑娘，也许就在这里闲逛。他始终拿不定主意，直到在路口看见她。

那位姑娘十分眼熟。她穿一件红色格子衬衫，一条牛仔裤，拉着一个银色的行李箱。她的皮肤白嫩，五官却不引人注目。她的动作悠然缓慢，站姿笔直挺立，给人感觉很沉静，但是她不停推眼镜的小动作暴露了她慌乱不安的内心。怎么会不知道她是谁呢？他赶忙右转，驶入辅路，惹得后面几只喇叭疯了一样尖叫。他在认出她的同时就在想：我要离她更近一点。毫无疑问，她不是那些美丽多情、能给他带来视觉与身体双重愉悦、不声不响带走他很多钱的女人中的一个，她是存在于他的欲望之外的女人。

"喂，你去哪儿，我带你一程吧。"他把车停在她面前，后面的行人、自行车、电动车、轿车向他们喷出恶毒的怒火，可他毫不在意。

而对她来讲，眼看一辆跑车离她越来越近，她早有了不好的预感。未婚夫那张温柔的假脸浮现在眼前，她的心几乎提到嗓子眼。可马上，她便摇摇头，否认了自己愚蠢的想法。这辆跑车太招眼，而那样一个自负的青年企业家是不会允许自己的行为偏离轨道的。当她长舒一口气，暗自嘲笑着自己大惊小怪时，却又看见了那样一张脸。那是一张散漫又冷漠的男人的脸，肤色黝黑，嘴唇紧闭，眼角藏着蔑视。她推了推眼镜，然后，一切像慢动作一样：她的眼睛慢慢睁大，头轻轻后仰，右脚不自觉向后退了一步。她完全没想到，会在这里遇见他。

三年未见，她不知道是谁在躲谁，是她在躲他们，还是他们在躲她，或者他们每一个人都在躲躲藏藏。

"喂，安吉，别闹了，赶紧上车吧，我送你去你想去的地方。你再不上车，我就要吃不消了。"他苦笑，恳求着。她被后面那一张张狂乱愤怒的脸吓坏了，赶忙拉开车门。他帮着她把行李箱放在狭小的后座。她坐上车，合奏停止了。

她被关进了这个幽闭的空间，感觉并没好多少。刚才，她站在那条街上，体会着混乱的时间在她身上无序地拍打着，心头浮现出"荒凉"二字。而现在，她把两只手叠起来放在膝头，目视前方，闻着新车独有的皮革香味儿，听着偶尔传出的嘀嘀嘀的转向灯的声音，也并没有感觉到被陪伴、被保护。唯一让她欣慰的是，她的行李箱此刻正安全地待在后座，这让她心安。她十分清楚，那箱子里除了她生活的必需品外，还有一种虚假的、几乎一打开就会化为乌有的形似梦想的东西。

"你和你的未婚夫怎么样？"他刚一张嘴就意识到，说错话了。这似乎是最不该问的一个问题，他应该问问她最近在读什么书，她在小提琴大赛中拿了什么名次，或者问问伯父伯母的身体，要不就问问她拿着箱子是不是要去旅行（虽然他隐约感到，这也是一个不能问的问题）。可是他偏偏问了这样一个问题，这个问题把他逼到了死胡同，让他不得不继续无耻下去。"喂，安吉，我们有三年没见了，我跟高杰、余悠也有三年没见了，我不知道你们之间还有没有联系，滚吧，我也不想知道。你只要告诉我你和高杰好不好？你到底他妈的和那个曾经是我哥们儿，现在变成了你未婚夫的男人过得好不好？"

他的神经质没有吓坏她。"挺好。"她轻轻答道。是的，她就是这样，一个逆来顺受的完美傀儡，一个精磨细雕出来的高贵的附属品。他打了右转向灯，用手指敲着方向盘，等着红灯变绿，而她静默得像一个稻草人。然后，他把车转向右侧的大路，豁然开朗，一切顺畅起来。时间虽然给了他们炼狱和鞭刑，但也不忘给他们恩赐。傍晚，18:15，当天边挂着艳丽的晚霞的时候，他们终于摆脱了堵车的魔咒，在一条被时间遗忘，或是被时间开恩的道路上驰骋起来。

"来吧，输入你要去的地址，我送你过去。"他说，心里隐隐约约纠结起来。其实没有必要在意她的去处，对久未相见的老朋友最好的尊重就是不闻不问，可是他的眼睛还是情不自禁地往右边瞥着。然后他看见了：她咬着嘴唇，捧着导航仪，推了推眼镜，轻呼一口气，在屏幕上一下一下敲起地址来。他看见了那个地址，有些眼熟，零碎的词句带给他一种似曾相识的感觉。他转正眼珠，开始想一些有的没的，比如迷乱的酒吧和冷漠的街道。他突然想到，也许真正的结果应该是法官手中的剑，应该是一种令所有人不寒而栗的自由。那些凌晨破碎的梦会引领他走向那个结果。他想到昨天晚上。

昨晚，在打了那个女人后，他怀着雀跃的心情隐入黑夜，迈着清脆的步子走进公寓，上电梯，刷卡，进家门。这是一栋常年没有任何情感气息的房子，是当他厌倦了虚情假意后不得不返回的巢穴。然而昨晚——犹如被指引了一样——在他亲手对自己的心爱之物施以暴力之后，他从未如此渴望过这个"家"。他进了家门，倒在沙发上，心满意足地拿起平板电脑，百无聊赖检查着邮箱。然后，他发现了，那一封与他今晚的行为和心情匹配的邮件：一封极端神秘、又极端愚蠢的邀请函。没有落款，没说明聚会的性质，只简单说了时间、地址。他为什么要接受这样莫名其妙的邀请呢？可话说回来，这类莫名其妙的邀请不就是为他这样的人准备的吗？他放下电脑，闭上眼睛，顷刻间便沉入睡眠中。在梦里，他看见一片湖，那是一片在他记忆中深藏已久的湖，在等待他，召唤他。湖水仿佛在歌唱，在盼望着他能跳入水中，清洗自己，或者失去生命。

"锈湖?"她犹豫着说出这两个字，敲破了他有关昨夜的全部美丽幻想。锈湖，这两个字飘散在幽闭的空间里，在他与她淡然而迷惘的距离间，在她脆弱的耳郭边，在他冰冷的眼神前。她后悔了，为什么要如此不假思索地抛出这两个字呢? 可是后悔也晚了，她只得在这微妙的空气中静静等着他的回应。他一直没有回应。

刚才，她看着窗外不停疯狂后退的杨树，闻着新鲜皮革和车载香水混杂的气味，任由自己的思绪随意驰骋。她难以想象，这一天竟然是这个样子。她心心念念的今天，她梦想了无数次的逃离日子，竟然是这么一个鬼样子。不管怎样，她决定采纳他的意见，把目的地输入导航仪。她一下一下输入地址，一个陌生的城区。她输完了全部的字，听见机械的指路声音响起。她没有放下导航仪，而是盯着屏幕看。那里有个可疑的形状，她用两根手指撑大地图，那个形状扩大了，正好暗合了她的预想。她才发现，她要去的地方根本不是她想的长途汽车站、火车站这种能带她离开的场所，而是一条路旁边的一块空地。那个形状是一片湖，两个字分明显示在代表湖泊的曲线旁边：锈湖。

"原来真的有锈湖啊，我还以为那只是个传说……"她低声念叨着，他仍旧静默不语。不知不觉，他们已经远离市区，驶在一条林间小路上了。道路两旁深密的树林、突兀的公交站，还有那些如灰溜溜的土拨鼠一样突然冒出来的行人……纷纷在向她诉说一个观念：这里是一个灰色地带，是城市的垃圾场。她无法消化心中新奇的感受，脑海里的锈湖正逐渐扩大。"哪里有什么锈湖。"他终于说话了，语调有些让人丧气，"那不过是一个神话故事，一个让人听不懂的故事……"他心里隐隐作痛，"你不要以为那是锈湖，哪里有那么好的事，你真是想多了。"他气喘吁吁，脑门上渗出一层细密的汗珠。

一切都无济于事，他们确实正在前往锈湖。突然间，一切都不存在了，她的人生空旷得像是一望无际的平原。她曾梦想的，执着的，妥协的，都被那一个名为时间的魔鬼带走了。或者她早知一切都是假象和幻境，她为自己编织出的彩色天幕不过是为了强迫自己走进那深不见底的恐惧。于是，就这样，她和这个灵魂扭曲的男人，坐在这样一辆如子弹般横冲乱闯的车上，前往她脑海中的锈湖。她终于可以摆脱那些金银铜铁、那些丝绸金箔了。她要摆脱丰厚的物质与贫瘠的精神带给她的一切。她要走进那片虚空中，走进锈湖里。

3

19:30，天已经黑透。这栋别墅在月光与阴影的照拂下丧失了原本神秘温馨的气息，变得面目可憎。它孤零零的，在这片被遗忘的荒地里，成了一个接纳洁白月亮和阴暗历史的容器。

别墅里蕴藏着更多信息。首先，是那些古老的家具。每一件家具都像是一位冥顽不灵的老绅士，它们肃穆地站着，沉默着，仿佛在对抗某种势力。别墅里的一切：修长的红木桌子、三角钢琴、乳白色皮沙发、立钟，还有很多死窗户……它们不知被一双什么样的手带回来，被遗忘在这里，互相陪伴度日。那些时光缓慢到几乎停滞，一些死时光。而今晚，这里有了不一样的气息。那是一个男人和一个女人，在沙发上做爱，在茶几旁怒吼，在立钟前哭泣。然后，他们长久地在楼梯口拥抱。女人不知即将面临的是幸福还是不幸，她只觉得有些冷。如影随形的孤独让她沉浸在情人不牢靠的怀抱里，就像将死之人疯狂渴望着上帝之光。

门开了，明亮的月光滑进来，一种新鲜刺激的气息冲了进来。余悠知道身后有人，却不愿回头看，任由后背被那片突如其来的月光照得冰凉凉的。那人不说话，不行动。她正拥着的这个男人，身体也正变得僵硬。为了赶走那些冷得像刀子一样的入侵气息，她把情人抱得更紧了，而她的情人却并不像往常那样给她回应，而是有些退缩。她还在想，是什么把他吓成这样了呢？

首先，她感到手里的男人正悄悄往后退，试图挣脱她章鱼脚一样缠人的手臂。然后，她身后传来一阵微风，还有一串绵软却急促的脚步声。最终，一只手拉下她的胳膊，让她转了个圈儿。她还没看清对方是谁，就结结实实挨上那记巴掌了。

那是一张白嫩平淡的女人面孔，两只无神的圆眼睛，一个极没存在感的塌鼻子，两片颜色寡淡的薄嘴唇，平缓的鼻梁上费力地架着一副白框眼镜，眼镜总是不争气地向下滑，于是对方时常拱起那根嫩葱一样的手指轻轻推扶——这个动作有种稚嫩的意味。那个巴掌打得她耳边嗡嗡作响，视线模糊不清，于是她觉得，那张脸是如此不真实，像一个面具模子。过了一会儿，她觉得眼前的脸慢慢与脑海中深藏的记忆吻合了，一种怀旧的情绪将她罩住，使她几欲落下泪来。然后，一个极其难办的问题横在她面前：我要对这张脸说什么呢？

面对这样一场别开生面的闹剧，东来了兴致，他开心地吹着口哨，轻轻松松在三人身边转了一圈。"至于吗？不就一个拥抱嘛，他们好久不见了，是该拥抱一下。"东移到安吉身边，把嘴贴近安吉的耳朵，"他们一定好久没见了，就像我们一样，就像你和余悠一样。所以叙叙旧，拥抱一下而已，不然你以为是怎样？"

"我没以为会怎么样。"听东这么一说，安吉脸红了。她本不在意与她未婚夫有关的任何事（她不是不知道他那些数不胜数的桃色新闻），如今却冲动地给出了一巴掌，仿佛为了发泄她今晚的梦没有成真。"我只是没想到……是你们给我发的邀请函。"

"邀请函，对了！"东兴奋地接上话茬，"我昨天也收到了一封邀请函，不会正巧也是这里吧？"今天他第一次开始真正感兴趣了。他慌里慌张拿出手机，飞速按着键。突然，手指的动作变缓了，他一边的嘴角向上扯了一下。

"邀请函……对，邀请函……"高杰突然反应过来，有些失落。

"既然如此。"东心满意足地把手机重新放回裤兜，"我们就安下心来，好好玩一会儿，或者认真聊一聊吧，我们都三年没见了。"

此时，余悠才从那长久的梦幻中脱离出来。伴着东的俏皮话，她的身子越来越软，恢复了那种婀娜娇美的姿态。她看见高杰也略微拾回了以前的气宇轩昂，正挺着胸，准备听取东的建议，努力酝酿出一张久别重逢的笑脸。她稍微放了心。可不知怎的，她的眼睛总想盯着那扇门看，不受控制似的。那是一扇老式的欧洲雕花门，颜色早已陈旧、不均匀了，有些浮雕的凸起部位变了色，或起了皮。是谁把门关上的呢？

余悠和安吉一边一个坐在乳白色的三人沙发的两头，余悠不停把左边的头发往耳后捋着，安吉低着头，不知是在看地面还是在看自己的旅游鞋。她们似乎在默默对抗着，又似乎想借由某种契机靠近彼此。高杰坐在余悠这边的单人沙发上，十分局促。东舒舒服服躺在贵妃榻上，侧着头，眯着眼睛，把他尖锐却狭窄的目光尽可能洒向各处，挑选着合适的说话契机。

"所以，这封邀请函到底是怎么回事呢？"东没头没脑地说了一句。

没人回答，他们决心对不了解的事情闭口不谈。

"好吧，还会有人来吗？"东又奇奇怪怪问了一句。

"我想……"高杰硬着头皮说道，"这里不像是有热闹聚会的样子，没有这个迹象，也许……"

"也许什么？"东追问。

"也许不是聚会吧。"

"也许邀请函是我们四人中的一个发的吧。"东又马上做了回答。

"也许是某个人对我们开的玩笑，一个恶作剧。"高杰无奈地笑笑。

"到底是谁发的邀请函？"东不死心地追问，他的语气和神情再次让人感到，他问这些纯粹只是出于好玩。依然没有人回答。

这一会儿，余悠无心插入他们的对话，她对邀请函当然是好奇的，但她此刻的注意力都被安吉吸引了。三年未见，安吉那熟悉的淑女模样闯入她的眼睛，使她有一些苍凉的感慨，也有一些温柔的遗憾。最重要的，是她不停在想一个问题：自己对安吉到底是种什么样的感情呢？她无法避免地想到第一次见安吉时的情景。那时她十五岁，还没交过男朋友，却已见惯了父亲带回家的形形色色的女人。她们在长辈的下午茶时间相识，她曾觉得安吉身后有一道白光，似乎是天使才有的那种光芒。在后来的岁月里，她因着本性成了一个善于玩弄男人的女人，安吉从未对此发表过评论。

"不知道这地方有没有酒。"东猛地跳起来，打断了余悠的思路。然后，他像只松鼠一样四处转悠，最终锁定立钟旁的柜子。那是一个黄褐色结构简单的木头立柜，玻璃上映着吊灯的光影，里面放着一瓶没有打开的威士忌。

没一会儿，柜子那边传来咣当咣当的声音，东骂着脏话，双手跟那个锁死的立柜较劲。他们纷纷转过头去。高杰站起来，走到东身边。"我来帮你吧……兄弟。"他说兄弟二字时有些犹豫。然后，他开始装模作样地在柜子下半部的抽屉里找钥匙，间或假装检查一下立柜的构造。他的心思不在酒上。

"不要喝酒，你开车了。"安吉开口了，语气中没有任何感情。

听了这话，东停下动作，转过身，脸上溢满夸张的惊讶。霎时间，那些惊讶变成了戏谑，仿佛他的全部惊讶都只是嘲笑别人的前戏。"哟，哟，哟，你们听听，我们的安吉真是一点没变。"东一步三晃走到安吉身边，"要我说，口是心非是女人最可爱的优点，那些男人真没眼光，就知道围着你的好闺蜜余悠乱转，却不知道你才是那个最可爱的。"

"神经病……"安吉想斥责东一番，话到嘴边却没了力气，她下意识地把手放在肚子上。

"好啦，你又不是第一次见他。"高杰走到安吉身后，双手轻按着安吉的脖子，他此刻慌乱得像是一簇马上燃着的爆竹，"东的嘴一直这么损，我们都知道他没有恶意。"他不时看向余悠。

"我当然没变，你们又能变多少呢？"东的声调黯淡下来，仿佛在回忆什么，"你们记得吗，那年我们逃课去澳大利亚玩，去布里斯班。晚上，我们租了辆车，沿着公路一直开，谁也不知道要去哪儿，只能顺着风的方向走。我们开进一道弯弯曲曲的小路，路旁一个行人都没有。然后，豁然开朗，眼前是市政厅和一片潮湿的草坪。我们把车停在路边，躺在草坪上，望着星星，喝着带来的洋酒。我们喝醉了，说着玩笑话。我要去开车，那时安吉就说了这么一句……"

说着说着，他爆发出一串嚣张的笑声。

"哈哈哈……她就说……"东弯下腰，笑得喘不上气来。他趁着笑声的间隙艰难地挤出几个字："她就说……不要喝酒了……你开车了……哈哈哈……"

一点没变！余悠在心里骂着：他是个神经不正常的人，有时候你觉得他在吐露心声，并为他的忧郁而担心，可马上他就变成了一个肆无忌惮的魔鬼。"有什么可笑的?"真相浮出水面了，余悠悬了一天的心终于落了地。她舒展一下四肢，慵懒地跷起腿，用她那歌唱一般的嗓音对东说道："你费了那么大的劲儿把我们叫来，说吧，到底想干什么? 还做了那样的邀请函。"她也觉得好笑了，于是音调里又加了许多抑扬顿挫，"不会是想叙旧吧?"

这时，那双在安吉脖颈上反复轻揉的手突然弹了起来，高杰觉得有些尴尬，便朝他刚才坐的单人沙发走去。那个银色的旅行箱绊了他一下，他才真正看见了这个多余的物件儿。他注视着旅行箱，面色沉了下来，如鲠在喉。

"我没有发邀请函。"东说。

"不是你是谁?"

"我不知道，或许是你，是她? 是他吧……"东胡乱指着，显见很享受这杂乱无序的场面。

"我没那么无聊。"高杰看了下手表，20：45。他厌倦了，不愿再去管到底是哪个无聊的人发起了这场游戏。事实上，他从没真心在乎过这张邀请函，他刚才得到了想要的，早就应该一走了之。可是有样东西横在他简单肤浅的头脑里，使他萌生了背水一战的念头。那个旅行箱。

"哈，难道是我吗？我会无聊到跟你们玩这种游戏？"余悠的声音里似乎夹杂着金属碰撞的悦耳声响。然后，她发现了一个令她不寒而栗的事实：那封邀请函是安吉发的。她看到安吉死命低着头，一只手攥着衣角，另一只手伏在腹部，脸上写满了不甘和抑郁。这样的安吉太不同寻常了，她心里到底藏着什么可怕的秘密呢？

"可是，这样多好啊……"余悠细着嗓音忧伤地说，并特意把每个字的尾音拉长。她把一只胳膊放在沙发背上，用手支着头，让散乱的鬈发盖住半只眼睛。她在用一种不易察觉的眼光细细搜索着。"我们还能聚在一起，这样多好啊……"她用一种缅怀的声调渲染气氛，差点使她自己都相信了。她不得不闭了嘴，因为她知道哪怕再多说一个字，她就要哭了。那一张张熟悉的面孔啊，曾经给了她多少慰藉、装点了多少个枯燥的白天和夜晚。那到底是一根怎样的巨木横在他们中间，使他们认清了彼此，渐行渐远呢？

锈湖。

一道红亮的影子在余悠的脑海里一闪而过，恐惧的阴影浮上她的眼底，可那只是一瞬间的事。马上，红色渐渐消退，单调的白光又回来了，羞愧和愤恨渐渐找上门来，她几乎坐不住了。

　　"看见大家过得好，我就放心了。"高杰试探地说，"但今天太晚了，这地方又实在没什么可玩的。"他说着，留心着余悠和安吉的脸色，"还是改日我再请大家吃饭吧。我公司楼下开了家不错的牛排店。"

　　"为什么要走？"余悠睁大眼睛，做出惊讶的样子，"我还没玩够呢！这地方怎么了？我看挺好，安静，古朴，别致。他们管这叫什么来着，'原生态'，哈哈哈……"她开始胡言乱语，放身大笑，跳舞一样扭到东的身边，不顾高杰对她投来错愕的目光，"你说对了，这地方哪儿都好，就是差了那么一点酒。"她拉起东的手往楼梯走去，一种报复的快感在她身体里盘旋。

　　复仇的女神。余悠在心里玩弄着这几个突如其来的字眼，觉得有些新奇。她有时会控制不住自己耍这种调皮的小手段，好像出恶气一样。是安吉那默然的阴冷神态激怒了她，还是高杰那懦夫一样的幼稚伪装使她厌恶呢？当她拉着东走进二楼的黑暗中时，一种怀旧的情绪险些击垮了她。那是一道暗红的光，从窗外射进来。受着那光的指引，他们磕磕绊绊走到窗边，一片暗红色的奇怪湖泊填满了他们的视线。那湖在月亮的照耀下鬼影憧憧，湖面上漂着一些铁屑般的东西。它是如此诡谲、充满激情、饱含危险。它好像已经挣脱了黑夜的束缚，正跃跃欲试地向这边奔来。然后，像得到了一个诡秘的暗号一样，他们同时在心里吐出两个字：锈湖。

此刻，安吉坐在沙发上，沉静得像一片烧尽了的草原。有一排牙齿在啃噬她的心脏，一种阴冷腐臭的气息从她心的缺口排出，直逼她的喉咙。

"亲爱的，不用管他们，我们走吧。"

听到高杰这么说，她重又警觉起来。

"好啦，亲爱的，我知道你不开心，被叫到这么个莫名其妙的地方，来了这么一场莫名其妙的重逢。我带你离开吧。"

安吉不愿理睬高杰，任凭自己陷入漩涡一样的深思中。她想起自己与余悠的过往，她们初遇时，安吉大约只有十四岁，是一个被层层叠叠的高尚教义包裹起来的公主。她被余悠闪耀的头发和明媚的眼睛吸引了。她日日夜夜地想，世上怎会有这样的美人呢？仿佛余悠的身边常年围绕着宝蓝色的蝴蝶和浪漫淫靡的异香；余悠所过之处，大地便会发出欢愉的震颤，天空便会洒下一道金光……而无数次，当安吉几欲揭开余悠的面纱时，却无端发起抖来……不过那只是当时，现在她不怕了。

"喂，你在想什么？我在问你话呢！"亮丽的金粉和阴森的白雾一并消去，一张冷酷严肃的脸出现在她眼前。高杰面对她站着，两手攥着她的肩膀，来回摇着。他有点被安吉的冷漠激怒了，动作粗野了些。只见安吉像刚睡醒一样，抬起头，用无辜的眼光望着他。他于是又有些紧张。

"我是问你，这个行李箱是怎么回事？"高杰又问了一遍。

"啊，行李箱……"安吉快速地转了几下头，直到看见了那只行李箱才安下心来。

"你这是要去哪儿？去度假？怎么不跟我说一声。"

"不是……"

"那么……"他把脸靠得更近了，"那封邀请函真是你发的?"

"不是。"安吉无奈地摇摇头，"我不知道你们在搞什么，我跟他们有三年没见了，如果没记错的话，我跟你也有一个月没见了。"

"当然，当然……"高杰缓慢地点着头，"我跟他们也有三年没见了。那日子啊，真是值得怀念……"

"不过，我们长大了，每个人的道路都不同，确实没必要见了。东那小子啊，还是老样子，吊儿郎当的。你还记得吗？以前我们经常一起打高尔夫，那小子完全不会打，却喜欢在球场上装模作样，他每次都输给我，于是每晚的消遣就只能他买单……"高杰滔滔不绝起来，带着一种回过神来的傲气，他边说边做手势，力图把回忆还原得活灵活现。

"那余悠呢？你们也一直没见吗?"安吉决心打断他。

"是啊……"突然，高杰的声音小了下来，傲人的气势也一去不复返了。

"没见啊……除了你，都没见……"

当高杰绞尽脑汁想进一步证明自己的无辜时，余悠和东下来了。

"上面什么都没有。"婉转动听的声音飘了过来，"酒啊，小吃啊，好玩的东西啦……什么都没有，只有四个无聊的房间。"余悠打了个哈欠，歪倒在安吉身边，好像故意让安吉难堪似的。

"那还是听我的吧！大家散了。"高杰如逢大赦，"哪天我们去吃牛排，好好喝一顿，叙叙旧。"当高杰看见余悠像一条软虫一样粘在自己未婚妻的身上时，不觉皱紧了眉头。他已经决定了，就算安吉不愿走，他也要离开这个鬼地方。

"也并不是什么都没有，我发现了一个好东西。"东背着手站着，颇有深意地看着他们。

"嗨，不值一提。"余悠挥一挥手。

眼看新的一轮对话即将开始，高杰有些着急，他本来预备了大量的时间留给这栋别墅，留那一场意乱情迷的邀约，可是现在，他觉得无聊和困窘了。"到底是什么东西啊？快给我们看看。"他清楚自己的忍耐力其实很有限，也知道再这样下去，自己马上就要有失风度了。他那最后的理性与隐隐探出头的焦躁混杂在一起，促使他快步走到东的身边，一把掰过东的两只手，试图结束这一切。当那张相片被高杰扔在茶几上的时候，余悠还小心翼翼地埋怨着："叫你不要拿下来的……"

这张相片已经泛黄了，日期是二十年前。上面有两个人，一大一小，站在黑色的幕布前，亲切地挨着，靠在一起。女人烫着夸张的鬈发，穿着绿色棉布衬衫、卡其色西裤。女孩儿大约三四岁，穿一条略显简陋的素色连衣裙，开心地笑着。女人女孩都清纯漂亮极了，仿佛一大一小两个不谙世事的玩偶。

当他们凑在一起研究这张照片时，一种骇人的寂静降临在别墅里，使得一些边边角角的声音凸显出来：立钟滴答滴答的声音在天花板上横行；别墅的某一个角落正发出墙皮簌簌掉落的声音；气流撞击窗户的声响隐隐从窗缝进来；那架寂寞已久的钢琴似乎都要自我弹奏起来了……他们忍受着这种能把人逼疯的寂静，一种轰轰隆隆的恐惧在他们耳边演奏开来。

突然，安吉小声说："我见过这张照片，我认得……"

"你够了！"余悠厉声打断安吉。然后，她的脸又变成娇嗔的模样，指责东道："都说了不让你把它拿下来嘛，这下好了，我也没兴致了，大家各走各的吧。"

"你才是够了！"安吉猛地站起来，愤怒之火把她苍白的皮肤衬得润红，她感到自己要爆裂开了，"你怎么会不认识她呢？她是梅啊！"她夺过余悠手中的照片，把拇指按在小女孩儿的脸上。

当"梅"这个字从安吉的嘴中滑出时，整栋别墅像是陷入了一只静默的水泡中。他们感到时间在身旁嗖嗖逝去，像一串串飞驰的闪电，耀眼的火光闪得他们睁不开眼睛，让他们心慌意乱。他们还感到，除了那属于时间的耀眼光芒外，还有一片红彤彤的光正趴在天花板上，照得他们的心咚咚直响。他们不敢说，不敢去拉开右侧那排窗帘一探究竟。那感觉像是月亮下面正烧着一场大火，火光快波及他们了。

终于，东打破寂静，像一个勇士一般微笑着，说："朋友们啊，事情是这样的，我们都在昨晚收到了一封同样的邀请函，没有落款，时间含糊，于是，我们像牵线木偶一样来到了这里。某个人在跟我们开一场玩笑，他把我们集结在这里，渴望着获得点什么，或者给予我们什么。那么问题来了，这些'什么'到底是些什么呢？"

东还没说完，安吉便一声不响走向行李箱，拉起行李，果断朝门口走去。等他们反应过来时，安吉正使劲握着门把手，来回拧动，发出喀啦喀啦的恐怖声音。她无论怎样摇头、晃身体，都无法将这扇门打开。她害怕了，这是一扇封死的门。她的手掌上显出两道红印子，胳膊也酸痛不已。于是她停了一会儿，再度抬起手。可这次她犹豫了，或者是被什么给震住了。

高杰迈着犹豫的步子走向门边，然后，他开始了同安吉一样的无用功。当高杰弓着腰、咬牙切齿地对门把手又拉又拽的时候，东也从长久的愣神中缓过来，走到高杰的身边。他们手忙脚乱地查看把手、门体、门缝，左一下右一下地推门、拽把手、抠门缝。可大门回馈给他们的只有一片忠于职守的沉默。他们累了，气喘连天，面目狰狞。然后——似乎只是一瞬间——一切又都恢复平静，只剩下空中飘浮的喘息声。他们开始直面这个事实：他们被反锁在这栋别墅里了。

一个影子快速从门边移到沙发，路过余悠的身边，甩下这么一句话："我可以原谅你跟我未婚夫乱搞，但我不能容忍你今晚把我关在这里。"余悠被安吉的话搅得惊慌失措，刚要反驳，却看到那个曾经矜持羞涩、逆来顺受的淑女此刻疯了一样吃力地摆弄着沙发对面那排窗户。

"没用的，这里所有的窗户我都试过了，是一些封死的窗户。"余悠无奈地说。

"为什么?"安吉转过身,把硬直的目光死死钉在余悠的脸上。她骨子里那股执拗完全被激发出来了,苍白的脸上肌肉紧绷,肚子里那一个温柔的生命把她逼到了崩溃的边缘。"你们为什么要这么玩弄我?以前的种种玩弄还不够吗?"她辞严义正,胸脯一鼓一鼓的。她清楚地知道,为了离开这座密室,她是什么都可以做的,没人能阻拦她。

"不是我……"余悠几乎要哭出来了。

"那是谁?"安吉的目光停在门口那两位绅士身上,他们这才从长久的失望和恐惧中缓过神来。

"是绑架!"高杰声高气傲地说,"绝对是绑架!把我们四个关在一起,你们想想,如果成功,他会得到一笔巨大的钱啊!"说到钱时他有些兴奋。大家开始认真听他的话了,"我建议大家一起报警,是的,这里没信号,但是没信号也可以报警……"

高杰率先抬起胳膊,让大家看明自己的手机,并按下110。安吉也迅速拿出手机,动作麻利,透着些心狠手辣。余悠的情绪很不稳定——可是没人有心思安慰她——她控制不住地发抖,美丽的大眼睛含着惊恐的水。"天啊……天啊……"余悠不停小声念叨着,强忍着不哭出声来,她也在试图掏出手机,但她的手抖得太厉害了。其实她完全没必要尝试,因为高杰和安吉冷静地拨了好几遍报警电话,却一次都拨不通。晚上十点整,他们与外界联系的希望彻底断了,他们被封死在这个密室里了。

半小时以后，秒针仍然忙碌着，分针和时针以不同的规格偏离了位置。他们度过了这难熬的半小时，逐渐冷静下来。与其说冷静，不如说麻木。余悠和安吉坐在三人沙发的两端。余悠懒散得快要睡着了，安吉却坐得笔直，两只手缓慢地抚摸肚子。高杰坐在单人沙发里，不停舔着嘴唇，努力控制着烦躁。东则舒服地躺在贵妃榻上，玩着手机游戏——他似乎想明白了，不管是在这里还是在家里，对他来说都一样，所以没什么好担心的。

玩了一会儿，东把手机放下，仰面看着天花板。然后，不知是想调节一下气氛，还只是单纯想找个乐子，他说了一段能引发世界大乱的话："我觉得很奇怪，下午偶遇安吉的时候，安吉的脸色很不好，但又感觉很温柔。她拉着个行李箱，一副坚决的样子，那样子……怎么说呢，让我想到私奔，哈哈哈……"东越说越有兴致，干脆坐在贵妃榻上，手舞足蹈地比划起来，"她就那样……直挺挺地站着，然后看见我，她就……"东边做着夸张的动作，边兴奋地描述着，"我以为她要干什么去，我不好意思问啊……结果是来赴这个约会，那么问题来了……"东笑得很阴沉，"安吉，你是与这个聚会的邀请人串通好了呢，还是把这当作是另一个'聚会'啦？"

这是一片沉闷得让人喘不过气来的静默。静默把高杰拉下了水，把他越拖越远。突然，他觉得眼前的景象像是一场精心策划的海市蜃楼。在那一段时间——其实只有几秒，他却觉得这时间过得很漫长——他的感官难以置信地敏锐起来。

突然，他有了这样一种见解：既然没有力量打开门窗，也没有本事打开这两个女人的心门，那就干脆打开点其他的东西。于是，他直愣愣地起身，冲到行李箱旁，把箱子撂倒。他急躁地拉开拉链，翻着，似乎想在箱子里寻找一片安宁。

在余悠和东错愕的眼神中，安吉像一头豹子一样扑了过去。她纤细的胳膊从袖口挣脱出来，在高杰的身上七扭八歪地舞蹈起来。两人用奇怪的姿势扭打了一会儿，都气喘吁吁地坐在地上。而这场小小的"家庭暴力"却激活了安吉的想法：她对未婚夫不但没有爱情，还很厌恶，这种厌恶从她18岁那年、母亲第一次把高杰带到她面前、并暗示这个男人便是她后半生的幸福时就开始了。她伸出的手臂代表着想要摆脱家族束缚的决心，同时她发现：她对那位爱人的感情似乎也已消失了，此刻，她真正的一无所有了。

"那你们说说，谁会把我们四个叫到一起？"安吉按捺不住了，一种苦涩的汁液在她胃里不断翻涌，她的整条脊梁骨奇痒难耐。一些语句在她嘴里游来游去，即将脱口而出："我怀孕了，必须立刻离开这里。"她用一种出奇冰冷的语调发号施令。

安吉看到了这句话所带来的后果，原本宁滞的场面突然被破坏掉了：东皱紧了眉头，似乎在努力把眼前的事实与刚才的经历连接上；高杰像一匹做错事的小马驹一样飞奔到安吉的身边，温柔地把她扶起来，安放在沙发上，他显见认为怀孕这件事与他有关；至于余悠，确实被今夜接二连三的惊吓弄得快晕倒了。

"是她！她邀请我们来这里的，我怎么早没想到呢！"夜里十一点整，余悠尖声而快速地说出这句话。

"谁?"东警觉地问。

"她啊！"余悠拿起茶几上的照片甩了几甩，"梅啊！"

"别瞎说，你吓到她了！"高杰抚摸着安吉的后背，恶狠狠地瞪着余悠。他其实只是讨厌那个名字。

"我早就应该想到了，从我看到那封邀请函的时候就该想到，可惜那时候我头脑晕晕的，像喝了酒一样。"余悠可怜巴巴地说着，"因为就在半个月前——我还在想要不要告诉你们——梅找过我了……"

"你疯了！"高杰打断余悠的话。然后，他轻轻向左移了一步，俯下身，小声对余悠说："你刚才可不是这么说的，你为什么不早告诉我呢?"

"因为你不让我提她的名字！"余悠嚷着，"她给我写了一封信，信里说了些有的没的，我感觉她在谴责我……我们，因为她似乎找不到我们了。然后她说她得了那种病，恐怕没几天好活了，恳求我去看看她。我怎么能不去呢? 我没联系你们，我想自己把这件事解决掉。我去了她家，那是一个窄小肮脏的单间，乱得几乎没有下脚的地方了。我没认出她来，她曾经多么清纯动人啊，后来有段时间她又成了魅惑的妖精，可是现在她成了一个巫婆了：瘦得皮包骨、眼圈乌黑、眼神枯燥而空洞、头发稀疏、连嘴都瘪下去了……我吓坏了，但又不好离开，只得陪着她说了两个小时的话。她真可怜啊，她的室友又吵又闹，那个小房间完全不隔音，她要在这样一个地方燃尽她生命的火光了……"

不知是因为怜悯还是恐惧，余悠低声哭起来。

"现在想来，她说的话好像一直在兜圈子，听起来没什么意思，但又莫名有种深意。她总是那样，慢条斯理地讲上一件与我们、与她自己无关的事，然后用一种审视和搜寻的目光望着我。我被她看得可不舒服了，满脑子都想着如何脱身。最终，在我濒临崩溃的时候，她终于稍微挺了挺身子，意味深长地叹了口气，这似乎是在宣布结束。她说她很高兴我能来看她，也很高兴认识我们，然后，她说了这么一句话……"突然，三双眼睛明亮起来，像饿狼盯住猎物那样盯着余悠。

"她说：'我觉得我们总会在一起的，一切都会变成一的……'"

屋里响起了一片嘈杂而阴郁的声音，他们在叹气、轻呼、起身、走来走去……他们像是错失了最后生还机会的士兵，又惋惜又无奈，同时还有一种被命运之神无情关照的神秘情绪。两位男士使劲摇着头，嘴里"啊……啊……"地低沉叹息着，余悠凭着惯性继续哭，安吉则失魂落魄地端坐在三人沙发上。秒针配合着他们的情绪不知疲倦地诡异前进着，淡薄而毫无意义的时间充斥在他们周围。同时，窗外响起一阵巨大的如怪兽咆哮一般的声音，那是不知从何而来的狂风正席卷那片红色湖泊，仿佛在向着别墅里的人示威。可是没人愿意拉开窗帘看看外面的情景，就仿佛受伤的人不愿再窥视糜烂的伤口一样。风声、拍打窗棂的恐怖撞击声、男人阴郁的叹气声、女人不祥的哭声……一切声音被糅合进这幅诡异的画面里——偌大而空洞的别墅、各怀心事的人、奇怪的聚会邀约……最隐秘的情事似乎也要呼之欲出了……

"我受不了了，咱们把事情说清楚吧。"安吉斩钉截铁地说道，"我听明白了，就是这么一回事，是梅给我们发了邀请函——"她清晰地吐出"梅"这个字时，有人嘶的一声倒吸一口冷气。"她把我们叫在一起是为了什么呢？她想从我们这儿得到什么，给她就是了——"

"是钱。"高杰冷冷地插话道。

"对！"安吉提高了声调，"我是说——比如，钱，或者其他什么。她总有点什么目的吧。当然，我们之前的做法是不道德，我们应该向她道歉。可是当务之急是她最需要什么，什么东西能让她不择手段地给我们设了这么一个……"安吉举起手臂，在空中一挥。她决定了，为了腹中的婴儿，她一定要撇清关系："我觉得这件事不应该牵扯上我，这事从头至尾都跟我没关系，我只是个旁观者……"

"啊……"听到这里，余悠忍不住轻呼了起来。她看看高杰，又侧头看看安吉，胆怯与正义在打架。她想加入安吉的阵营，或许那里有一线机会能让她立刻回家。于是她用一种娇滴滴的、忧伤清冷的声调说："这事跟我也没什么关系，你们知道的，我这个人……就喜欢玩玩乐乐，可我是个被动的人……"

"我们现在是想办法解决问题，而不是推卸责任！"高杰厌烦了女人们的说辞，"首先我们要搞清楚余悠分析得对不对。然后，我们要想明白，她要的到底是什么……"实际上，他连自己在干什么都不知道，"这件事到底是怎么开始的，我也不太记得了……"

"这件事是这样的。"东本来站在贵妃榻边听着各位的陈词，突然，他来了兴趣，兴奋地抖了抖身子，全不顾余悠祈求的目光，"你们还记得吗？五年前，我们刚到温哥华留学的时候，每天都空虚得很。那真是座好城市，富人的天堂，不过我们都玩腻了。有一天晚上，就是在那个屋顶酒吧，我和高杰打了个赌。那会儿他整天想着回国继承家业，我劝他放轻松点，专心享受生活，我是这么说的——"

说到兴起，东眉飞色舞地表演起来。

"我说：'兄弟，你认命吧，我们跟穷人不同，穷人生来不认命、不服输，而我们生来是要认命、要服输的。'然后高杰说：'兄弟，我认为人的才能是不会被环境和家境所限制的，即使身处于纸醉金迷和丑态百出的气氛中，如果灵魂是真正纯粹的，那么就永远不会被污染。'你们听听，这叫什么话？"东怪模怪样地模仿着。然后，他的步调和语气慢慢深沉下来。他弯下身子，用两只手撑着茶几，仰起脸，阴郁地看着余悠和安吉："我被他幼稚哭了，当场发起了这么一个游戏：找到一个优秀的、拥有一切美好品德的穷学生，改造他/她，用金钱麻痹他/她，把他/她带进我们的生活圈子里，看看到底是环境胜利，还是所谓的灵魂胜利……"

话还没说完，东便吃了高杰一巴掌。他踉跄了几步，摇晃了几下，最终站稳了身子，魔鬼一样低声笑起来。

"谁！"

一个黑影一闪而过，高杰立刻跳到右侧那排窗边，唰地一下拉开窗帘。他本来想尽可能搜寻一下那个可疑身影的去向，可是眼前的景象让他凝了神。他的下颌不自觉地放松了许多，嘴张得越来越大，眼珠几乎要夺眶而出了。他无心顾及后面三人做何感想，那一片骇人的宁静是如此不容忽视，让他完全相信，那三人也陷入了极度的惊恐当中。那真是一幅异景，高杰敢用他那过人的才学和见识发誓，这绝对是一片不可能存在于人世间的湖泊。湖水已经由暗红变成亮红了，真像是一团跃跃欲试的火。最可怕的是，这湖仿佛有种循序渐进的本领，或者是自我隐藏的技能。最开始——在他刚踏入这片禁区时——他确实也注意到这片湖了。湖面上漂着一些红色碎屑，不寻常，但不至于诡异至此。现在，这湖简直变成了一座妖冶的火山，肆无忌惮地向天空喷射着耀眼的火光。时间在它身上呈现出一种反作用力——它似乎是从铁屑变来的。铁屑变回钢铁，然后化成通红的铁水。现在那湖，真像是一个巨大的炼钢炉。

"这是什么湖啊……"高杰小声感叹，无人作答。

无论如何自我欺骗、掩盖、左顾右盼，他们都不得不承认：锈湖就在那里静悄悄地等着他们。或许这里还有个更具象的事实：有人在窗户外面，在湖的旁边，与锈湖一同等待着他们。余悠是用余光看到那个人影的，安吉用的是她那超乎寻常的第六感，而东则坚持认为自己听到了一串细碎的脚步声。23:30。在这一片大面积的时间里，窗外越来越响的风声在他们身边蒸腾开了。没人再愿意保持冷静，他们通通站到窗边，看着锈湖那惊人的恐怖景象，聆听狂风发出的凄厉怒吼，仿佛整个别墅都正被连根拔起。

"这事和我无关……"余悠哭哭啼啼地哀求，"又不是我把梅带来的。"她说这话时，悲伤地看了安吉一眼。她发现，安吉原本苍白冷漠的脸上显出了些血色。她很想知道安吉此刻在想什么，或许在想那拥有洁白桌椅的温哥华大学姐妹会？或许在想她那圣母一般的使命和纯洁的理想？在高杰和东提议玩游戏的第二天，安吉毫不犹豫便从姐妹会里找来了贫穷的优等生梅。她是如此博爱，又是如此无情。"她才是始作俑者！"余悠脱口而出。

"真可笑！和你无关？"东越过高杰跨到余悠的面前，他猛地抬起手，鼻尖几乎触到了余悠的额头。余悠吓呆了，甚至忘了哭泣。过了几秒，东缓和下来，退后了几步。"我看你是忘了，当年，梅拿了全额奖学金来到温哥华求学，她和常年卧病在床的母亲相依为命，所以当我们带她领略了所谓的上流社会后，当我们手把手教她染上了赌瘾之后——"

"别说了……"高杰想制止东，可他累极了。旁边，安吉用双手紧捂住嘴巴。锈湖确实是个有魔力的湖，就像她说的，我的眼睛完全无法移开了。安吉想。

"我们觉得祸惹大了，想放弃她了，想让事情就这样过去……尤其是得知她欠下了高额的赌债，追债人甚至开始折磨她的妈妈……"

"别说了……别说了……"余悠疯狂地摇着脑袋，头发像邪恶的水草一样爬上她的脸庞。她的神志开始模糊，她确信自己要疯了。

"而你干了些什么？"东张牙舞爪，不气不馁，"你把她介绍给了那些俱乐部！那些把女学生当作高档妓女来贩卖的俱乐部！你就是压倒骆驼的那最后一根稻草！"

"这不赖我啊，是她来求我的，她可怜巴巴的……"此刻，余悠的开脱和推卸责任完全是一种下意识的自我保护。她非常清楚，这场险恶的游戏里，包括梅在内的五个人，每个人都有着无法推卸的责任。他们就像五座厚实的地基，撑起了一座罪恶之桥。

"那你呢？你又有什么资格教育我！"一股地动山摇般的愤怒击中了余悠，使她发抖，使她伸出手直愣愣指向东。

东又开始笑了，他诡异的笑声似乎与肆虐的风声是同频率的。风声越来越大，他的笑声也不得不越来越响。然后，他用更加嘹亮的声音说着："我当然知道我有罪！我，垃圾，一个私生子。就是要我负全部责任，我也没什么好委屈的。只不过我有罪是一回事，你们有罪是另一回事，我还没有说梅的罪呢。在这场游戏里，谁都别想逃脱！你们现在还不知道吗？今晚我们谁都别想活着出去了，都这时候了，还不允许我说点实话？"

他们觉得东在胡说八道。到现在为止，他们也许还觉得梅只是跟他们开个玩笑，吓唬吓唬他们。可当他们眼睁睁看着锈湖越烧越旺，并切身体会到一种灼人的热度时，他们不得不承认，那根本不是湖，而是一片火。这火要烧来了，这栋密室就是起到这么一种作用，要把他们关在里面，连同那些秘密，活活烧死。这栋密室就是他们的坟墓，怪不得这里有一种使人恶心的腐朽味道。死亡的阴影瞬间笼罩住他们，这阴影来得那么快，仿佛早已在墙壁上趴伏良久了。这一时刻，他们用寂静与平和暂且代替了惊恐，或许是因为当死亡的恐惧逼近时，心灵会条件反射般产生一种盲目的乐观，这大概是一种类似回光返照的情绪。足足五分钟，他们静悄悄的。然后，安吉小心翼翼地张开嘴，用一种瘆人的气声说道："这房子……"

"是啊，这到底是谁的别墅？"余悠附和，她也不再哭了。

"是梅的！她小时候住在这里，照片里的小女孩也是她……"高杰说。

"不对，你们都搞错了。"东惴惴不安地纠正道，"梅的母亲是这栋别墅主人的保姆。"

"瞎说，她妈妈是售货员！"

"我记得她说小时候住在锈湖边，这确实可能是她的别墅。"

"锈湖只是传说中的一个湖，就像寓言。"

"为什么这里只有一栋别墅？"

"奇怪，它孤零零的，像凭空冒出来的一样……"

"它真的是锈湖吗？它简直是一团火……"

他们在研究一个个永远无法解决的问题，紧接着，那熟悉的恐惧又回来了。

"你们看哪！锈湖！"安吉突然跳起来，对着窗户大喊。

于是，他们看到了那片湖的极致模样。刚才的冲天火舌只是它的预热，现在它终于揭下了面纱，露出真实的鬼脸。它开始蔓延了。风起得越来越大，神奇的湖水就像海水那样汹涌起来。湖岸的树干、石头、草地都被打湿了，留下生锈的痕迹。一波又一波的湖水前赴后继，闪着奇异的红光，真像是熊熊蔓延的火势。那也许真的是火，而锈湖是一个强大的火种。那些火焰跳着，逐渐往外扩张。现在，他们每个人都在心里认同了东刚才说的那句话。他们确信，锈湖的火焰马上就要烧到别墅了。

"地狱。"余悠悲恸地做了最后的总结。

接下来的十分钟就像噩梦一样，只不过这个"噩梦"连接的不是欣慰的清晨和难能可贵的苏醒，而是一团看不到边的黑暗。在这十分钟里，表针仍不紧不慢地走着，丝毫不受影响。不知是谁的念头飘在上空："时间真是冷酷无情的东西，在人们面对死亡的时候，在繁华化为乌有的时候，它仍然不改本性，执意向前走。"只可惜，他们本来有机会平静地度过这十分钟的，可是一切都乱套了，毫无意义的挣扎耗尽了力气，他们永远错失了这最后的清净。吊灯熄灭了，屋里仍然很亮，那是真真正正的光。东狂笑着，笑声嵌进噼里啪啦的声响里，他跑上跑下，把那一床床雪白的被子抱下来，裹在身上。余悠瘫软在地上，发出恐怖的尖叫，优美的外表和迷人的声音已离她远去了，就像她从未拥有过一样。安吉死命捂住肚子，她想跑到门口，却被高杰拉住。就那么一刹那，高杰沐浴在火海中，忧伤过了头。他不知该说些什么，甚至不知他的愧疚是对安吉、对余悠、对梅，还是对那还没成形的婴儿。他当然也不会知道安吉在疯狂地喊着："孩子不是你的！这孩子的父亲不是你！"在熠熠火光中，有人看到了外面的那个身影。那是一个瘦弱的女人，有着空洞的眼神和病态的眼窝。她平静地站在外面，欣赏着这片火海。

午夜十二点，立钟被火吞没，时间停止了。在时间停止的前几秒，他们经历了一段极度难熬的恐怖时光。一秒钟被拆散了，碎成了成千上万块。只不过是几秒钟，他们却觉得过了几个小时。他们听到了这样一段话，是谁说的呢？

"亲爱的朋友们，我终于知道了，城市不是一个美丽的花园，金钱也不是什么好东西。我们并非天之骄子，而是戴着脚铐的天生罪人。所以你看，负责审判的魔鬼从锈湖里来了，它带着与生俱来的火光神气，邀请我们赴那一场宴。我们不得不去，就像我们不得不出生。我只求它把我们烧得干干净净，因为罪人的骨骼会生根发芽，而我已不愿重来一遍了。"

轰的一声，别墅倒塌在火海里。

## 4

23:50

安吉的妈妈从梦中醒来，心里惴惴不安。她竖着耳朵，倾听着寂静中每一种可能的声音，幻想着女儿的婚礼。

23:53

余悠的爸爸搂紧怀里的情人，承诺了一个又一个无法兑现的诺言，而在他情人的肚子里，一个小生命正悄悄生长。

23:56

高杰的爸爸坐在办公室里，痛苦地攥着双手。他的企业正面临破产，高杰却一概不知。

23:58

东的生母突然出现在东的公寓门口，她是连夜赶来的，想祈求儿子的原谅。"也许他睡了。"她想。

00:00

火吞没了别墅，从那以后，一切与他们相关的设想、计划、未来通通消失了。他们就像从未存在过一样。他们的痛苦、罪恶都随他们而去了，而那些奢华、欢愉、沉醉也一样没留下。

00:10

"时间真不留情啊，像火也像水，不管时间怎样开恩，怎样任性，最终留下的一切都会生锈。"梅站在锈湖边，心如止水。她盯着平静的锈湖，那里已没有红色的波浪，更没有生锈的水纹了。一切如最初一样，一切都是那美丽的、纯洁的、一闪而过的瞬间。她突然想到了妈妈说的那句话，那个有关锈湖的传说。她十分高兴，没想到真能找到锈湖，也没想到锈湖真的给了自己恩惠。她微笑着，任由五年前的自己在锈湖边奔跑，任由曾经的少年心气通通回到那干瘪的身体里。于是她知道，一切都是一个循环，她于锈湖开始，也应于锈湖结束。

梅看着那片大火，突然笑起来。"让它烧个几天几夜吧。"她纵情地喊着，笑着，闭上眼睛，"一切终于变成一了。"

09：00

　　警察看着这个烧得像恐龙脊骨一样不成形的房架子，疑惑不已。他决定先从不远处停着的那辆橙色跑车着手，可是疑问还有很多。首先他想知道，这栋别墅是怎么孤零零立在这里的，如果说这一片曾经拆迁过，那怎么没把它拆走呢？这太匪夷所思了，他要向有关部门好好打探一下。

　　关于怎么起火的，他倒有些胸有成竹。因为在旁边那片毫不起眼的小湖泊里，有一具女人的尸体和一个汽油桶。答案很明显，这个女人纵火，然后把自己淹死了。

　　"这是什么湖啊？"警察问。

　　旁边站着一些围观群众，都是附近工地的工人。

　　"哪有什么名字，这种湖多的是，要给每个湖都起上个名字，那还起得完吗？"

　　警察看着那片湖。湖水不清不浊，湖边稀拉长着荒草。不好看，没特色，总之是很普通的一片湖。

　　说得对！警察这样想着，朝湖里吐了口吐沫。